大魔王が倒せない
Nobody beat DAIMAOH!
1 大魔王対大魔導師
JN256791

「まさかこんなことになるとは
思わなかった」

「はい？」

「では、大サービスです」

「何でー!」

「私が殺しましょうか？」

「そうだな」

Nobody beat DAIMAOH! 1 Contents

藤孝剛志
Tsuyoshi Fujitaka

イラスト
瑚澄遊智
Yuuchi Kosumi

装丁デザイン
Rise Design Room

本文デザイン・組版・校正
株式会社鷗来堂

プロローグ　大魔王があらわれた

「こんにちは。戦争をやめていただきたいのですが」

突如として戦場に現れた黒衣の少女は涼やかにそう言った。

まさに激突せんばかりだった両軍の兵たちは戸惑(とまど)った。その少女がどこから現れたのかは誰も見ていない。いつの間にか戦場の中心となるはずの場所に佇んでいた。

とても綺麗な少女だ。

髪と瞳は黒。腰まである黒髪を白いリボンで一本にくくっている。

ドレスのベースは黒だが袖や裾などのエッジ部分は白いフリルがあしらわれていた。

肌は抜けるように白く黒衣との対照が鮮やかだ。

ほとんどの者がその美しさに目を奪われた。

だがそれも一瞬だ。

戦場の真ん中に少女が立っている。それだけのことで戦争が止まるわけがない。

両軍が号令をかける。兵たちが手に持った剣や槍(やり)を振りかざし突撃を開始した。

怒号とともに雪崩(なだれ)のような勢いで両軍が激突する。この騒乱の渦の中で一人の少女など嵐に翻弄される木の葉よりも儚い。

そこに雷鳴が轟いた。雲ひとつない青空から降り注ぐ雷撃が、両軍合わせて二千名を一度に打ち据える。

ひとたまりもなかった。半数の者が倒れ、何とか耐えた者もすぐには動くことができない。

まだ立っている者たちが空を見上げれば、巨大な光り輝く玉が浮いている。その下で黒衣の少女は掌を上にして右手を挙げていた。

「私はやめてくださいと言ったのですけど。聞こえていたのに無視されたようで気分が悪いです」

少女は頬を膨らませて拗ねているようだった。

これだけのことをしでかしておきながら、まるで子供のような態度だ。兵士たちはただ恐怖にかられた。この状況もその少女のこともまるで理解ができなかったからだ。

「わかりました。そんなに戦争がお好きなら私としましょう。私が勝ったら言うことを聞いてもらいます」

特に大きくはないが自然と通る声で、少女の言葉はその場にいる全員に聞こえていた。

両軍ともに戦争どころではなくなっていた。場は既に少女に支配されている。

このまま戦争を続けるなら少女を排除するしかないが、瞬く間に二千の軍勢を沈黙させる化け物を相手に立ち向かえる者などいるわけがない。

誰もがそう思ったところで男が一人、少女に向けて歩き出した。

金髪碧眼の優男だ。しかしその揺るぎない歩みからは一角の武人であることが窺える。

プンスカ!

両軍の一方、マテウ国の指揮官だった。

それを見た兵たちの顔から困惑の色が消えていき、生気が戻っていく。

この男、クリストフ・ミラーに寄せる信頼感からだ。勇者候補の序列一位。マテウ国でも屈指の実力者だった。

同じ貴族、戦士だとしても彼は凡百の兵士とは格が違う。勇者とは一騎当千を文字通りに体現する存在だ。それは勇者候補といえども変わらない。クリストフの剣は千の軍勢に匹敵する。

クリストフは指揮のみを行うと兵たちは聞いていた。その類希なる技は、戦争で使用することを禁じられているのだ。

人同士の戦争における暗黙の了解だった。勇者と呼ばれるような、常人の域を超えた人間を戦争に用いれば収拾が付かなくなるからだ。彼らの力は人類の天敵である魔族に対してのみに使用を限定されていた。

だから兵たちは、クリストフが戦うことはないと思っていた。それ故に期待は高まる。彼が動き出したのだ。ならば全ては解決する。兵たちの顔には安堵の表情すら浮かんでいた。

クリストフは剣を抜き、ゆっくりと少女に向かいながら考える。

おそらくあれは人間ではない。ならば自分が出るしかなく、また自分以外の者では対応できないだろう。

人間離れした美貌の持ち主。武器の類は持っていないが、魔法らしき技を使う。貴族かもしれないが、身体能力はそれほどとも思えない。

そこまで考えて違和感を覚えた。少女から全くと言っていいほどに脅威を感じないのだ。だが、周囲の光景は彼女の実力を十分に表している。そのあまりの隔たりをすぐに整理できない。

歩くうちに電撃によるダメージからは回復しつつある。勇者候補の名は伊達(だて)ではない。頑丈さは人一倍だ。

「随分とお元気そうです。けれどあなたお一人ですか？」

少女が小首をかしげる。やはり強いとは思えない。ここから踏み込めば一瞬でそのたおやかな首筋を切り裂くことができるだろう。

「手加減をしたのだろう？　だが全力を出さなかったことを後悔することになる」

問答無用で斬りかかれなかったのは、少女の纏(まと)う雰囲気のためだ。戦争をしましょうと言っていたが、呑気なもので、やる気があるようにはとても感じられない。このような相手に襲いかかるのは躊躇(ちゅうちょ)してしまう。

「皆殺しにすれば当然戦争は終わりますが、戦争を止めて欲しいというお願いをそのように曲解するつもりはありません。一番弱い人が死なない程度にと思ったのです。当然みなさんの丈夫さは人それぞれですから、あなたのようにお元気な方もおられるわけで……」

少女の言葉を最後まで聞かず、クリストフは飛び退いた。

何を考えたわけでもない。自然と体が動いていた。

「と、多少強い方が相手でしたらこのような方法もあるのですが、最初からこれでは怯えさせてしまうだけですし、うら若き乙女としましてはそのような顔で怖がられてしまうのは悲しいものがあります」

クリストフは指揮官こそ初めてだったが、戦闘においては数多の経験を積んでいる。

その経験がゆえに動けなくなった。

突然、何をどうしようと殺されるビジョンしか思い浮かばなくなったのだ。

そして経験によらない本能はこう訴えてくる。

それが超常の存在だと。それを前にしては一欠片の希望すらないのだと。

大地を砕き、山を抉る剣術など、この少女を前にしては何の意味も無いのだとはっきりと悟る。

クリストフは自分が最強だなどと自惚れてはいないし、上には上がいることを知っていた。

だがこの少女の強さは次元が違う。

怯えて竦むことしかできなくなっていた。勝負を挑もうと考えることすらできない。

どれほどの時が経ったのか、ふっと少女の殺気が消えた。

気付けばクリストフは跪いていた。

兵たちにはそこで何が起こったのかがさっぱりわからなかった。だが結果を見れば一目瞭然だ。

黒衣の少女は変わらずに立ち続け、クリストフは臣下の礼を取るがごとく跪いている。戦わずして勝敗は決したのだ。

もう動ける者も、黒衣の少女に立ち向かえる者もいない。再び絶望が戦場を支配した。

「さて、両軍の指揮官の方、こちらに来ていただけますか？　お話があります」

マテウ国の指揮官であるクリストフは気力を振り絞り立ち上がった。

相対していたセプテム国からも指揮官と思しき男がやってきた。クリストフほど頑丈ではなかったのだろう。よたよたと歩く男の顔は青ざめていた。

「こんにちは」

少女は何事もなかったかのように挨拶をした。

「私の勝ちです。ですので戦争はやめてくださいね」

少女の笑顔に見惚れそうになりながらもクリストフは思う。この場での戦闘続行はすでに不可能だ。では戦争をやめろとはどういうことなのか？

判断ができずクリストフはセプテム国の指揮官を見た。彼も解釈に迷っているようだった。

「む、何か反応が鈍いです。では別の質問をしましょう。あなたたちはどこかの国の軍隊でこれから戦う所だったのですよね？　所属を見分けるにはどうすればいいですか？　その外套の色で区別できるのでしょうか？」

クリストフは愕然とした。この少女はそんなことも知らずに攻撃してきたのだ。

「我々マテウ国の者は緑色を身に付ける。そいつらセプテム国は赤だ」

クリストフは問われるままに答えた。下手な事はできない。ここは彼女に従うしかなかった。

「なるほどわかりました。ではあの方たちはマテウ国の方だったようですね」

何か納得をしているようだが、クリストフは嫌な予感がした。そういえば略奪に出た一部隊が帰ってきていない。

「ではマテウ国にしましょう。そちらの赤の方。セプテム国でしたか。あなたたちは撤収して頂いていいですよ」

「いいのか？　まさか油断した所を攻撃してくるなんてことは……」

セプテムの指揮官が警戒の色を見せる。

だがクリストフは少女の言葉は信頼していいと考えた。雷撃はあたり一帯に雨のように降り注いでいた。逃れることなどできないし、皆殺しにするつもりならとっくにしているだろう。

「そんなことはしませんよ。大魔王の名に賭けて誓いましょう」

クリストフは思っても見なかった名が飛び出したことに驚いた。

この少女が大魔王だとでもいうのか？　その大魔王がなぜこの場に現れる？

大魔王とは魔族の頭領だ。魔族は人類を脅かす天敵で人類の領土を侵略し続けている。

魔族に奪われた土地は魔族領と呼ばれ、魔王が支配し、それら全てを統括するものが大魔王とされている。

これまでに大魔王が人間の前に姿を現したことはなく、その存在は謎とされていた。

クリストフは笑いたくなってきた。

全ては茶番だったのだ。人類は魔族を相手に必死の抵抗を繰り広げていた。最近では勇者の力もあって魔王を何体か倒すまでに至っている。このまま魔族を討ち滅ぼすことも不可能ではない。そんな希望が囁(ささや)かれるようにもなっていた。

だがそんなものはこの少女、大魔王が一度出てくれれば覆る程度のことだったのだ。

クリストフが考え込んでいるうちにセプテム軍は撤収を始めていた。少女は誓いを守り攻撃をしていないが、もともとそんなつもりはなかったのだろう。

「さて、あなたにはまだ話があります」

大魔王があらためてクリストフを見つめた。

「先ほど反応がなかったのは私の意図がわからなかったということでしょうか。ではこう言えばどうでしょう。ここでの戦争をこれから先もずっとやめてもらいたいのです」

恐れていたとおりだった。この場での戦闘をやめることはできるだろう。実際にこれ以上の戦闘は無理だ。

だが戦争そのもの、戦略レベルの判断が現場指揮官にできるわけがない。

「なぜ戦争を止めようとする？」

この地で戦争が行われる理由はよくわかっていない。それは相手国のセプテムもそうだろう。ここは特に重要な土地ではない。だが、相手国に奪われるのが嫌で定期的に戦っている。

外交ルートがあれば不戦条約でも結びお互いこの土地を放棄すればいい話だが、セプテムとは国交がない。そう簡単にやめることはできないはずだった。

「お願いされたのです」

「何？」

「アマーリアさんは、戦争は嫌いだと言いました。略奪者の影に怯えながら暮らすのは嫌だと」

「……それは何者だ？」

意味がわからなかった。この大魔王が願いを聞く相手。その人物はいったいどれほどの力を持っているというのか。

「アマーリアさんはこんな感じです」

そう言って大魔王は壺でも持つかのような仕草をした。クリストフはさらにわからなくなった。

「なんだそれは？」

「……アマーリアさんは小さな女の子だと言いたかったのですが……胴回りがこれぐらいなのです」

「そう言われてもな……それなら背の高さを示したほうがいいんじゃないのか？」

少女の間の抜けた言葉に対し、つい言ってしまっていた。苦笑している自分が信じられない。

「あぁ！　そうですね！　アマーリアさんはこれぐらいです！」

大魔王はとても嬉しそうに、掌で腰ぐらいの高さを示した。

クリストフは戸惑った。先ほどまでの殺気が嘘のようだ。ただの無邪気な少女にしか見えなくなっていた。そして大魔王と当たり前のように話している自分に気付く。

「略奪か……私個人としては褒められた行いではないと思っているが……」

中立地帯には国からあぶれた者たちがいて、そこかしこに小集団を作っている。

どこの国にも属さない者たちへの略奪行為を咎めるものはどこにもいなかった。

それが嫌ならば国の庇護下に入り税を納めればいいというのが国側の理屈だ。

「何をのんきなことを言っているんですか。アマーリアさんは泣いていました。それはとても困るのです」

大魔王が呆れたように言う。

中立地帯に暮らす幼い少女が、略奪行為に泣いている。それは悲しいことだろう。しかしそれを気にする者が果たしてどれほどいるものか。比較的正義感の強いクリストフでもそれは仕方がないことだと考えている。中立地帯に暮らすというのはそれを受け入れることなのだ。

「あなたと話していても埒があきませんのでマテウ国の王様に話をしに行きましょう。そろそろ引っ越そうかと思っていましたのでちょうどいいです」

大魔王がぽんと手を叩く。とてもいいことを思いついたとでも言わんばかりだ。

「待て！　部下の狼藉の責任は私にある。私の身をもって償うことでは代えられないか！」

「でも戦争はやめられないのでしょう？　あなたの先ほどからの態度を見ていると、略奪も止められなそうですが？」

中立地帯での略奪は慣習として黙認されている。それを禁止すればクリストフの命令を聞く者などいなくなるだろう。

「では行ってきますね。王様に会ってきます」

そう言うと大魔王はマテウ軍の方へ歩いていく。クリストフにはそれを見送るしかできなかったが、大魔王は少し行ったところで振り向いた。

「何となくこちらに来てしまいましたが、マテウ国というのはこのまま北に行けばいいんですか？国王はどちらにいらっしゃるのでしょう？」

大魔王を首都に行かせてしまえば混乱は必至だろう。あるいはこれがマテウ国終焉のきっかけとなるかもしれない。

「北へ行けばマテウ国だ。街道沿いに北上すれば首都ベイヤーに辿り着くが、ベイヤーは国のほぼ中心部だ。ここからではかなりの距離がある」

だがクリストフは問われるがままに答えた。おそらくこの少女は自分の言葉を信じると確信できた。嘘を吐けばそれを信じてあらぬ方へと旅立つだろう。それで大魔王による災厄を防げるわけではないが、時間は稼げるはずだ。勇者を全て呼び戻し最大戦力で相対することもできる。

しかしクリストフは大魔王に嘘を吐けなかった。自分でもよくわからない。格の違いを思いしらされたからなのか、あるいはすでに彼女を信奉してしまっているからなのか。それに奇妙なことではあるが、大魔王だというこの少女が国を滅ぼすようなことはないのだと心のどこかで確信していた。

「徒歩ではどれぐらいかかるでしょうか?」

「一週間というところか」

「そうですか。結構かかりますね。まぁいいです、のんびり行きます」

そう言って大魔王はまた歩き出した。

クリストフたちはその美しい少女、大魔王が立ち去るのを呆然と見ていることしかできなかった。

◇　◇

マテウ国王、ヴァルド・アーレンスは瓦礫の下で後悔した。

大魔王がやってくる。その言葉をもっと真剣に考えておくべきだったのだ。

それは突然だった。

いきなり私室の壁が崩壊し、中にいた王を打ち据えたのだ。

このような場合にどうすればいいのか。普通なら混乱するだけだろう。だが王は違う。彼にはこんな場合に執るべき手段がある。

「ディートヘルム！」

王は最強の近衛兵の名を呼んだ。

勇者にも劣らない、あるいは国内最強かもしれない男だ。どんな場合でも彼に任せればいい。だからこそ勇者にはせずに手許に置いている。

しかしその信頼があればこそ、絶望は増すことになった。

ディートヘルムは黒焦げになって、王の目前に倒れていたからだ。

そもそも壁が崩壊したのはディートヘルムが激突したからだと今更のように王は思い至った。

壁に開いた穴から黒衣の少女が現れる。

王はその瞬間、痛みも忘れて少女に見とれた。

「お話があるのでやってきただけなのに、随分なお出迎えです」

「貴様……何者だ。暗殺者か……」

王は息も絶え絶えながら、気丈な姿勢を見せた。

「いえいえ、あなたにお話があるので来ただけです。南の平原で隣国と戦争をしていますよね？　あれをやめていただきたいと思いまして」

南のツトモス平原。隣国であるセプテム国との間にある中立地帯だ。その平原自体には特筆すべき点はない。発端はわからないが以前からその地を巡って隣国と争っていた。

そこを得る必要はない。だがセプテム国に奪われてしまうわけにもいかない。そう伝えられている。それはセプテム側も同じで定例行事のように小競り合いが行われていた。

ある程度戦い、深刻な被害が出る前に引く。茶番のようだが、今更やめるわけにはいかなかった。

「なぜ、貴様などに従わねばならぬ！」

「なるほど。お願いでは駄目ですか。死んでも私の言うことなど聞かないという感じですね」

少女は倒れ伏す王へ近づき、身に付けていた緑色のマントを剝ぎとった。

室内で外套を着続けるというのも変な話だが、王権の証であるレガリアを目の届かない場所に置いておけなかったのだ。

「レガリアの所有者が王ですのでこれで私が王様です。これで私が戦争はやめましょうと言えばいいんですね」

「返せ！」

王が必死に腕を伸ばす。それだけはまずかった。

レガリアは王権そのものだ。それを奪われるのは、国をまるごと奪われるに等しい。

少女がマントの留め具になっている宝玉を中程でひねる。半球状の蓋が外れると内部にあった針のような物が露出した。

王は少女の正体を推測しようとしていた。だがその瞬間、必死に行っていた思索は全て吹き飛んだ。

――何故レガリアの構造を知っている!?

宝玉の中には受容器(レセプタ)と呼ばれる針があり、血を与えることで所有権の移譲ができる。少女の動きには迷いがなく、その役割を知っているとしか思えなかった。

「ここに私の指先を押し付けて血を与えればレガリアは保留状態に移行します。在位年数はいか程でしょうか?」

レガリアの所持者こそが王だ。血筋や身分、能力は一切関係がない。

そのためレガリアの所有権移行手続きは王族のみぞ知る最高機密に属した。

上位の貴族でもこのことは知らない。王位の継承は血族間で行われると素直に信じられていた。

レガリアは王のみが持つことのできる強大な魔法具であると広く知られているが、実態がその逆であることを知る立場はかなり限定されることになる。

「ぼーっとしてないで質問に答えてください。移譲してしまいますよ?」

「……十年だ」

王はまとまらない思考に没頭していたが、少女に急かされてぼそりとつぶやくように答えた。

強制移譲だけはさせてはならないのだ。

マテウ国は本来、極寒の地だ。一年のほとんどが雪と氷に覆われ、人が住むのはほぼ不可能な土地であったと伝承は伝えている。

そのマテウ国が年中快適な気温に保たれ、常春の国と呼ばれているのはひとえにレガリア、春風の外套の恩恵だ。

「では保留期間は十日程でしょうか」

少女は何気なく言い、王は確信した。やはり知られているのだ。

レガリアは強制移譲により保留状態となるが、前所有者が再登録をすることで移譲の取り消しを行うことができた。

保留状態は前所有者の所有年数を日数に換算したほどの期間だ。その期間中は全ての機能が停止する。

「保留期間は奪われたレガリアを取り返しやすくするために用意されていますけど、少し乱暴な仕様ですよね」

奪われたレガリアはすぐに能力を発揮できない。つまり単純な武力のみで奪い返すことができる。

しかし、マテウ国にとって、その仕組みは仇となった。

この国が本来極寒の地であることを知る者は数少ない。はるか昔のおとぎ話としか思われておらず、冬の備えをしている者などいないはずだ。

つまり、正当にレガリアの移譲をしなければこの国は滅ぶのだ。強制移譲された瞬間にレガリアの気象制御機能は全て停止する。そうなればこの国は再び極寒の地となり、全てが氷雪に閉ざされる。逃げ出すことすらできず、全ての民が死に絶えるだろう。

王族のみに伝わるレガリアの伝承に思いを巡らせるも、王は移譲以外にこの国を守る方法を思いつけなかった。

「わかった……レガリアを……譲ろう……」

苦渋に満ちた声を絞り出すように王は言った。

「ありがとうございます。では一度お返ししますね」

少女はマントを王に手渡した。受け取った王は留め具の中にある受容器（レセプタ）と呼ばれる針状の物に触れる。

「貴様、名は何という？」

「移譲に名が必要でしたか。本名はすごく長いので……そうですね、大魔王と。私の別名です。この世界でただ一つ私のみを示す言葉ですので名の代わりになるでしょう」

「……所有権を大魔王に移譲する」

手続きは簡単なものだった。レガリアは言葉に反応して能力を発揮する。何が起こるわけでもなかったがこれで移譲手続きは完了した。

王は黙ったままマントを差し出した。

少女はにこやかにそれを受け取る。王はその笑顔に一瞬とはいえ状況を忘れ魅入ってしまった。

「それで……王となって戦争をやめさせ……どうするのだ？」

「戦争をやめていただけるならそれでいいのです。国家元首はあなたのままで構いません。今まで通りにお過ごしください。私は王の上に立つ大魔王ということになります。何かしてもらいたいことがあれば言いますけど、今のところ何もありません」

「戦争は我が国の思惑だけで止まるものではないぞ……」

「その場合は相手国の方にもお話をする必要がありますね」

ぞっとした。セプテム国からもレガリアを奪うのかと思うと背筋が寒くなる。記憶にある限りではレガリアの複数所持を果たしたものはいない。それを行うというのか。

「さて、春風の外套なのでハルさんでいいですね。ハルさん、ユーザーインターフェースを音声モードにしてください」

『……了解しました。ユーザーインターフェースを音声モードに移行します』

王は目を見開き驚愕した。

「レガリアが喋るだと！」

「音声以外にもインターフェースはいろいろありますよ？　ではハルさん、外見の変更は可能ですか？　緑のマントは私の趣味ではないのです」

『はい、外套の範疇であるならどのような形態を取ることも可能です』

「では白いボレロでお願いします」

マントは瞬時に薄手の白いボレロへ姿を変えた。

少女はそれを羽織るとその場でくるりと一回転する。

王は呆気にとられた。そんな能力があることなど知らなかったのだ。

そして王は笑った。

場違いなことに、先代の王よりレガリアを継承した時のことを思い出したのだ。緑のマントなど趣味じゃない。確かに自分もそう思ったことを。

「そんな機能があるなら早く知っておきたかった……」

諦めがついたからこその軽口だった。自分はレガリアについて何も知らない。他にどんなとんでもない機能があるかもわからない。これでは最初から逆らいようもなかったのだ。

「どうです？　似合っているでしょうか」

王は薄れ行く意識の中で、可憐に微笑む少女の姿を見た。

――まるで人間にしか見えないな。

そう思ったのを最後に王は意識を失った。

◇　◇

マテウ国の首都、ベイヤーの中心に位置する広場。

そこに設置されている掲示板の周りに人だかりができていた。

いつも以上にざわざわと騒がしく、そのほとんどは戸惑いの声だ。

皆、そこに書かれている内容がとても信じられなかった。

「なぁ。みんな騒いでるけど、これは何が書いてあるんだよ」

「何でも王様の上のくらいができてそれが大魔王なんだってよ」

「何だそりゃ？　大魔王っておとぎばなしかよ」

「そういや、魔族の王が魔王で、その魔王の上に大魔王ってのがいるって聞いたことがあるな」

「まさか！　魔族に負けたのか俺たちは！」

「いや、負けるも何も攻めこまれた覚えがないぞ？」

「勇者はどうしたんだよ！　こないだ魔族領に攻め込むって出陣したばかりじゃないか！」

「大魔王が出てきたって言われても……突然だよな」

「別に今まで通りで変わりはないらしいぞ？」

「そうなのか？　別に気にしなくてもいいのか？」

民の暮らしは今までと何も変わらないとわかり、騒ぎは自然と落ち着いていった。

大魔王によるマテウ国の支配。

それがこの世界に巻き起こる騒乱と変化の始まりだった。

一章　斡旋所

「すみません、魔法使いになりたいんですが」

職業斡旋所の受付カウンターにやってきた少年はそう言った。

カウンターで頬杖を突き、暇そうにしていたベティは何かの冗談だろうかとそのままの姿勢で少年の顔をまじまじと見つめた。だが何もわからない。人好きのする素直な笑顔だった。

栗色の髪に黒い瞳。身長は女性としては背が高めのベティと同じぐらいだ。服装はお世辞にも綺麗とは言えずかなりくたびれている。ズタ袋を肩にかけているが、こちらも服に負けず劣らずの汚さだ。

初っ端に突飛なことを言って主導権を得るつもりなのかとも考えたがそういう様子でもない。

ぼんやりとそんなことを考えていたが、いつまでも頬杖を突きっぱなしなのは、求職者があまり来ない時期とはいえ気が緩みすぎだ。ベティは今更ながらに背筋を伸ばした。

しかしずっと圧迫され真っ赤になっている頬はごまかせないし、ほとんど眠っていたところをばっちりと見られてしまっている。どう取り繕おうと遅かった。

「エントリーシートはご記入いただいていますか？」

ベティはごまかすように笑顔を作り、とりあえず通常業務を遂行することにした。

ここはマテウ国の首都ベイヤーにある公共職業斡旋所の一つ。ベティの仕事は求職者に職業を紹介することだ。

少年は記入済みのエントリーシートを差し出してきた。

それによればこの少年の名前はアル。年齢は十五歳。シートにはそれしか書かれておらずほぼまっ白だ。これで職を紹介するのはさすがに難しい。

「聞き違いだったら申し訳ありませんが……魔法使いになりたいとおっしゃいました?」

ベティは寝ぼけていたのかもしれないと聞き直してみた。

「はい、聞き違いじゃないですよ」

純粋な眼差しで真っ直ぐにベティを見つめている。冗談ではないらしい。

「あのー、ここ職業斡旋所なんですよ。大変申し訳ないんですが魔法使いといった職業の斡旋は行っていないのですが……」

どう言ったものかよくわからなくなってきてベティは多少口調が崩れてきた。

――怒ったり馬鹿にしたりしないだけえらいんじゃないかなぁ私。

「そうなんですか? ここに来ればいいとケインさんに聞いてきたんですが。ディーン開拓団のケインさんをご存じないですか? 紹介状も書いてもらったんですが」

ケインの名には聞き覚えがあった。ここで職を斡旋したのだ。

「紹介状を見せてもらってもいいですか?」

紹介状を受け取ったベティは中を確認した。

「こいつうちの国民らしいんだけどさ、十五歳で職に就いてないんだってよ、何か紹介してやれよ」

といったことが大体そのまま書いてあった。

――馬鹿にしてんのか！

もう少し責任を持って紹介しろと言いたい。こんなものには何の意味もないと言いたいところだったが、紹介状には開拓団の団長であるディーンの署名もあるため無下にはできなかった。

開拓団は、勇者が制圧した後の魔族領に行き、しばらくそこで暮らすだけの職業だ。

解放された魔族領が国土として復帰するには時間がかかる。だが国民が暮らすことでその期間を短縮できるのだった。

開拓団はそれなりに人気がある職業だ。特に職能を必要とせず、大したことをせずに報酬を得られるからだが、代わりに多少の危険が伴った。制圧後とはいえ魔族の残党や、魔獣による襲撃の可能性があるのだ。

「あのぉ、ケインさんが魔法使いになるならここへ行けと本当に言ったんですか？」

――だとしたら今度蹴ってやる！

いくら馬鹿だとしてもベティには少し信じがたかった。そう簡単に魔法使いになれないことはケインでもわかっているはずだ。

「いえ、ケインさんは仕事を探すならまずここへ行けと。魔法使いになりたいというのはここに来るまでに思ったことなんです」

　はぁ、とベティはため息を吐く。この子にはまず常識からきちんと説明しなくては駄目だ。

「この国の法律はご存知ですか？」

「全く知りません」

　少年は実に堂々としたものだった。

「十五年この国で暮らしてるんですよね？」

「違いますよ？」

「だったら何でこの国の斡旋所に来てるんですか！」

　思わずツッコンでしまった。サービス業にはあるまじきことだ。

「あぁ！　つい先ほど国民になりました」

　ベティは手元においてある宝玉、レガリアの副端末を確認した。ぼんやりと宝玉が光っている。それは少年が国民であることを示していた。

　国民かどうかは国の礎（いしずえ）であるレガリアが決める。国民はレガリアと見えない絆で結ばれているとされていて、それは公共機関に置かれているレガリアの副端末で確認できるのだ。

「移民してこられたんですか？」

　ならば中立地帯からやってきたのだろうか？　他所の国から人が来ることなど滅多に無いので可能性としてはそれぐらいしか思いつかない。

「そういうわけでもないんですが」

アルの言葉にベティは首をかしげた。さっぱり要領を得ない。

「住所はどちらになるんでしょうか」

そういえばエントリーシートに書いていなかった。

「この街に来たばかりなんです。元いた場所もまだ番地とかないみたいなんですよ」

ますますわからない。区画整理でも最近あっただろうか？

「まぁいいです。とりあえずはアルさんがマテウ国民であるという前提でお話しさせてもらいますと、この国には十四歳で職に就かなければならないという法律があります。特に罰則はありませんが皆さんこれを守っておられます」

特に意識せずとも十四歳までに職は決まるものだった。ほとんどの者は家業を継ぐからだ。継がない場合でも、別の職業について自分なりに調べて道筋を付けているはずだ。

だがこの少年は十五歳なのに職に就いておらず、斡旋所で魔法使いになりたいと言っている。それは魔法使いについても斡旋所についても知らないことを示していた。

斡旋所は魔法使いのようなエリートを斡旋するための場所ではないし、そもそも魔法が使える時点で引く手数多(あまた)、職にあぶれるはずもない。

「つまり、アルさんは今すぐにでも職を決めていただく必要があるのです」

「最初に言いましたように魔法使いになりたいんです」

「だーかーらー！　魔法使いはそもそも職業じゃないっつーの！」

思わず地が出たがもういいやと半ば開き直った。

「いいですか、まず魔法使いという職業はありません。魔法を使って何かをする仕事ならわかりますが、魔法使い自体は職業じゃない。ここまではわかっていただけましたか？」

「わかりました。では魔法を使う職業というのはどんなものがあるんでしょうか」

「ふっ！　やっとまともな話になってきましたね！　そうですね、魔法は基本的に武力として扱われています。ですので警察、軍隊、警備会社などでしょうか」

「じゃあ、それを紹介してもらえば！」

「すとーっぷ！　いいですか、紹介することは簡単です。実際これらの職なら常に人手不足ですので未経験も可です。けどその場合単純な労働力として雇われるだけです。魔法を一から教えてくれたりはしませんよ。魔法が必要な部署は最初から魔法を使える人を雇います」

「じゃ駄目じゃないですか」

アルはあからさまに落胆した。

「最初からうちじゃダメだって言ってるじゃないですか。で、他に魔法使い関係ですと、宮廷魔術師とか魔法学院の教師とかですね。宮廷魔術師は宮廷にいるんでしょうね。教師は魔法を教えてるんでしょう」

ベティも良く知らないので投げやりな説明になってしまった。

「後は強いていうなら、冒険者とか修練者とか。でもこれは職業と言えるほどのものじゃないですね。魔族領を探索したり、魔物を退治したり、遺跡を探検したりするらしいですけど、その日暮らしのヤクザ稼業って感じでしょうか。定期収入がありませんしあまりお薦めはできません」

「冒険者って魔法を使うんですか？」

「あぁ、これはですね、我々のような平民が冒険者をするなら魔法は必須のようですね。そもそも冒険者のほとんどは貴族です」

「そうなんですか？」

「はい。貴族は我々平民の百倍近い身体能力を持つという話です。本当に百倍かどうかは知りませんが、それぐらいすごい強いよ、ってことです。で、そんな身体能力がなくても冒険者をやるならそれを補うだけの能力、つまり魔法が必要になるというわけです」

「つまり、僕でも魔法が使えるなら冒険者になれるということでしょうか？」

なぜか冒険者に食いついてきた。これはあまりよくない流れだなぁと思いつつもそこは真面目に説明する。

「なれるとは思いますよ。というか、冒険者なんてのはみなさん勝手に自称されてるだけです。国が認定している職業に当てはめると日雇い作業員ですね。それに冒険者なんて言いながらもほとんどは、ならず者とかゴロツキとかそんな感じですよ。組合だか互助会だか作って徒党を組んだりしてますけどマフィアと変わりないような……うちとも日雇いの仕事なんかは融通し合ったりはしてるんですが……」

最後の一言は余計だったかも知れない。だがベティは正直者だった。

「冒険者は貴族なのにゴロツキなんですか？」

貴族とゴロツキという言葉が結びつかなかったのか、アルは不思議そうに聞いてきた。

「貴族といいましても、領地を持たない三等貴族がほとんどですね。このあたりの人たちの意識は平民とそう変わらないです」

「すみません、三等貴族って何ですか？」

「私もあまり詳しくはないんですが、一等が自治権のある領地を持っている貴族ですね。二等が領地はあっても自治権がない。三等は領地そのものがないってことだったと思います。三等の場合は貴族の身体能力があるだけで、貴族様！　って感じの雰囲気の方たちじゃないですよねぇ」

「要するに下っ端の貴族ということでいいんでしょうか？」

アルが大雑把にまとめ、それを聞いたベティは慌てた。世間一般的にそのような認識ではあるが、口に出して言うのはまずい。

「そうですけど、貴族様にそんなこと絶対に言わないでくださいよ！　で、さっきの続きですが冒険者の組合はあることはあるんですが、入ってなくても冒険者を自称してる人は結構います。あ、組合に入るのはお勧めしませんよ！　組合にもいろいろあるんですが大抵はならず者の集まりですし、上納金を納めろとか言うところもありますし、足を洗うのも大変ですよ！」

「でもさっき付き合いがあるようなこともおっしゃってたような……」

「ま、まあ、いろいろあるんですよ。魔物相手の仕事とかは彼らに一日の長があるといいますか……どうしてもということでしたら比較的穏当な組合を紹介することも可能ですが……と、いうか冒険者がどうこうじゃなくて魔法使いの話じゃありませんでしたっけ？」

「そうですね。では魔法を使えるようになるにはどうすればいいんでしょうか？」

そう聞かれてベティは困った。腕組みをして考える。

「それを……この私に聞きますか……うーん、正直に言いましてわからないです。魔法学院なんてのがあるぐらいですから教えているんでしょうけど、そんな所に縁がないものですからどうやって入学するのかもサッパリです。それにお金がかかると思いますよ。失礼ですけど、アルさんはお金をそんなに持ってないですよね」

アルの全身をもう一度確認する。一文無しでも不思議では無い格好だった。

「そうですね……わかりました。ありがとうございます。世の中そんなに甘くないってことですね。勉強になりました」

と言ってアルはそのまま帰ろうとした。

「ちょっ、ちょっと待ってください！　魔法使いはともかくとして、職の当てはあるんですか？アルさん今無職ですよね？」

慌てて引き留めた。さすがにこのまま帰らせるわけにはいかない。

「あ、そうでした、すっかり忘れてました、明日のご飯にも事欠く身でした」

――そんなこと忘れんなよ、餓死しちゃうだろ！

思わず口に出しそうになったがベティは自重した。

「とりあえずですね、日雇い作業員で登録しませんか？」

「先ほどの話に出てきましたね」

「今のアルさんは住所不定無職という非常に危うい立場です」

「はい、そうですね、そう言われると危機感が募りますね」

「とりあえず日雇い作業員でも何でも職業に就けば、就労者番号を発行できます。就労者番号があれば斡旋所を通して身分証明が可能です。すぐには無理ですが真面目に仕事をしていただければそのうち様々な保障も受けられるようになりますよ」

「わかりました。ではそれでお願いします」

ベティは早速就労者番号の発行手続きを行う。手慣れたものですぐに手続きは完了した。

「お待たせしました」

ベティは掌に収まるぐらいのカードをアルに手渡した。これが就労者証明書だ。

「再発行は手数料がかかりますので無くさないようにお願いします。早速お仕事を探されるなら、入り口のすぐが日雇い、もう一つ奥が短期、長くて一か月程度のお仕事が掲示板に貼り出されています。こちらのお仕事を希望であれば、募集用紙の右上の数字を控えて、就労者証明書と一緒に受付にお持ちください。壁面に並んでいるキャビネットの中には長期のお仕事が入ってますが、こちらは職業更新が必要になります。まぁその場合もとにかく受付に来てください」

ベティは仕事をやり終えたと、満足げに微笑んだ。

◇　◇

就労証を受け取ったアルは礼を言うと早速掲示板を見に行った。

明日の食事にも事欠く身だ。何でもいいからやってみるかと適当に物色する。

引っ越しの手伝いなどの力仕事なら問題なくこなせるだろう。条件のいい仕事を探していると、受付から「アルさん！」と大きな声で呼びかけられた。

「何でしょう？」

受付に行くとベティが一枚の紙をぴらぴらと振っている。

「これ！　これどうですか？」

募集用紙を見てみた。どうやらこれから貼り出す分らしい。内容は屋内清掃とあった。

——掃除なら得意な方だな、ずっとやってたし。

「掃除ならやれると思いますけど、なぜこれなんですか？」

いぶかしく思ったアルは聞いた。貼り出されている仕事と比べて特に条件がいいとは思えなかったのだ。

「この依頼者です！　カサンドラさんという方なんですが魔法使いですよ！　もしかしたら魔法について教えてくれるかもしれません」

アルはその仕事を請けることにした。


「どうだった？」

職業斡旋所を出たアルに声がかけられた。

斡旋所と隣の建物の間の陰からこっそりと少女が顔を出している。

アルはさりげなく建物の陰に移動した。

胸の大きな少女がそこでアルを待っていた。

下世話な話ではあるが、まずそこに目が向かってしまうのは仕方がない。アルも年頃の少年だからだ。

顔立ちは平均以上の可愛さだし、金色の髪はさらさらと腰のあたりまで真っすぐ流れていてとても綺麗だ。胸を含めた全身のスタイルもよい。だがこの少女を一言で表すなら先の言葉になってしまう。本人としては常に劣情のまなざしを受けるこの特徴を疎（うと）んじているようだ。

だが、この少女の胸や可愛さに注目するものはほとんどいないだろう。

今の彼女はひどい有様だからだ。

エプロンドレスだったと思われる服はボロボロになっていた。洗いはしたのかもしれないが、こびりついた血と泥は完全に落ちておらず、破れ、ほつれ、穴が開いている。

扇情的にも見えるが、それよりも痛々しさを感じさせた。まるで襲われた後のような姿だ。

「日雇い作業員ていうのに登録した。これから掃除の仕事に行くよ。リーリアはどうする？　就労証は持ってるんだっけ？」

「私は侍女で登録してるよ。立派な勤労少女なんだから」

ボロボロの少女、リーリアは懐から就労証を取り出した。片方の手を腰に当てて胸を張りながら、自慢げにアルへ突き出す。こそこそと隠れてはいるものの、いたって元気そうだった。

――胸ばっかり見るなとか言う癖に無意識に強調しちゃうんだもんなぁ。

アルは口に出さなかった。余計なことを言っても怒らせるだけだと、ここまでの旅で学習したのだ。

「じゃあ二人で行ってもいいのかな。その場合の給金は一人分かもしれないけど。募集は一人だったし」

「確かにねぇ。余分な報酬は用意してないかも」

「お金もいるんだけど、魔法について聞きたいんだ。これから行くのは魔法使いの家なんだよ」

「え？　本当に斡旋所で魔法のこと聞けたの？」

リーリアが目を丸くする。斡旋所で魔法使いの話を聞いてくるとは思っていなかったのだろう。

「何だよそれ、さてはわかってたんだな。受付のお姉さんにすっごい変な顔をされたよ」

アルはふて腐れたように言う。途中で様子がおかしいとは思っていたが引っ込みがつかなくなっていたのだ。

「それより、私の服をどうにかしてよ。いつまでもこんなの嫌だよ」

そう言ってリーリアは胸元を指差した。物乞いよりも酷い格好で今すぐどうにかしなければと誰もが思うだろう。

「お金がないから無理だよ。それにリーリアの服まで僕が用意するのか？　できれば自分で何とかしてほしいんだけど」

「私もお金は持ってないし、うちまで遠いしどうしろって言うのよ！」

二人は一文無しだった。

アルはシンプルなズボンとシャツを着ている。手にはズタ袋を持っているが中に入っているのは、少量の食料と火熾し（おこし）の道具、ナイフ、毛布が一枚だけだった。

リーリアはぼろぼろの服のみで、ポケットに入っているのは先ほど見せた就労証だけのようだ。身分証明に使うためにこれだけは持ち歩いていたらしい。

「余裕があればリーリアの服も考えてみるよ。これから街で生活するならとにかくお金はいるし、この仕事をしてみる。今更森に戻る気もないし」

「その仕事幾ら貰えるの？」

アルは紹介状を確認した。

「えーと、一日で一万リル。作業内容は屋内清掃としか書いてない。あまりお金に詳しくないんだけど、一万リルってどれぐらいの価値なんだ？」

「一万かぁ、古着なら結構買えるかな、そこらのお店でお昼を食べると千リルぐらい？　宿屋素泊まりで三千リルかな」

「何でまず服の話なんだよ。でもそうなると一万リルで二人が一日過ごすのは厳しいのか？　……たとえばだけど、そこらへんで野宿するとどうなる？」

「巡回員に見つかったら街を追い出されると思うよ。せっかくもらった就労証も取り消されるかも」

「そうか……あ、本で読んだんだけど、こういう大きな街の周辺だと、貧民街みたいなのがあるんじゃないのか？」

「ちょっと！　女の子をどこに連れてく気よ！　何でそんな危ない所！」

「あるの？」

「確か北側の壁の外側にあるって聞いたけど、そんなところに行くの絶対やだからね！」

マテウ国の首都ベイヤーは全体が壁で覆われている。アルたちは西側から侵入してきたので北側の様子は知らなかった。

「リーリアはともかく僕も荒事は好きじゃない。最悪、街の外で野宿か」

「私も好きじゃないよ!?　って、やっと街まで来たのにまた野宿するの？」

「まずは魔法使いの家に行こう。一万リルが手に入ればどうにかなるだろ？」

「はぁ、この格好で街を歩くの嫌だなぁ……」

リーリアが自分の格好を確認してため息を吐いた。確かにひどいとはアルも思う。二週間近くこの格好で過ごしているはずだが、慣れるわけもないだろう。

ここまでの道中では極力人目に付かないようにしてきたが、街に着いた以上そういうわけにもいかない。リーリアがご飯よりも泊まる所よりもまず服と考えるのは当然かもしれなかった。

「毛布でも被る？」

アルの提案にリーリアは少し考えこむ。

「うーん、それはそれで目立つような……」

結局リーリアはそのままの姿で歩くことに決めたようだった。

二人は散々迷った挙げ句、ようやく魔法使いの家へたどり着いた。

何しろ初めて来た街だし土地鑑もない。おまけに大きな街が物珍しいアルはキョロキョロと挙動不審だし、リーリアは格好を気にしてこそこそしている。

道を聞けばよかったのだが、それは人前に出たくないリーリアが嫌がった。

紹介状には住所の補足として「『アレがヤバイ亭』のすぐそば」とあった。後からアルが聞いた話では有名な店らしいので、人に聞けば簡単にわかったとのことだ。

結局、魔法使いの家に辿り着いたのは夕方になる頃だった。

「やっと着いたな」

「アルくん迷いすぎ」

「……リーリア、地図にある矢印と説明文を見て説明文の方に進んだ君に言われたくないよ。ああいう表記は矢印の先に目的地があると普通は思う」

結局のところリーリアも役に立ってはいなかった。

魔法使いの家はごく普通の佇まいの平凡なものだった。石造りで道に面した側が狭く、二階建てになっている。このあたりには似たような住宅が立ち並んでいた。

怪しげな煙がもくもくと湧き出ているような家を想像していたアルは、その平凡な様子に少し落胆した。

「魔法使いって普通の家に住んでるんだな」

「私も魔法使いの知り合いはいないけど、平民ならこんなものじゃないの？」

「なんかどの家も狭くないか？　何人も住めなそうだけど」

「これはねえ、奥にびよーんと伸びてるのよ、だから中は結構広いらしいよ？　何でも道に面してる広さで税金が変わるんだって」

リーリアは自慢げに言った。何かとアルに対して上位に立とうとする。

リーリアの言葉に適当に頷きながらアルは魔法使い宅の扉の前に立ち、ノッカーを数回叩きつけた。

「はーい！　今行くから！」

すぐに気楽そうな女性の返事が聞こえてきた。

しかし、今と言いながらも中々扉は開かなかった。中では何やらがたがたと音がしている。何かが崩れるようなけたたましい音が鳴り響き「くそっ！」と女性が悪態を吐いているが、その声も随分と奥の方から聞こえてくるようだ。

幾ら奥行きが長いといっても時間がかかりすぎだろうとアルが思っていると、ようやく扉が開き、顔を出した若い女性と目が合った。女性の背は高く、アルは少し見上げるようになる。

女性はまずリーリアを見てあからさまに驚き、次にアルを見て、もう一度リーリアを見ると、何かに納得した様子で静かに扉を閉ざした。

「え？」

二人は顔を見合わせた。意味がわからない。

アルがノッカーをドンドンと叩く。

「すみません！　斡旋所の紹介で清掃の仕事をしに来たのですが！」

再び扉が開かれた。半開きだ。扉の隙間から女性が顔を出している。

「いくつか言っていいかい？」

「何なりと」

「確かに清掃の依頼はした。期限は三日以内だったから今日来るのは別にいい。けど夕飯時に来るのはどうだろう？　それと君らの格好。物乞いかと思ったよ。君の格好も酷いが、特にそっちの娘！　熊にでも襲われたのか？　私は掃除を頼んだんだが、君らがやると余計汚れるようにしか思えない！」

言い切った。少し息が切れている。

アルは女性の言い分が腑に落ちた。確かにその通りだろう。だがここで引き下がっては野宿が確定してしまう。

「仰る事はごもっともで言い訳のしようもないんですが、何とか仕事を頂けないでしょうか？　こちらの勝手な都合で大変申し訳ないのですが、今日の食べ物にも困る身の上でしてどうしてもお金がいるんです」

「何だい、それじゃ本物の物乞いじゃないか」

そう言って女性は二人をじっくりと見る。アルはその視線を堂々と受け止めた。

一方、リーリアは服装の指摘で受けたショックから立ち直れず泣きそうな顔をしていた。

女性の顔に同情的な表情が浮かぶ。同じ女として思う所があったのか、しばらく考えこんだ後にため息を吐いてから言った。

「とりあえず風呂に入れてやる！　服も貸してやるから元気だせ。あと男物はないから君は我慢しな」

女性は扉を全開にし二人を中へと誘った。ようやく女性の姿がはっきりと見える。

威圧感のある美人だった。

肩の辺りまであるプラチナブロンドの髪は自然にうねり、獅子を思わせる。

肉感的な体を包む、胸元の大きく開いた赤いドレスは返り血を浴びたようでもあり、その攻めてくるような美貌に気圧されない男がいるならばよほどの勇者だろう。

この女性こそがこの家の主、魔法使いで名をカサンドラといった。

二章　掃除

　カサンドラの家に足を踏み入れたアルは目を疑った。

　都会の家はこのようなものなのかとも考えたが、いくら田舎(いなか)者の自分でもこれが尋常ではない状態だということはすぐにわかる。

　家に入るとすぐに、山のようにガラクタが積み上げられていたのだ。

　――まさか……これを片付けるのが仕事なのか!?

　これを掃除の一言で済ませていいのかとアルは悩んだ。

　カサンドラはゴミの山を崩しながら奥に入っていく。ゴミはいくらでもあるようで、崩しても崩してもまるで無くなる様子はなかった。

　――この状態で暮らせるこの人は一体……。

　わざわざ掃除を頼むぐらいだから、この状態が気になってはいるのだろう。だがここに至るまで放置できることが、カサンドラの性格を物語っていた。簡単にいえばずぼらとかめんどくさがりとかその類だ。

　アルは隣にいるリーリアも何か言いたいことがあるのではと思い、ちらりと視線を向けた。

リーリアもこの有様を見て呆然としているように見えたが、先ほど物乞いと言われたショックから立ち直れていないだけかもしれない。

「ここは何の部屋なんでしょうか」

「見てわからないか？　居間だよ。応接室も兼ねている」

見てわからないから聞いたのだが、はっきりとものを言うアルでもさすがに言い返せなかった。

「ここにお客さんを通すんでしょうか？」

「ん？　君らは客じゃないぞ？」

「はい、それはわかっていますが」

「風呂は一番奥だ」

「ありがとうございます、では早速」

アルはゴミだか何だかよくわからない物をかき分けて奥へ行こうとした。

「待て待て。ここは普通女の子が先じゃないのか？」

「はぁ、そういうものなんでしょうか。じゃありーリア先に行ってよ」

アルが話を促すも、リーリアは上の空だ。やはりこの散らかり具合に混乱しているようだった。

「女用の服は適当に見繕って置いておく。終わったら寝室に来てくれ。そこが一番ましな部屋だ」

「じゃあとりあえず寝室までは一緒に行きましょうか」

がさごそと荷物をよけながらアルたちは進んだ。よけてもよけても奥の何かがずり落ちてくるためちっとも前に進まない。

相場はよく知らないが、これを片付けるとしたら一日で一万リルは安いんじゃないかとアルは考え始めた。

居間を出ると長い廊下が続いていた。

廊下に面して四つの部屋がある。一番奥の部屋が風呂で、寝室はその隣だ。玄関を入ってすぐの居間を含めると一階は五部屋だ。二階も同じ間取りなら全部で十部屋になる。外見の印象よりも居住空間は広かった。

廊下も居間ほどではないにしても物が溢れていたため、アルたちは足で荷物を動かしながら寝室まで進んだ。

「風呂とトイレは隣だ。あぁ、そうだ。お湯がないな。少年よ、廊下の突き当たりから裏庭に出られる。薪が積んであるから風呂釜に突っ込んで火を熾してくれ。少女はとりあえず風呂に行って水で体を洗い流せ」

「すみません、掃除に来たのにお風呂まで使わせてもらって」

呆然としていたリーリアがやっと口を開いた。

「さっきは部屋が汚れるなんて言ってすまなかったな。見てのとおりこれ以上汚れようもない状態だ、あまり気にしてくれるな」

「じゃあ僕はお湯を沸かしてきます」

「着替えが済んだら寝室に来てくれ」

そう言ってカサンドラは寝室に入っていった。リーリアは風呂に入ったので、アルは裏庭に出る。

裏庭は予想に反してゴミで溢れてはいなかった。

ハーブが植わった花壇があるが、ちゃんと手入れがされている。枯れているわけでも伸び放題というわけでもなく、この庭はカサンドラの家の中で唯一まともな空間だった。

アルは早速風呂釜の隣に置いてあった薪を風呂釜に入れ、自前の火熾しの道具で火をつけた。

薪が燃え始めた所でアルは壁に背を預けぼんやりと裏庭を眺めた。風呂が沸いてリーリアが入浴を済ませるにはそれなりの時間がかかるだろう。

裏庭は隣家の裏庭にもつながっているし、向かいの家の裏庭も見えている。それなりに開放感があった。

——なるほど、他所に迷惑をかけないように外から見えるところはちゃんとしているのか。

アルはカサンドラの人柄が何となくわかったような気がした。

夕焼けで赤くなった空を見上げると、あたり一帯の家から煙が上がっているのが見えた。そういえば夕飯時だと言っていたなとアルは思い出した。

アルが入浴を終えて脱衣所に出てくるとカサンドラが男物の服を持って立っていた。

「よぉ！　探したらあるもんだな。男物もあったよ。何だろうな？　賭けで身ぐるみを剝いだとか、やってきた男が忘れていったとか、そんなことだったと思うんだが」

「それはありがとうございます」

アルも丁寧に頭を下げた。今の服はずっと着続けていたのでかなり汚れている。せっかく風呂に入ったのにあれをもう一度着るのは気が進まないと思っていたところだった。

「しかし、何だな、君は全くこういう場面で物怖じせんな。少しは恥ずかしがるとかないのか？」

カサンドラはそう言うと全裸のアルを上から下までゆっくりと見た。

「恥ずかしいものなんでしょうか？」

「いや、立派なものだよ。リーリアも最初は大変かもしれんな」

何を言いたいのかが、アルにはよくわからなかった。

アルは借りた服に着替えた。簡素なシャツとズボンの組み合わせは以前と変わりないが、清潔さは段違いでとても気持ちがいいものだった。

「すっきりした気分です。ありがとうございます」

アルはもう一度礼を言った。

「そんなものでよければやるよ。使い道もないしな。じゃあ寝室に行こう。簡単なもので悪いが食事もある」

「何から何まですみません。そういえば夕飯時ということでしたね」

「本当に大したものじゃないからあまり期待はするなよ」

二人は連れ立って隣の寝室へと移動した。

そこには見違えるように綺麗になったリーリアがベッドに腰掛けていた。アルが入ってくるのを見て少し照れたような顔をする。

入念に梳かされた金髪は窓からの夕日を受けて輝いていた。服はカサンドラのものを借りたのだろう、胸元の開いた赤いドレスだった。こぼれ落ちそうな、双丘の作り出す谷間がアルの視線を釘付けにする。服の丈はカサンドラに取っては際どいミニスカートになる所だが、リーリアにとっては膝上ぐらいまでを隠すものになっていた。ちらりと見える白い太ももも艶めかしい。

アルは黙って隣のカサンドラの胸を見た。そしてもう一度リーリアを見る。

——大きさは同じぐらいか？　だが、リーリアには若さがあり内側から弾けるような瑞々しい弾力がある。一方カサンドラさんはリーリアと比べれば少し垂れ気味だけどそれも艶熟を感じさせる彩りのひとつだ。どちらが上とも言い難い、甲乙付け難いな……。

「アルくん！　何考えてんの！」

リーリアは顔を真っ赤にし、両腕で胸を抱くように隠しながら叫んだ。

「要約するとどっちが大きいかな？　ということを考えていた」

「あはははは！　少年！　君は素直でいいな！　私は好きだぞ」

「ちょ！　何を言ってるんですかカサンドラさん！　アルくんもジロジロ見ないで！」

「そうだな、少年。私のなら幾らでも見ていて構わないが、常識的にはジロジロと女性の胸元を見るものではないな」

「そうですか。勉強になります」

常識に疎い自覚のあったアルは、素直にそう答えた。

「カサンドラさん！　借りておいてこんなことを言うのも何なのですが、もう少しおとなしい服は

ないんでしょうか！」

——照れたり、真っ赤になったり、怒ったり、忙しいなぁ。

そう思ったアルだが口には出さなかった。

「悪いがそんな感じの服しか持っていないな。それより胸回りのサイズが合うことに驚いたよ。丈が違うのは当たり前としても腰回りが余っているのは少し癪だな」

「はぁ、それはどうも」

リーリアはとりあえずという様子で頭を下げた。褒められたのかよくわからなかったのだろう。

「そういや前の服はどうしたんだ？　捨てた？」

リーリアが随分とあの服にこだわりを持っていたことを思い出し、アルは聞いた。

「捨てないよ！　あれ十万リルもしたの！　私の一張羅！」

「いや、あれは直せないだろう？　そうですよね？」

アルはカサンドラに話を振る。

「そうだな。あれはもう一度買った方が早いんじゃないか？　さて、とりあえず夕食にしよう。パンとスープぐらいしかないんだがな。キッチンから持ってくる。キッチンもあまり片付いていなくてな。最近はここで食べているんだ。予備の椅子が隅にあるから三人座れるようにしておいてくれ」

カサンドラはそう言うと食事の準備をするために寝室を出ていった。

「アルくん……掃除をしに来てご飯も食べさせてもらうのは何だか悪い気がするんだけど……」

「そうかもしれないけど渡りに船ってやつだよ。お金もないし、残っている食料は干し肉が一欠片だけだ。どうにかして今日をやり過ごさないと明日以降ますます困ることになる。貰えるものはもらっておこう」

「アルくんは度胸あるよね……」

しみじみと感心したようにリーリアが言う。

「そうかな？」

「アルくんも着替え貸してもらえたんだね。よかったよ、私だけ貸してもらうのも気が引けるし
……うん、似合ってるよ」

寝室の入り口に立ったままのアルの全身を見てリーリアは言った。

「リーリアほどひどい格好じゃなかったけどね、リーリアも似合ってると思うよ。わかりやすいしね」

「何が!?」

リーリアは似合ってると言われて少し頬を赤くしたが続く言葉に憤慨した。

褒めたつもりだったのにと思いながらもアルは椅子を運び始めた。隅に置いてあった椅子をベッド脇の小さなテーブルの周りに設置する。

テーブルの準備はすぐに終わったが、外は暗くなりつつあった。明かりを点ける必要がある。アルはランプの類がないかと部屋を見回した。

するとその様子を見ていたリーリアが立ち上がってドアへ向かう。

「うふふ。アルくーん。街ではこうなってるんだから！」

自慢げに言ったリーリアはドアの横にある小さな突起を押し上げた。

途端に天井に設置されている球体が輝き出し、部屋の中は昼間のように明るくなった。

「これは……」

「あれ？　あんまり驚いてない？」

リーリアは当てが外れたという顔をしている。

「驚いてはいるけど、こういうものがあることは知ってたから」

電灯だった。

首都を中心に、電気は各家庭へ普及している。マテウ国のレガリア、春風の外套による恩恵だった。春風の外套の能力は気象制御。つまり風力発電を安定して行えるのだった。

「なーんだ。つまんないの。それも本で読んだの？」

「うん。電気で色々できることは読んだ。光ったり熱くなったり物を動かしたりできるらしいけど、どういう理屈なのかは詳しくわからなかったな」

「あ、私に聞かないでよ？　どういう仕組みかなんて知らないんだから」

「リーリアが知ってるとは思ってないよ」

「なにそれー」

馬鹿にされたと思ったのかリーリアが膨れていると、カサンドラが部屋に入ってきた。

パンの入った籠と、三人分のスープを載せたトレイを持っている。

「こんなものしかなくて悪いね」

リーリアは食事の前の祈りを捧げ、残りの二人は黙ってそれを見ていた。

アルは宗教儀式がよくわからない。なので形だけ真似ることに意味はないと思っていた。だがカサンドラが祈らないのは不思議に思えた。マテウ国は中央正教を国教としているので国民はみな信徒のはずだ。

——変わり者っぽいからな。

アルはそう納得することにした。

リーリアの祈りが終わると、三人は食事を始めた。

「あぁ、パン！　パンよ！　おいしいよ！　ねぇ、アルくん！　パンだよ！」

「見りゃわかるよ。悪かったね、干し肉ばかりで」

「……どんな食糧事情だったんだ？　その……この娘のはしゃぎっぷりは……」

カサンドラはとても可哀想なものを見る目つきになっていた。

「一日に干し肉を一かじりずつで過ごしてきました」

「……パンぐらいなら遠慮するな、もっと食っていいぞ……」

「あの……ここまで何から何までお世話になりっぱなしなのですが、僕たちは斡旋所からの紹介で掃除の仕事に来たんですけど……」

アルは好意に甘えっぱなしではいけないと思い、今更ながらそう言った。

「食事やら何やらは報酬の一部ということでいい。給金も二人分出そう。もともと何日かに分けてやってもらうつもりだったが、二人なら早く終わるだろうしこっちが払う分はそう変わらないと思う」

「それはありがとうございます。それで仕事内容はどのようなものでしょうか？」

「そうだな。家の中を整理してゴミとそうでないものに分けて、ゴミはゴミ捨て場に持って行ってもらう。ゴミかどうかわからんものは聞いてくれ。捨てる前の最終確認はするから常識的に判断して分別してくれればいい。もう夜になるし仕事は明日からだな。今日は泊まっていけ。その様子だと泊まる所もないんだろう？」

「お申し出は有り難いのですが、本当にいいんでしょうか？　自分で言うのも何ですが、こんなどこの誰ともわからないような二人を出会ってすぐに家に泊めるというのは？」

ここまで都合がいいと気後れしてしまい、アルはおずおずと言った。

「じゃあ、就労証を出しな」

二人は言われた通りに就労証を出してカサンドラに見せた。

「よし！　一応確認はした。後は私の人を見る目の問題だろう。君らなら大丈夫だ。アルくんにリーリアちゃんだな、よろしくな！　私はカサンドラだ」

カサンドラは二人と順に握手をした。

「さて。今、このうちで使える部屋はここだけだ。幸いベッドは大きいしここに三人で寝ることになるが構わんよな？」

カサンドラはあたりまえのように言った。

平民の常識ではそうなのだろう。この家は部屋も多くベッドも複数あるので当てはまらないが、普通の平民は大きめのベッドを共有して家族で一緒に使っている。なので一つのベッドを複数人で使うことは当たり前だった。

「はい、いいですよ」

アルの常識も似たようなものだった。昔住んでいた場所では母親と一緒に寝ていたのでそういうものかと思っている。

「え！　ちょっと！　何でそういうことになるんですか！」

リーリアは少し違うようだった。彼女の家は裕福で、子供の頃から一人部屋を与えられていたとアルは聞いている。

「いや、そう言ってもな。使えるのはこのベッドだけなんだが」

「リーリア、わがまま言うなよ……せっかく泊めてもらえるのに。野宿は嫌だってあんなに言ってたじゃないか」

「え!?　わがままなの？　いやそういうことじゃ？　え？　おかしいですよ？」

「嫌ならリーリアは床で寝ればいいんじゃないか？」

「ちょっと！　それどういうこと！　何でアルくんがカサンドラさんと二人で寝るのよ！」

「寝るって……何かいやらしい言い方だな」

冗談めかしてからかうようにアルが言う。

「ちがーう！」

リーリアの叫びが夕闇の街に響き渡った。


「あなたはなぜ床で寝ているのでしょう？　お仕置きされているのですか？」

そんな声でアルは目覚めた。

目を開けてみれば、アルの側にしゃがみ込んだ少女がじっと顔を見つめている。

アルはまだ夢を見ているのかと思った。その少女があまりにも美しすぎたからだ。この世の者とはとても思えなかった。

——え？　誰？

カサンドラは一人暮らしだと勝手に思い込んでいたアルは混乱した。

昨日はどこで寝るかで散々に揉めて、結局アルが床で寝ることになった。リーリアがそれ以外は納得しなかったからだ。

夕食後は特にすることもなく早めに寝たためこの家の全容を知ることはなかったが、カサンドラ以外に人が住んでいれば気配でわかりそうなものだった。

「おはようございます……君……カサンドラさんの妹さん？」

カサンドラよりは年下に見えたのでそう聞いた。まさか娘ではないだろう。

「さて？　カサンドラさんとはどなたのことでしょうか？」

黒衣の少女は可愛らしく首をかしげる。まだ寝起きで頭のはっきりしないアルだったが、おかしな状況だと気付き始めた。

「……どこから来たの？」

　家の中でする質問でもないが思わず口をついた。

「そこの窓からです」

「泥棒!?」

「なにも盗んだりはしませんので泥棒ではないですよ。私は朝の散歩をしていて家と家の間をたまたま通ったのですが、床で寝ているあなたをお見かけしたので、何故床で寝ているのかを聞いてみたくなって入ってきたのです」

「え？　駄目だろ？　それは？」

「駄目なんでしょうか？」

　少女がまた小首を傾げる。会話がかみ合っていない。

「それであなたが床で寝ているのはどうしてなのでしょう？　ベッドが嫌いなんでしょうか。私もたまに外で寝転んだりするのでその気持ちもわからなくはないですよ」

「ベッドで寝ようと思ってたんだけど、そこの女の子に一緒に寝るのは嫌だと言われて仕方なくこうなったんだよ」

　言っているうちに何だか負けたような気がしてきてアルは少し落ち込んだ。

「閨（ねや）を共にするのを断られたということは……振られたのでしょうか？」

　咄嗟に振られていないと反論しようとしたが、それを抑えるように少女の手が頭に伸びてきて撫でられた。慰（なぐさ）めているのだろう。

「勝手に人の家に入ってこないでよ」

「ここはあなたのお家ですか？」

「違うけど」

「ではあなたと私の立場は同じなのではないでしょうか？」

「僕はこの家の主人であるカサンドラさんに泊めてもらっている。勝手に入ったわけじゃない」

「では私もカサンドラさんに許可を得ればいいのですね。そちらの方ですか？」

少女は立ち上がりベッドへ向かう。そして「おぉ！」という声を上げて口を丸くした。

「大きいですよ！」

「何が？」

アルが上体を起こしてベッドを見ると、少女はネグリジェ姿のリーリアを指さしていた。

その先には仰向けながらも重力に逆らう見事な膨らみがある。

この大きさなら普通は押し潰されるように広がるものだが、彼女の胸はネグリジェを形よく押し上げていた。

ネグリジェもカサンドラから借りたものだ。カサンドラとお揃いでやたらと扇情的な作りになっている。ベビードールという寝巻らしい。

ちなみにアルの格好は風呂上がりのままだ。男物の寝巻はないとのことだった。

「プルンプルンですよ！」

少女はあっさりとリーリアの胸に手を伸ばし、胸を左右からそっと押さえ、離した。反動でたゆん、と揺れる。

少女はそれだけでは飽きたらず鷲掴みにするとムニュムニュと動かし始めた。柔らかな塊は少女の小さな手の中には収まりきらない。指の間で自在に形を変えている。

――何やってんのこの人！

そう思うもアルは目を離せなくなっていた。

「んっ……アルくん……やめて……あっ……」

そのうちにリーリアは悩ましげな寝言まで言い始めた。

――何で僕がやってることになってるんだよ。

「ほら！　面白いですよ！」

少女は嬉々としてリーリアの胸を弄(もてあそ)んでいる。

――僕はこの状況でどうしたらいいんだろう……。

「おはよう少年。何だ我慢しきれなくなったのか？　こんな状況で勇気があるな……って誰だお前は？」

目覚めたカサンドラはにやつきながら言ったのだが、少女に気付いた途端に表情を変えた。

「おはようございます。あなたがカサンドラさんでしょうか。それともこのむにむにの方がカサンドラさんでしょうか？」

――いい加減しつこいよ。というかリーリアもさっさと起きろよ。

少女はリーリアを揉みしだきながらカサンドラに挨拶をしていた。

「私がカサンドラだが……あぁ、お前は大魔王か。私のうちにまで来るとはな。うちにたかりにきても大したものはないぞ」

「大したものはさっきから触ってますよ」

「……いい加減やめてやってくれないか……おもちゃじゃないんだ、それは」

少女は素直に言うことを聞いた。たっぷりと堪能したようでとても満足そうだった。

「何しに来たんだ？」

カサンドラの落ち着きぶりにアルは感心した。

朝目覚めたばかりでいきなりこんな状況を目の当たりにし、それでも冷静でいられるカサンドラは大したものだと思う。

「……揉みに？」

少女は自分でもよくわからないという態度を見せた。最初の理由はもうすっかりどこかへ行っている。

「この人は、僕が床に寝てるのが気になって聞きに来たそうですが、お知り合いですか？」

「……間近で見るのはこれが初めてだが……この国で一番えらい人間だ。いや、人間なのか？　大魔王様らしいぞ」

「大魔王様という割にはぞんざいな扱いですね。こんな口の利き方でいいんでしょうか」

本人の前で言うことではないがアルは思ったことをそのまま口にした。カサンドラもあまり敬意を払っていないようだし大丈夫なのだろう。

「口の利き方は気にしないという噂だな。実際本人も気にしてない感じだしな」

「はい。好きなように話してくださって構いませんよ」

大魔王は本当に気にしていないようだった。

「その……魔族なのか？　そうは見えないんだけど」

大魔王と言われてもそのまま信じることはできなかった。

アルの知る魔族は全員が黒い肌をしていたし、魔王なら見たことはあるがとても威圧感のある存在だった。このような少女がそれらの上に君臨しているとは到底思えない。魔族は弱い者に従うことはないからだ。

「魔族ではないですよ。多分あなたたちが大魔王と聞いて想像する存在と私は異なるものです」

アルはそれを聞いて納得した。彼の知る魔族とはやはり違うと思ったからだ。そうなるとこの少女は勝手に大魔王を名乗っていることになる。

アルが大魔王の正体を考えていると、リーリアがようやく目覚めた。

目を擦りながら上体を起こし、キョロキョロとあたりを見回す。

リーリアは場の微妙な空気に戸惑っていた。

「おはようございます。……おっぱいさん？」

大魔王に挨拶をされて、リーリアは泣きそうな顔でアルを見た。

「アルくん……目が覚めたらよくわからない美人さんがいて、私のことをおっぱいさんって言うんだけどうしたらいいんだろう？」

「笑うしかないんじゃないか？」

　アルは投げやりに応えた。この状況をうまく説明する自信はまるでなかった。


　カサンドラ家の朝の食卓は随分と窮屈なことになっていた。

　寝室に設けられたテーブルは本来一人用だ。その小さなテーブルの上にパンが用意され、それを四人で囲んでいる。

　アルはあれから着替えをするというリーリアに部屋を追い出された。ついでに食事を運ぶ役目も任されてしまい、散々な状態のキッチンからパンを発掘して寝室に戻ってきたのだ。

「堅いですね」

　大魔王がパンに文句を付ける。大魔王はグルメだという噂だった。街のあちこちに出没しては美味しそうなものを食べているらしい。

「勝手に食べといて文句を言うんじゃない」

　カサンドラがぼやく。しかし大魔王は文句を付けつつもしっかりとパンを平らげていた。

「え？　パンおいしいですよ？」

　リーリアは裕福な家庭で過ごしていたはずだが、ここ最近の旅で何でもおいしく食べられるようになっていた。

「今朝から早速掃除を始めればいいんでしょうか?」

仕事のことを思い出したアルはカサンドラに聞いた。

「そうだな。じゃあ朝食が終わったら早速やってもらおうか。ゴミと思われるものは一旦裏庭に出してくれ。ある程度たまったらゴミ捨て場に持って行ってもらおう」

「わかりました。ゴミ捨て場はどこなんでしょう?」

「北壁の外だ。しかし困ったな。そっちはゴミ目当てにかスラムができてるんだ。子供二人だと危ないかもしれん。少量のゴミなら業者が定期的に回収しているんだが、大量になるだろうからな。どうしても直接捨てに行く必要がある」

「あぁ、それなら大丈夫ですよ。僕……いや、リーリアはとても強いです」

「強くないよ!?」

リーリアが即座に言い返す。そんな理不尽なことを言われても困るといった様子だ。

「今日のところはゴミをまとめるだけでいい。運ぶ方法は後で考えよう」


食事を終えたアルたちは掃除を開始した。カサンドラは仕事をすると言って二階に上がっていったので、まずは一階から片付けることになった。

最初は廊下からだ。ここを通れるようにしないとゴミをスムーズに運び出せない。

昨日はアルたちも相当に汚れて臭っていたためあまり気にしていなかったが、生ゴミの類も結構あるようだ。生ゴミであれば要不要の判断には困らないのでそれらをまとめ裏庭に出す。

侍女をやっていたというリーリアもてきぱきとこなしていった。

何故か大魔王もそのまま居座りゴミを運んでいる。何をどうしろとも言っていないのだが、することはわかっているようだ。

掃除を始めるとそこら辺に転がっているものは全てゴミと判断してもいいと思えてきたので途中からはペースがあがり、昼には廊下の片付けは終わった。

昼時になると大魔王はご飯を食べに行くと言って窓から出ていった。玄関につながる居間はまだゴミで溢れかえっているのでその方が手っ取り早いのだろう。

アルたちも昼食を食べると、居間に手をつけた。こちらは若干判断に困るものもあったがやはりほとんどはゴミだ。アルとリーリアは協力して手早く裏庭にゴミを運んでいった。

夕方になる頃には居間にあった荷物はほとんど運び出せていた。居間を整頓するにはもう少しかかりそうだが一山は越えたというところだ。裏庭には大量のゴミが山と積まれていた。

「調子にのって運びだしたのはいいけど、これを持っていくのは大変だな」

アルがゴミの山を見上げる。

「手押し車か何かで運べばいいのかな？」

リーリアも呆れたように裏庭を見回す。裏庭はゴミでいっぱいになっていた。これ以上ゴミをここに集めるのは無理だろう。

「今日はここまでだな。お疲れ様、リーリア」

「うん、アルくんもお疲れ」

アルはそこで何かに気が付いたような顔をした。

「どうしたの？　アルくん？」

「魔法のことをすっかり忘れていた！」

アルは今更ながら、この仕事を受けた理由を思い出した。

三章　魔法

「で、あらたまってなんだい？」

掃除を終えて風呂に入り夕食を食べた後で、アルはカサンドラに相談があると話しかけた。

アルたちは居間にいる。片付けて使えるようになったので食事はこちらで取ったのだ。

アルとリーリアは並んでテーブルに着き、カサンドラは向かい側に座っていた。

「実はカサンドラさんの掃除依頼を引き受けたのは、お金に困っていたというのもあるんですがそれ以外にも理由があるんです」

「ふむ」

「カサンドラさんは魔法使いなんですよね？」

「誰に聞いた？　公言しているわけでもないんだが」

不思議そうにカサンドラが言う。世間的には知られていないのだろう。

「斡旋所のベティさんから聞いたんですが」

「なるほど。それなら合点がいくな。あいつは私の姪（めい）なんだよ」

アルは訝しんだ。叔母と姪ほど年齢が離れているように思えなかったのだ。どちらかと言えばカサンドラの方が若く見えるぐらいだ。

「そう言えば私の職業を言ってなかったかな？　彫金細工をやっている。いわゆるアクセサリー作りだ。世間一般的にはそれで通っている。が、確かに私は魔法使いでもある。それで魔法使いに何の用だ？」

「魔法使いになる方法を教えてもらいたいんです。斡旋所では教えてもらえませんでした」

「そりゃ、斡旋所で魔法使いにはなれんだろうさ。んー、しかしどうかな、魔法か……。教えてもいいんだが、只(ただ)というわけにもいかないんだ。魔法の知識はそう世間に広まっているわけじゃない。そこそこ値が張るんだよ。秘伝だからな。君たちの給金じゃ払いきれるかどうか。せっかくお金を得る機会を得たんだ。また無一文に戻るのもどうかと思うが」

「そうなんですか……」

アルは落胆した。カサンドラは面倒見のいい女性だが、ただで秘伝を教えろと言うのは虫がよすぎるだろう。対価を支払うにしても今の話からすればかなりの金額になりそうだ。

「アルくん、魔法は諦めようよ。掃除でお金結構もらえるしさ。これが終わったら私の街に行こうよ。私も実家に顔を出したいし。お金があったら汽車で行けるよ」

リーリアが慰めるように言った。

「……何かお金以外で支払うことはできませんか？」

「ちょっ！　何を考えてんのアルくん！」

リーリアが慌てた。アルは不思議そうな顔をする。

「何って……もしかして体で払うとか言うとでも思ったのか？　そんなわけないだろう」

図星だったのかリーリアが顔を真っ赤にした。

「体か……悪くはないが……」

「カサンドラさんも乗らないでください！」

「半分冗談だ。しかし君の様子を見るに体以外で支払えそうなものもなさそうだが」

半分だけなの！　と更に騒ぎそうなリーリアを抑えてアルが言った。

「こういうのはどうでしょう。僕たちの身の上話です。なぜ僕たちがあんな格好で旅を続けてここまでやってきたのか？　興味はありませんか？」

「ほう？」

アルの言葉はカサンドラの興味をうまく引けたようだ。

「確かに気になるところではあるな。これまで話を促してもそれとなくかわされてきた。出会ってすぐに言われても興味を持たなかったかもしれないが、二日も一緒にいてそれなりにお互いのことを知るようになると、そこに興味が行くのは確かだが……これは計算のうちかね？」

「そうですね、それもありましたが、あまりおおっぴらにすることでもないとも思ってました」

「ふむ……まぁいいよ。魔法について教えてやろう」

少し考えた後にカサンドラはうなずいた。

「いいんですか！」

「ああは言ったが魔法講座の値段なんて適当だしな。前に教えてやった奴から一年分の給金をぶんどったというだけのことだ。私の胸三寸というやつだ。それにどこまで教えるかにもよる。とりあえず基本的なことは教えてやろう」

「ありがとうございます。じゃあさっそく、僕たちのことを話せばいいですか？」

「それは後でもいいよ。魔法講座の基本が終わってから聞かせてもらおうか」

そう言うとカサンドラは立ち上がり部屋を出て行った。

しばらくして水差しとコップを持って戻ってきた。長い話になると思ったのかもしれない。

「さて、まずはこれから聞いておこうか。何故魔法使いになりたい？」

「……力が、必要です」

事の発端を思い出し、アルの握りしめた拳に力が入った。

カサンドラが眉をひそめる。自覚はなかったがよほど思い詰めた顔をしていたのかもしれない。

「アルくん……」

リーリアがそっと手を重ねてくる。アルはそれで我に返った。リーリアに心配をかけるわけにはいかないと、落ち着きを取り戻す。

「それは、剣や槍では駄目かね？　そこらの道場で教わればそこそこは強くなれると思うが」

「僕が剣を習ったとしてどれぐらい強くなれると思いますか？」

「ふむ、なかなか締まった体つきをしていたな。それなりに鍛えていたのか。だが平民がどれだけ鍛えたとしても貴族には到底及ばんし……街の力自慢といった所がせいぜいだろうな」

「え？　どこで見せたの？」

いつものように騒ごうとしたリーリアだったがアルの真剣な様子に押し黙った。口を挟める雰囲気ではないと思ったのだろう。

「それでは駄目です。話にもならない」

「貴族にでも挑むつもりか？　それはやめておいた方がいいと思うぞ」

「貴族なら倒すのに力はいらないでしょう。肉体的には及ばなくても策を弄（ろう）すればどうとでもなる。彼らは少々頑丈なだけのただの人間です」

「ほう、大きく出たな。確かに平民が力を得るには魔法が手っ取り早いだろう。しかしな、ただの人間が覚悟もなしに習得するようなものでもない。魔法は確かにアルくんが求めるような力だよ。それは剣や弓と同じような武装と言える」

覚悟ならある。だがそれをどう伝えればいいのかと考えていると、カサンドラは続きを語り出した。

「ただし、剣や弓と違ってその武装は目に見えない。想像してみてくれ、見えない剣を身につけ、平民のふりをした奴が街に紛れ込んでいるところを。これがどれだけ危ないことかはわかるだろう？　こんな奴がいては治安の維持なんてできやしない。だから魔法使いには自制心や克己心が求められるし、軽々しく魔法を使うやつを制裁する自浄作用も求められる」

「そう簡単には魔法は教えないということでしょうか」

「その通りだよ。魔法は簡単に教えられない。おかしな奴じゃないかを見極める必要がある……というのは建前だ。金があるなら魔法学院に行けばいい。あそこなら誰にでもとは言わないが、条件さえ合えば教えてくれる」

「条件とはなんでしょうか？　生まれつきの才能や資質がいるのでしょうか？」

魔法使いになるには生まれついての才能が必要。その可能性をアルは以前から考えていた。

「いや、魔法使いには誰でもなれる可能性がある。あるんだが私がアルくんを魔法使いにするのは難しいな。こればかりは相性がな……」

カサンドラが言い淀む。珍しいことだとアルは思った。ならば本当に難しいのだろう。

「……僕に魔法を使う資格がないというならそれはそれで構いません。なら僕は魔法に打ち勝つ方法が知りたい。魔法使いを倒す方法が知りたい！」

アルの口調につい熱がこもる。魔法について知るには魔法使いになるのが一番だと思っていた。だがそれは回りくどい方法でしかない。魔法使いに勝てるなら手段はなんでもよかった。

「なるほど。だが魔法使いを倒すのはそう難しくはないぞ？　例えば私とアルくんがこの瞬間に戦いを始めればまず私が負けるな。けど知りたいのはそんなことじゃないよな。では魔法使いとして大前提となる基本的なことから教えよう」

カサンドラはそこで一旦間をおき、そしてかみしめるようにこう言った。

「実は人間には魔力を操る術がない、よって人間に魔法は使えない」

「へ？」

アルとリーリアは間抜けな顔になり、カサンドラは満足げな笑顔を見せた。

「うんうん、初めて聞いた奴は大抵そんな顔をする。だが考えてみれば当たり前の話だよ。リーリアちゃん、魔力を操ってみたまえ」

「え？　そんなこと言われてもできませんよ！」

リーリアは戸惑った。急にそんなことを言われてもできるはずがない。

「そうだな。私も魔力なんぞ操れんし、そう言われても困るよな。アルくんはどう思う？　魔力を操るとしてどうすればいいと思う？」

「何かを強力にイメージするとか、精神集中するとか？」

漠然と思っていたことをアルは答えた。

「世間的には魔法使いはそんなことをやっていると思われているのかもな。だが心に思ったぐらいのことで物理的に干渉するなどできるはずもない。そんなことができるなら、思春期の少年の周りなど大変なことになるぞ？」

カサンドラはにやりと笑った。

「人間に魔力は操れない。ではどうやって魔法を使うのか？　アルくんにはわかるか？」

「先ほどから人間という部分に力点が置かれているようです。人間以外なら使えるということですか？」

「察しがいいな。その通りだ。人間に使えないんだから、魔法を使える者に頼んでやってもらうしかない」

「魔法を使える者……魔族や魔獣の類でしょうか？」

「そいつらも多少は魔力を操れるらしいんだがな、劇的なことはできないらしい。ここでいう魔法を使える者というのは主に精霊、神、悪魔と呼ばれる存在だ。魔法使いと呼ばれる人間は悪魔と契約して魔法を使う」

「人間は本当に魔力を使えないんでしょうか？」

アルは疑問に思った。魔力を使っているとしか思えない現象に心当たりがあったのだ。

「基本的にはそうだ。ただ、突然魔法を使えるような存在が生まれてくることもあるらしいが、例外すぎて今回の説明とは関係がないな」

カサンドラはアルの反応を不思議に思ったようだが、大したことでもないと思ったのか説明を続けた。

「悪魔と契約するから私たちの魔法は契約魔法と呼ばれている。これは悪魔を呼び出す儀式をして契約をする。儀式の方法は一門の秘伝で門外不出だ。ぶっちゃけた話、この契約の儀式さえ知っていれば誰でも魔法使いになれる。だからそう簡単には教えない」

「それは誰でも実行可能なものなんでしょうか？　特別な才能や血筋はいらないんですか？」

「そうだな。悪魔に気に入られるには見た目が重要だから、悪魔に気に入られやすい容姿の一族なんてのはいるが、基本的には誰でも悪魔を呼び出すことはできる。契約できるかどうかは交渉力次第だ。なのでまとめると魔法使いとは、私のように見目麗しく社交的な奴ということになる」

「え？」

アルとリーリアは口をそろえて言った。

「いやいや、そこに疑問を持たれると悲しくなるだろ」

カサンドラはわざとらしく落胆してみせる。

「いえ、カサンドラさんはお美しいと思うんですが、何だか思っていた魔法使い像と少し違いまして」

アルは慌てて取り繕った。

「魔法使いというのは精神修行や魔法の研究をしているわけじゃないんだ。日々コミュニケーション能力を鍛え美貌に磨きをかけている。魔法の研究なんてしたところで、自分で魔力を操れない以上興味本位の暇つぶしにしかならんよ」

「では、強力な魔法使いというのはより強力な悪魔を美貌で誑かし、口八丁うまく丸め込んで有利な契約を結んだ者……ということでしょうか？」

アルは言っていて何だか情けない気分になってきた。思っていたのと全然違う。

「その通り。アルくんは飲み込みが早いな。美貌でたらしこんで有利な条件で契約を結ぶ。契約は一度したらほったらかしというのもあるし定期的に更新する場合もある。悪魔の性格やら趣味嗜好は様々だ。それを把握し交渉する実力。これが魔法使いの実力だ。悪魔ってのも結構ややこしくてな、我々人間と同じように上下関係やら、交流関係やら、敵対関係やらがある。それらの把握も重要だ」

アルは話を聞いているうちに、魔法使いになんてならなくてもいいんじゃないかと思えてきた。

「さて。ここで話は前に戻る。私がアルくんに魔法を教えるのが難しいと言った件だ。つまりだな、私が召喚方法を知っている悪魔は全て男なんだよ」

「……それがどうしたんですか？」

アルには今一つ理解ができなかった。それでなぜ難しくなるのかがわからない。

「単純な話だよ。男の悪魔は女が好きなんだ。だから普通は男と契約しない。男色の悪魔もいるらしいが、私は知らないしな。逆にリーリアちゃんなら向いてるな。あいつらおっぱい大好きだから、リーリアちゃんなら二つ返事で契約するだろう」

「え？　いや、その、それは何かいやな感じがするんですけど」

リーリアは困った顔をした。確かにおっぱいを見て大喜びで契約する悪魔を相手にするのは嫌だろう。

「だから男が魔法を使いたいなら、女の悪魔を呼び出す儀式が必要だ。アルくんもなかなかの美少年だと思うから見た目は問題ないと思うんだが」

「そ、その、女の悪魔って響きが、いやらしい感じがするんですけど……」

リーリアがおずおずと問う。

そう言われるとアルも変な気分になってきた。頭の中では全裸の女悪魔が悩ましげなポーズを取っている。

「何を考えたかはわかるが、悪魔はこちらの世界に実体では出てこられない。依代(よりしろ)を準備すればその限りでもないが、契約で悪魔の姿を視認する必要は特にないからな。だからリーリアちゃんが心配するようなことはないよ」

カサンドラはさもわかっているというように頷いた。リーリアもそれを聞いて安心したようだ。

アルはそんな二人を見て不思議そうな顔をした。

「で、それとは別の話だが、私は何歳に見える？」

アルは少々困った。女性の年齢を当てろというのはいろいろと考えてしまう。だが答えないことには話が進まないので若干低めに答えることにした。

「二十歳ぐらいでしょうか？」

「ハズレ。リーリアちゃんはどう思う？」

「二十五歳ぐらいでしょうか」

リーリアは正直だった。

「それもハズレ。正解は今年で六十歳だ」

「え？」

二人は同時に驚きの声を上げた。見た目からでは全くわからない。

「これは悪魔契約の副産物だな。悪魔好みの肉体年齢が維持されるようになる。ただこれは見た目だけでね。年齢通りに体力は衰えるし、老眼にもなる。寿命も延びたりはしないので不老不死ってわけじゃない。それもあって掃除を頼んだりもしてるわけだ。流石にこの年になると片付けるのも一苦労でね」

「それは……」

リーリアが物欲しそうな顔をした。女なら誰でも羨ましいと思うのだろう。アルはこの家がゴミだらけなのは、年齢の問題ではなくカサンドラがずぼらなだけではと思ったが黙っていた。

「だからあまり若いうちに悪魔契約をすると困ったことになる場合もある。見た目が子供のまま変わらなくなるとかな」

リーリアが悩んでいるようだった。悪魔と契約することを考えているのかもしれないが、その程度のことでおかしな契約を結んで欲しくはないとアルは思う。

「さて次に具体的な魔法の使い方だ。アルくんの目的にも関係あるだろう。魔法使いと戦うならこれは重要だ。魔法を使う場合、何をして欲しいのかを具体的に悪魔へ伝える必要がある。そのために必要なのが魔器だ。魔器は様々な形態を持つ。私が持っているのは指輪だな」

カサンドラは左手の甲を見せた。人差し指、中指、薬指にそれぞれ一つずつ、大きめの宝石のついた指輪を付けていた。

「これは悪魔ごとに別の魔器を使っているんだが、複数の悪魔と一つの魔器で契約している者もいる。まとめると魔器は少なくてもすむが、運用が複雑になるので用途に応じて使い分ける必要がある な」

「魔器の形態に意味はあるんですか？」

「特にないが普通は身に着けやすいものを選ぶ。だがそれも悪魔次第だ。この指輪の場合は音声を悪魔に伝えてくれる。これも魔器によって異なる。何か図形を描いて魔器に見せるというやり方もあるし、匂いに反応する魔器や、温度に反応する魔器など様々だな」

アルは居住まいを正した。この知識は魔法使いと戦うにあたって特に重要だと思えた。

「だから、魔法使いとの戦いで注意する点はまずはここだ。魔器は必ず具体的な何かに反応して悪魔に伝達する。注意深く観れば魔法を使う予兆がわかるはずだ。心の中で思うだけで発動する魔法なんてのはないからな」

「心に反応する魔器はないんですか？」

「ない。あれば誰でも使うだろうな。私もそうだが大体の者が呪文を使う。少し変わっている奴で図形を使うぐらいだ。さっき言った匂いや温度というのはかなり特殊なケースだな。完全に無視するわけにもいかないが、ほとんどの場合気にする必要はない」

「その呪文は契約者が唱えないと駄目なんですか？」

音に反応するだけの魔器なら、誰が唱えても魔法が発動するのではとアルは思った。

「面白いところに目を付けるな。アルくんの思った通りだよ。厳密には誰でもいい。だが悪魔は声を覚えているからな。よほど上手く声を真似ない限りは他人の魔器を横から使うのは無理だ」

「そうですか。今の話ですと魔器を借りれば魔法が使えるようになるのかと思ったのですが」

そう上手くはいかないようだった。

「魔法の使い方について続けよう。悪魔と契約し魔器を手に入れると、魔法使いと魔器の間には目に見えないラインが結ばれる。これも他人の魔器が使えない理由だな。そしてこれも重要な点だが魔法に必要な魔力は魔法使いのものが使われるんだ。悪魔は魔法使いの魔力を使って魔法を使う。だから魔力量は魔法使いの実力と密接な関係にある」

「人間は魔力を使えないんですよね？　魔力はなんのためにあるんですか？」

「そうだな。魔力と言ってしまうと特別な力だと思ってしまうかもしれないが、魔力はどんなものにでも存在するんだ。存在力とでも言えばいいのか。その存在をそうたらしめている本質の力とでもいうのか。アルくんにはアルくんをアルくんとして存在させるための魔力が、リーリアちゃんにもリーリアちゃんの魔力がある。さて、魔法を使えば魔力が失われる。その結果どうなるのか？　簡単に言えば薄くなる」

「薄く？」

意味がよくわからずアルは聞き返した。

「ほら、存在感のない奴がたまにいるだろ？　あんな感じだ。魔力は存在力。つまり魔力が減れば存在感が減る」

「それだけなんですか？」

リーリアが意外そうに聞く。確かにその程度のことで魔法が使えるのは不思議に思えた。もっと代償のようなものが必要だとアルは考えていたのだ。

「存在感が減ることを軽視しないほうがいいな。魔力は半分を切れば、その存在は己を維持できなくなる。つまり人間の場合なら死ぬ」

あっさりと言われてアルは言葉を失った。

「だが通常、魔力をギリギリまで使うことはありえない。余裕を考えて四分の一が限度というところだな。魔力を半分近く失えば、自分が誰かもわからなくなってくるらしいし、その状態から回復するにはかなり時間がかかるだろう」

「なるほど。魔法を使うのは身を削るような行いなんですね。その、魔力の多寡（たか）は何で決まるのでしょうか？」

「大雑把に言ってしまえば個性的かどうかだな。存在感とはそんなものだろ？　そこら辺に生えてる木と、樹齢百年の大樹を比べれば大樹の方に存在感があるのは誰でもわかる。もちろん大樹の方により魔力があるんだ。だから人間でもそうだ。単純に奇抜な格好をするだけでも魔力が上がったりする」

美貌で悪魔をたぶらかし、存在感を増すためにおかしな格好や言動をするのが魔法使いの有様らしかった。

「なんだ？　随分呆れた顔をしているな。そうだな、このままだとただの変人としか思われなそうだから、実際に魔法を見せてやろうじゃないか」

そう言ってカサンドラは胸元から銀の板を取り出した。掌に載る程度の大きさだ。

「なんでそんなところに、そんなもの入れてるんですか……」

リーリアがカサンドラの収納方法に不満を言う。

カサンドラは片方の眼をつぶってリーリアに答えると、銀の板を手にしたまま呪文を唱え始めた。

アルからすればそれは、全く意味をなさない、聞いたことのない単語の羅列だ。

カサンドラが呪文を唱え終わると、銀の板は形を変え始めた。あっという間にそれは腕輪状になり、表面には精緻な竜のレリーフが施されている。

「どうだ？」

カサンドラが自慢げに腕輪をアルに渡す。

アルは腕輪を矯めつ眇めつ見た。この一瞬で出来上がったとは思えない出来栄えだった。同じ物を職人が作るとすればかなりの時間がかかるだろう。確かにこれは魔法だとアルは思った。

「彫金細工をやっていると言ったよな？　私の専門は金属を操る魔法なんだ」

「えー？　それはなにかずるい気がするんですけど」

リーリアが空気を読まずにそう言い、アルは余計なことを言うなという思いをこめて軽く睨んだ。

「それは戦いにも使用できるんでしょうか？」

アルはごまかすように話を進めた。

「そうだな、私も若い頃は戦いに赴くこともあった。その時は金属の人形を操ったり、体中に付けておいた金属を武器に変形させて戦ったりしていたな」

体中に鋭利な刃物を付けているカサンドラを想像したが、アルはそれについて何か言うのはやめておくことにした。

「それで、呪文なんですが、まるで意味がわかりませんでした。どこか別の国の言葉なのでしょうか？」

「呪文は悪魔たちが使う言語なんだが意味はよくわかっていない。あいつら必要な部分しか教えないからな。魔法の研究をしているような奴等は色んな呪文を集めて解読を行っているようだ。さっきの呪文は、『形状を腕輪に変更して竜の意匠を施す。詳細はまかせる』といった意味だが、私はこの金属操作に必要な単語以外は知らないんだ」

「呪文を聞いて魔法を判別することはできないんですか？」

「できないことはないだろうが、それには膨大な魔法に関する知識が必要になるだろうな」

それには一朝一夕では済まない学習が必要になるのだろう。アルが今すぐにできることではなさそうだった。

「基本はこんなところだな。精霊魔法は生まれついての素質が必要だし、神聖魔法は教会でも高位の神官にしか教えないからアルくんには関係ないだろう。他に可能性があるとするなら魔導具か。こいつは所持することで魔法が使えるようになる。有名なところではレガリアがそうだ。各国の国王が持っていてかなり強力な魔法が使える」

「じゃあ、それを手に入れれば」

アルは勢い込んだが、カサンドラは手を前に出して制止した。

「期待させてしまって悪いが魔導具は滅多に見つかる物じゃないんだ。ごくまれに古代遺跡から発掘されることがあるとも聞くが、手に入れるのはかなり難しいだろう」

カサンドラが一息ついた。基本の話はそれで終わりらしい。

「ありがとうございます。参考になりました」

「なに。大したことでもないよ」

「例えばなんですが、魔法使いと戦う場合、呪文使いなら大声で妨害するというのはありなのでは？」

「少し厳しいな。よっぽど大きな音を立て続けないと妨害は無理な気もするが」

「魔器を破壊するというのはどうでしょう」

「魔法使いと戦うなら常套手段だが、それは相手も気をつけるだろうな。それに隠し持っていることもあるだろう。壊したと思って油断したらドカン！　何てのもあるかもな」

「魔法を使う前に倒すのは」

「結局はそれが一番だと思う。魔法を使うにはどうしてもタイムラグがあるからな。だが戦闘専門の魔法使いなら対策は考えているだろう」

「魔法使いはどれぐらいの悪魔と契約しているものでしょうか？」

「普通は二、三体といったところじゃないか？　あまり多くても扱いきれないしな」

「一体の悪魔はどれぐらいの魔法を使えるんでしょうか？」

「それも悪魔によるが……十程度かな。悪魔には得意分野があるんだ。炎の悪魔なら炎を操るのが得意だから炎の魔法が使えるように契約する。炎の魔法とか言ってもそんなにバリエーションはなかったりするしな。一体あたりが扱う魔法はそう多くはないだろう」

　そこまでを聞いてアルは黙考し、少し経った後に更なる質問を口にした。

「……万の魔法を使うというのはありえるんでしょうか……」

　それは母がいつか言った言葉だった。ただその頃にはもう母の言葉はあやふやになっていた。信頼に値する情報ではないのかもしれない。

「ん？　万って一万ってことか？　いやそれはないな、そんなもの扱いきれるわけがない。童話だか、おとぎ話だかに出てくる大魔導師が千の悪魔を従えると聞いたことはあるがな。実在の人物だとしてもとっくの昔に死んでるだろうさ」

「……大魔導師……」

まさか、と思う。だが、すぐにそれはありえないとアルは考えた。アルが先ほどから想定している相手は人間だ。おとぎ話になるほど昔から生きているわけがない。

「おいおい、まに受けるなよ。そんな奴がいるわけがない。そんなことを吹いている奴がアルくんの敵だとしてもそれはハッタリだ。断言してもいいよ」

「……そうですね。わかりました。いろいろありがとうございます。結局僕が魔法を使うのはすぐには難しいということですね」

「そうだな。地道に魔法使いを探して師事するしかないだろうな。悪魔の好みは明確だからな。アルくんに似た姿の魔法使いを探すのが早いかもしれない。後は魔法学院か。あそこは容姿選考があるが、アルくんならいけるだろう。ただ金がいる。授業料はべらぼうに高いし平民じゃまず無理だ」

アルにとってはこの程度の話でも十分に参考になった。何も知らないで魔法使いと戦うよりは、随分とましなはずだ。

「さて最後に対魔法使いのアドバイスなんだが……気をしっかりと持て」

「はい？」

すごく大雑把な忠告にアルは戸惑った。正直どうしていいかわからない。

「人は誰でも魔力を持ちそれで生命が保たれている。なので元々他者の魔法に対しては抵抗力があるんだ。だから最後に物を言うのは根性だ。魔法に対抗するには気合いだよ。直接魔法をかけられたとしても強力な自我を保っていれば何とかなる場合がある」

「はい、ありがとうございます」

根性と言われてもいまいち飲み込めなかったが、アルは講義の礼をのべた。

一旦の区切りが付いたところでカサンドラがコップに手を伸ばす。アルとリーリアも同じように水を口にした。

そしてアルが姿勢を改めてカサンドラをまっすぐに見た。

「それでは僕たちの話をしてもいいでしょうか？」

「そういう話だったな。じゃあ聞かせてもらおうか、二人のボーイ・ミーツ・ガールストーリーをな！」

「いえ、そんな大げさなもんじゃないので拍子抜けされるかもしれませんが……」

むやみに大きくなっている期待を前に若干押され気味ではあったが、アルはこれまでの話を語り始めた。

◇　◇

マテウ国が第三魔族領と呼んでいた森の奥深く。細く緩やかな川の側に一軒の小屋が建っていた。

そう大きいものでもない。木造の小屋で平民なら四、五人が暮らせるぐらいのものだ。

中に入ると目につくのは一面を覆う本棚で、そこには本がみっしりと詰まっていた。どれもかなり読み込んだものか手垢に塗れている。内容は人間の文化や、戦争、戦闘に関するものが多かった。

他にあるのは大きめのベッドや、ダイニングテーブルなどありきたりのものだ。

人が住まなくなってからそう時間が経っていないのか、それほど荒れてはいない。住人が出て行く前に整頓したのか整然とした室内だった。

そこに一人の男が立っていた。怜悧な美貌を持つ痩身の青年だ。黒いマントを羽織り、右手にはねじくれた枝のような杖を持っている。

左手に持つのは人間の子供だ。裸の赤ん坊の首根っこを摑んでいる。およそ人の情を持つものができる持ち方ではなかった。

男は部屋の中を見回すと子供をゴミのように放り投げた。必要なくなったということなのだろう。赤ん坊はまだ生きてはいるが、すぐに動かなくなった。このままここに放置されるなら幾許の寿命も残されてはいない。

開け放たれたままの扉から少女が入ってきた。

銀色の髪が特徴的な少女だ。前髪は眉の上あたりでまっすぐに切り揃えてあり、後ろ髪は肩のあたりまであるが、こちらも適当に切ったと言わんばかりの髪型だ。

街にいれば普通であろう格好をしているが、森の奥深く、しかも魔族が住んでいた小屋においてはどこか場違いなようにも見える。

「この魔族領は既に崩壊しています。魔王アルベリクは聖剣の勇者の手で倒されました。既に人間による入植が行われています」

少女は男に報告を始めた。周囲一帯の調査を命じられていたのだ。

「人間風情に倒せる魔王か、不甲斐ないな」

「テオバルト様も人間では……」

途端に杖が振るわれた。テオバルトと呼ばれた男が容赦なく少女の顔を殴りつける。少女の口の端から血が垂れ落ちた。

少女にとってそれはいつものことだった。特に何も感じなかったし、失言をしたとも思っていなかった。

貴族でない人間の全力などたかが知れている。戯れに殴り飛ばそうが全く動じる所のない少女はテオバルトにとって頑丈なおもちゃにすぎなかった。

「前回の実験は失敗したからな、次を育てさせようと思ったが無駄足だったか。前のはどうした？勇者とやらに殺されたか？」

「いえ、聖剣の勇者は魔王を倒すと残党には目もくれずそのまま別の魔族領へ向かいました。その後、残務処理のために聖盾と聖棍の勇者が開拓団を引き連れて来たのですが、その際に人間に保護されたようです。それからの消息は不明ですが、首都の施設を紹介した者がおりますのでおそらくはそちらへ向かったのでしょう」

「生きているなら回収しよう。あれは中途半端だが、その状態で身体各部、特に脳がどうなっているか見ておくのは研究の一助になるだろう」

「では首都へ向かいますか？」

「そうだな」

テオバルトが小屋を出る。しばらくして小屋が突如として炎に包まれた。テオバルトは振り返ることも無くそのまま立ち去って行った。

開拓団からの定期連絡が途絶えたとの報を受け急使が走った。
辿り着いた彼らが見たのは全てが焼き払われ一切が灰と化した荒野だった。
彼らは、開拓団員三百名、特務隊員六名、特務隊を率いていた勇者二名の全滅を王に報告した。

四章　出会い

月明かりの下、少女が穴を掘っていた。

乾燥し硬くなった地面はそう簡単に掘れるものではないが、少女は指先を鉤のように曲げて易々と大地を抉っていく。

切り立った崖の側だ。樹木はまばらで平らな地面が露出している場所だった。

少女は一心不乱に、機械的に同じ動作を繰り返す。穴は徐々に広がっていき、やがて人が入れるほどの大きさになった。成人男性が横たわるには少し窮屈な程度の大きさだ。

その穴の用途は誰にでも簡単に想像できるだろう。

それは墓穴だ。

穴が目的の大きさに達したためか少女が動きを止め、その姿を中天に達した月が優しく照らし出した。

無表情だがとても綺麗な少女がぼんやりと立っていた。

その無表情もいつかその笑顔を見てみたいと思わせる愛らしいものだが、だからこそ体のひどい有様は対照的だった。

ボロボロと言っていい。エプロンドレスと思われる服を着ているが、そこら中が血と泥で汚れていた。破れ、ほつれ、穴が開いている。

しかしそんな状態でも腰まである金髪だけは、汚れもなく月の光を受けて輝いていた。

この少女がこんな姿になった原因はすぐそこにある切り立った崖だった。

崖には何かが何度もぶつかりながら落ちてきた跡があったし、所々血が跡を引いていた。この崖から落ちてきたことは容易に想像が付く。

少女は、爪の隙間にびっしりと土が詰まり汚れた手を、ゆっくりと顔の前に持っていった。

虚ろな眼差しで手を見つめる少女だが、その目には光が戻りつつある。

しゃがみ込んだままの少女の隣では、栗色の髪の少年が腕を組んで墓穴を見下ろしていた。簡素でくたびれた服を着た少年は墓穴を見て「まだ浅いかな」とつぶやいた。

手を突っ込めば肘までが入る深さだ。人を横たえるには十分だがここは森の中で、あまり浅いと野生の獣に掘り返されてしまうだろう。それではわざわざ墓穴を掘る意味がない。

少年が考え込んでいると少女からうなるような声が聞こえた。少女はぶるぶると震え、ゆっくりと口を開こうとしている。

「あ……う……私は……何を……ここは……」

不明瞭な小さな声だったが、少女が声を出したことに少年はひどく驚いた。だがすぐに冷静さを取り戻すと「困ったな」と大して困っているようには聞こえない声でつぶやいた。

◇　　◇

　少女は混乱の極みにあった。何が何だか全くわからない。しゃがみ込み、ただ呆然と土だらけの手を見つめ、先ほど少年から聞いた話を何度も何度も思い返している。

　だが何度考えてもやはりわけがわからない。少女はすがるように少年を見上げた。

　栗色の髪の少年だ。年齢は少女と同じぐらいだろう。薄汚れたシャツとズボンを着ているが、顔立ちは整っていてどことなく理知的な雰囲気がある。少女が混乱しつつも取り乱さなかったのは、この少年にみっともないところを見せたくないと咄嗟に考えたからだ。

「もう一度説明しようか？」

　不安そうに少年が聞いてきた。

「……待って、私に話させて。順を追って整理していくから！」

　少女が答えると少年はほっとした顔になった。ずっと黙っていたから心配したのだろう。

「いいよ」

「君は森の中を歩いていた。すると崖の下に倒れている女の子を見かけた。近寄って確認してみるとその女の子は死んでいた。君はその少女を可哀想だと思った」

「うん」

「君はその女の子をそのまま放って置けなくなった。だから可哀想な少女を葬ってあげようと思った。田舎育ちで弔（とむら）い方なんてろくに知らないけどその少年はお墓を作ってあげようと思った」

「うん」

「ここまではわかるの。ここまでは！」

少女は立ち上がり、必死に訴えた。

「でも少年は自分で墓穴を掘るのが面倒だった。それに土を掘るような道具もない。そうだ、本人にやらせればいい。少年はそう考えると、少女を動けるようにした。そして少女に命じて穴を掘らせた。少女は穴を必死で掘り続け、人が入れるほどの穴を掘ったところで急に喋り始めた……って何これ!?」

「うん、わかってるじゃないか。どこがわからなかったの？」

「わかったけどわからない！　問題はその少女が私ってことよ！　え？　何？　私死んでたの？嘘だよね？」

少女は少年に食ってかかった。わけがわからなすぎて怒りが湧いてくる。

「死んでたっていうか、今でも死んでるんだけど」

「はい？」

さらに不可解な言葉に少女は固まった。そんなわけはない。こんなに元気な死人がいるわけがない。

「僕は死体を操れるんだよ。人間にこの力を使ったのは初めてだったんだけど、まさかこんなことになるとは思わなかった」

「はい？」

ぽかんとした顔になる。もう何を考えたらいいのかもわからなくなってきた。

「今まで僕が操った死体は簡単な命令に従うぐらいで自意識なんてなかった。だから君が急に喋り始めたときはびっくりしたよ」

「何なのそれ！　全然わかんない！」

「今思うと、試したのは動物ばかりだったから自意識があったとしても、そんなのわかんなかったか。何でも試してみないと駄目だな」

少年は感慨深げにそう言った。

「私どうしたらいいのよ！　なんにもわかんない！　ねぇ！　どうしたらいいの!?」

少女は混乱し叫び始めた。じわじわと不安が押し寄せてくる。

少年の話と周りの状況から、自分が死ぬほどの大怪我をしたことは間違いないようだ。そして少年の言うことが本当なら自分は動く死体ということになる。

少女は自分の身体を確認した。

服はボロボロだが体には傷一つ付いていない。それはこの混乱の中、一筋の光明に思えた。

「ねぇ！　私怪我してないんだけど！　ほら！　服は凄い汚れちゃってるけど！　だから崖から落ちたのは本当かもしれないけど、奇跡的に無傷で助かったんじゃないの？」

「僕の力は死体を操ることなんだけど、その際には死体は動けるように再生するんだ。ほら、腐乱死体はそのままじゃ動きようがないだろ？　筋肉が腐ってるんだから」

腐乱死体。

その言葉に少女はビクッとした。死んでいたとしたらどれぐらいの時間が経っていたのだろう。自分は腐っていたのだろうか？

「私……どんな状態だったの？」

おそるおそる少女は聞いた。

「聞かない方がいいと思うけど？」

「いいから！」

「死後そんなに経っているようには見えなかったな。全身を骨折していたのか、そこら中がぐにゃぐにゃだった。頭蓋は陥没していて、顔は……」

「もういい！　やめて！」

少女は両手で耳を塞いでかぶりを振った。

「自分が聞かせろって言ったんじゃないか」

少年は不満げに言った。

「顔……顔も怪我してたの？」

「うん、元の顔がわからない状態だったけど可愛くてよかったよ。ん？　でも僕は君の怪我をする前の顔を知らないんだから、本当に元に戻っているのかはわからないのか？」

少年の自問自答を聞き少女は焦った。

「鏡！　鏡はないの！」

「そんなの持ってないよ」

「じゃ、水！　川とかないの！」

「あっちに……って、月明かりしかないのに走るなよ！　危ないだろ」

少女は少年の言葉を最後まで聞かずに走りだした。

森の中に突入するというのに何も考えていなかった。足を引っ掛けなかったのは運が良かったのだろう。

少女はあっさりと川に辿り着いた。少年も少し遅れて少女のそばにやってくる。

「今日は天気がいいのか特に明るいな。で、どう？」

少年は空を見上げてのん気な様子だった。

少女は川縁にしゃがみ込んで川を覗き込んだ。月明かりが反射する穏やかな川面が何とか鏡の代わりになっている。

そこにあるのは少女が毎日のように見ていた、平均よりは上なんじゃないかと密かに自惚れている顔だった。少しほっとして少女は息を吐いた。

「大丈夫……おかしくなってない……」

「それは良かったけど、あんまり勝手に動かないでくれよ。離れすぎると困ることになる……いや、僕からしたらその方が良かったのか？　まぁいいや。じゃあ戻ろうか」

少年は首をかしげて自分の言ったことに疑問を抱いているようだった。

「……何で？」

少女は少年を見上げて思う。一体どこに戻るというのか？

「何でってこんなとこでずっとぼーっとしてるつもりか？　これからどうするんだよ」

「どうしたらいいの？」

「知らないよ。わからないなら当初の予定通り君があの穴に横になってくれればいいよ。土は僕がかけてあげるから」

「何で！　何で私がお墓に入んなきゃならないの!?」

「そう言われても、僕は親切で言ってるんだ。あんな所に放っておいたら獣に食い散らかされる。そう思ったからせめて埋めてあげようと思ったのに」

「私生きてる！　生きてるよ！」

「うーん、確かに意識のある君を無理やり埋めてしまうのは抵抗がある。だからここは君が自ら埋まってくれれば問題ないんだけど」

「問題ある！」

少年の言うことは無茶苦茶だとしか少女には思えなかった。

「困ったな。君は死んでるのに」

少年が頭をかいた。本当に困っているのだろう。

先ほどから何度も死んでいると主張されて少女は不安になってきた。

もしかしたら本当にもう死んでいて、少年の言うように生きた屍なんていう魔物のような存在になってしまったのかもしれない。

不安に駆られた少女は自らの胸をそっと押さえた。そこには確かに、いつものように脈打つ鼓動があった。

　少女は勢い良く立ち上がった。

「ねぇ！　私の心臓動いてる！　はら、ドクンドクンって！　元気いっぱいだよ！　頑張ってるよ！　これ！　死んでないよ！　ほら！　ほら！」

　そう言って少女は少年の手を取るとふくよかな胸に押し当てた。

「ねぇ！　動いてるよね！　私、死んでないよね！」

「……えーと、やわらかいね」

　少女は困り顔の少年をまじまじと見た。

　両手でしっかりと少年の手をつかみ、ぎゅっと自分の胸に押し当てている。少女はそれに気付くと大慌てで少年の手を放り出して飛び退いた。

「きゃー！　変態！　エロ！　痴漢！」

　少年に背を向け、胸をかき抱き大声で叫ぶ。

「自分で触らせておいてそれはないと思うなぁ」

「もう嫌！　私帰る！」

　少女はそのまま少年の方を見もせず、とにかくどこかへ行こうと足を動かした。

「帰るのはいいけど君はどこから来たんだ？」

「え？」

「崖から落ちる前のことは覚えてるの？」

言われた瞬間に目の前が真っ白になった。そして思い出した。

少女は水を汲みに出かけたのだ。一人では危ないと言われて二人で出かけ、帰り道で崖から足を踏み外した。

もう一人に押されたのだ。重い水桶を持っていた少女は簡単にバランスを崩し崖に落ちた。最後に見えたのは自分と同じようなエプロンドレスを着た少女の微笑だった。

「え？　アレ？　私、崖から……」

崖から落ちたことをはっきりと思い出した。そして足を踏み外した瞬間に気を失ったのだ。

その後、気付けば土を掘っていた。気を失ったのは不幸中の幸いだったのだろうか、痛みに苦しんだ記憶はなかった。

「そもそも君は誰で、何でこんな森の奥深くにいたんだ？」

「え……私は……」

少女はこの森に来た経緯を思い出した。


少女はディーン開拓団と共に、第三魔族領と呼ばれていたこの森にやってきた。

魔王が討伐されたため、開拓団が必要になったのだ。

魔王を討伐し、その地を支配していた魔族のレガリアを破壊すれば、その土地は一時的に中立地帯となる。時間が経てば自然と元の国へ戻るのだが、それには数十年単位の時間がかかるらしい。

そこで開拓団の出番だ。国民が一定数、そこで過ごせば元に戻るまでの期間が数か月単位に短縮されるのだ。

開拓団には、勇者が率いる特務隊が護衛として付くことになっていた。魔王を倒したとしても魔族の残党がいる可能性があるからだ。

ディーン開拓団の護衛は聖盾の勇者ゴドウィンが率いる第二特務隊が付くことになっていたが、出発直前になって聖棍の勇者ヴァルター率いる第三特務隊も参加することになった。

そして第三特務隊は開拓団とは別に自分たち専属の従者を求めた。

募集人員は十名。仕事内容は第三特務隊員の身の回りの世話だ。特に難しくもないし、勇者の従者ともなれば箔（はく）が付く。魔族領が危険とはいえ勇者の側なら安全だと思われた。

特務隊の特務とは魔王の抹殺で、特務隊の隊長は勇者と呼ばれる国内有数の戦士だった。

応募は殺到した。

勇者が直々に面接を行い、最終的に見目麗しい十名の乙女たちが選出された。少女もその一人だ。

「えっと、私は勇者様の従者で……」

道中は何台も大型の馬車を連ね、まるでパレードのようだった。

それなりに裕福な家で育った少女にとっても見たこともないような豪華な馬車だった。

特務隊員一名ごとに馬車が用意され、それぞれ二人の従者が付く。隊員は四人なので、従者は二人あぶれることになった。

少女はあぶれたうちの一人だった。その二人にも専用の馬車が用意され特に何をすることもなく過ごした。

何日もかけてやっと森に辿り着くとそこからは徒歩だ。従者なら大量に持ってきた荷物を運ぶのかと思えばそれは開拓団の人間が行った。従者は勇者たちの後をぞろぞろと付いて歩くだけだった。

勇者はさすがに強く、時折現れた魔族の残党を苦もなく倒していく。魔王がいた集落に辿り着くとそこを拠点とすることになった。

罠が仕掛けられていないかを入念に調べた後、使えそうな建物はそのまま使うことになった。足りない分は天幕を設置し生活環境を整える。簡単な柵や鳴子(なるこ)なども用意し敵の襲撃に備えた。

「私、何の役にも立ってなかったから……」

到着するまで従者としての仕事がなかった少女は、特務隊員たちに料理をふるまうことにした。開拓団の中にも料理の担当者はいたがとりあえず食べられればいいというものだった。これまでの道中では難しかったが、拠点を構え落ち着いた今ならば特務隊員の分だけでももう少し凝った料理を作れるはずだし、少女には自信があった。

その旨を申し出ると料理に不満のあった特務隊員たちは二つ返事で了承した。

少女は料理の準備を始めた。食材はふんだんに持ち込まれていたし、調理器具も十分な物が用意されていた。

ただ、料理をするには肝心の水がない。この集落には井戸の類がなく近場の川まで水を汲みに行っていたらしい。

水を汲みに出かけようとすると従者仲間の少女が声を掛けてきた。森の中は一人では危ない、それに二人の方が楽に運べる。そう言われると断る理由もなく同行してもらうことになった。

「何で……」

何で突き落とされたんだろう。事故などではなかった。今思えばわざと崖の方に誘導した節も感じられる。明確な殺意とともに体を押されたことをはっきり思い出すと少女の体は震え始めた。

「もういや！」

少女は取り乱しそのまま森へと駆けだした。今度は少年も追ってこなかった。


少女は森の奥へ足を踏み入れていた。

いつまでも走り続けられるわけもなく、少女はとぼとぼと歩いている。

どこに行く当てもないし、自分がどこにいるのかもわからなかった。

行くとすれば開拓団の拠点ぐらいしか思いつかないが、どうやって戻ればいいのかがわからなかった。

あの崖を登れば少なくとも水を汲みに出かけた道のどこかには戻れるはずだが、とても登れそうにはない。それならば崖沿いに歩いて何とか崖上に戻る方法を模索するべきだったが時既に遅い。

完全に迷子になっていた。

自然に涙があふれ出てきて止まらない。

明らかな殺意を向けられ、そして殺された。

――なんでだろう？　そんなに嫌われるようなことをしたのかな……

とりとめもなく少女は考え続けた。

彼女の名前すら知らなかった。ほとんど接点はなかったはずだ。それも当然で彼女は最初から特務隊に仕えていた。

従者の間には仕える隊員に応じて序列ができ始めていた。筆頭はやはり聖棍の勇者ヴァルターに仕える二人だ。後は順に魔法使いセルジュ、短槍使いのエーヴェルト、司祭ギャリの従者と続く。その序列で言えば少女は専任の担当者がおらず最下位に位置するだろう。

彼女は勇者に仕えていた。なので嫌われるほどの接触はなかったはずだ。水を汲みに向かう道中そんなそぶりはまるでなかった。普通に会話をしていたし、これから仲良くなれるのだと思っていた。

どこかで獣の遠吠えが響き、少女は身をすくめた。

ここは最近まで魔族が支配していた土地だが、マテウ国の領土に戻りつつある。

レガリアの効果で魔獣の類は自然にいなくなると聞いていたが、完全にいなくなるにはまだ時間がかかるだろう。

この森はまだまだ危険なのだ。それに魔獣ではないただの獣が相手でも少女にはどうしようもない。

少女は半ばやけになっていた。なにせ死んでいるというのだ。何に襲われようと、もう一度死ぬだけなんだろう。だがそんな考えはあっさりと翻った。

少女の体がくらりと揺れた。立っていられなくなり樹木に身を預けた。体に力が入らない。

「え？」

樹にもたれかかったままずり落ちると意図せずしゃがみ込んでしまった。立ち上がれない。まるで足が無くなったかのようだ。

慌てて手を伸ばそうとするも、そのまま地面に倒れこんでしまう。

少女は慌てた。だんだんと力が入らなくなっていく。何とか手を胸に伸ばし鼓動を確認するとひどく弱々しく、先ほど心臓の頑張り具合を誉めたたえていたのが嘘のようだった。

――嫌だ！　死にたくない！

泣き続けぐしゃぐしゃになった顔を更に歪め必死に土をかく。それしかできなかった。

もう指先ぐらいしか動かない。呼吸が弱々しくなっていく。体は酸素を熱烈に求めているが呼吸器系の麻痺が進みそれもままならない。

叫ぶこともできずそのまま息絶えようとしたそのとき、声がかけられた。

「このまま放っとこうかと思ったんだけど、さすがにそれは寝覚めが悪くなりそうだ」

少年が少女を見下ろしていた。しゃがみ込むと少女と目線をあわせてくる。少年は動揺しているように見えた。

「落ち着いてよ。大丈夫。僕が側にいれば元に戻る」

「ほんと？」

ぐずりながらも声が出た。呼吸が元に戻っている。

「あぁ、大丈夫だよ。すぐに戻る。だから安心して」

程なくして少女の鼓動は力を取り戻す。くにゃりとして力の入らなかった手足の感覚も戻ってきた。

「僕の能力には有効範囲がある。正確にはわからないけど、一キロメートルぐらい離れた所でこうなったのかな」

少女はゆっくりと上体を起こした。もうほとんど回復したらしい。

少女は樹にもたれかかると大声で泣いた。号泣だ。先ほどから泣き続けていたが更に涙が溢れてくる。

死の恐怖とそこからの回復による安堵。わけのわからない状況、知り合いから向けられた明確な殺意。色んな思いがごちゃまぜになり心の中を吹き荒れる。

少年はおずおずと手を伸ばし、少女の肩にそっと置いた。

「悪かった。君の境遇は僕のせいだ。できる限り君に協力すると約束する。勝手に骸(むくろ)に戻すようなこともしないし、君の望むようになるよう努力しよう。だから泣かないでくれ。大丈夫だ。僕が側にいればこんなことはもう起こらない」

少女は泣き続けた。少年は優しく声をかけ、辛抱強く泣きやむのを待っていた。

どれほど泣いたのかわからないほどに泣き続け、やがて気力が尽きて少女は泣き止んだ。泣いたおかげか、ある程度の心の整理はついたようで少し落ち着きを取り戻しつつある。

「そういえば自己紹介をしていなかったな。僕はアルだ。この森を出て旅に出るつもりだったんだけど、いきなり君を見つけてこんなことになってしまった。君の名前は？」

「……リーリア……」

リーリアは掠れた声で名を告げた。

「リーリアか。女の子らしい、いい名前だね」

アルが微笑む。名前を褒められて悪い気はしなかった。

「落ち着いたなら君が掘った穴の所まで戻ろうか。大したものじゃないけど荷物が置きっぱなしなんだ」

アルが立ち上がりリーリアに手を差し伸べる。

リーリアは手をとろうとして直前でためらった。墓穴に連れて行って埋めるつもりではないか勘ぐってしまう。

「ん？　あぁ、さっきも言ったようにもう屍に戻そうとは思ってない。元々はリーリアのためにと思ってやったことだ。君の意に沿わないことはしないよ。いきなり信用はできないかもしれないけど、僕がその気ならいつでも能力を解除して屍に戻せる。それをしてないんだから、とりあえず信用してくれてもいいだろ？」

つまりリーリアが邪魔だとしたら屍に戻せばいいだけなのだ。わざわざ墓穴に埋める必要はない。

それは理解できたので、リーリアはアルの手を取り立ち上がった。

「これからどうするのかはまだ決めてないけど、よろしく、リーリア」

つないだ手はそのまま握手となった。

「……よろしく……」

リーリアは泣きすぎて嗄(か)れた声でぼそぼそと返した。まだ何がどうなっているのかをまったく理解していない。

そもそもこのアルという少年が謎だった。死体を操るとかわけがわからない。

だけど、泣き続けていても優しくしてくれたから、少しだけ信用しようとリーリアは思った。

五章　野族

墓穴のある崖下に辿り着くには時間がかかった。

無我夢中だったリーリアは、随分と森の奥に入り込んでいたらしい。

リーリアは自分がどこにいるのやら見当もついていなかったが、アルはこの森には詳しいのか特に迷うこともなく元の場所に戻ることができた。

「よかった。荷物はそのままだ」

アルが地面に放り出されているズタ袋を拾い上げた。中には数日分の食料として干し肉が入っているらしい。匂いを嗅ぎつけられて、獣に奪われることを心配していたようだ。

「さてどうしようか。今夜はとりあえずここで野営するしかないんだけど。困ったことに装備の持ち合わせがない」

リーリアは訝しく思った。アルは森を出て旅に出ると言っていた。何の用意もしていないとは思えなかったのだ
「野営のこと考えてなかったの？」

「僕一人なら何とかなるんだ。でも今は君がいるからね」

そう言うと荷物から一枚の毛布を取り出した。

「こんなものしかない」

「えーと、一人で野営って危険じゃないの？　その……普通は不寝番みたいな人がいると思うんだけど」

夜の森で寝るなど自殺行為にしか思えなかった。

「それも君を見つけるまでは問題なかったんだ」

アルは少し離れた場所を指さした。リーリアがそちらを見ると何かの塊のようなものがある。よく見れば、二匹の狼が重なりあっていた。ぴくりとも動かないので死んでいるのだろう。

「あれを操って護衛にしてたんだ。何かあれば起こしてくれるし、野生の獣ならまず近づいてくることはないよ」

「狼も操れるの？」

「うん、動物なら大抵大丈夫。でも脳が小さすぎると命令を理解しないけどね。原始的な動物は駄目みたいだ」

アルはそう言うが、狼に動く気配はなかった。見たままの通りあれは死骸だ。

「何で今は動いてないの？　まさか時間が来ると死体に戻るとか……」

リーリアは先ほどの息苦しさが脳裏に蘇り、嫌な気分になった。

「僕の能力には容量のようなものがあって、それを配分して割り当てているんだ。狼を二匹操っていた僕に残り容量はほとんどなかった。だから狼への配分を解除して、リーリアに割り当てたんだ。

時間で解除されることはないから安心してほしい。僕は今後リーリアの同意なしに解除したりはしないから」

そう言ってアルは狼へ歩いていく。アルが手を触れると、狼はゆっくりと起き上がった。

しかし操るとは言うが、リーリアに操られている感覚はない。狼も勝手に動いているようにしか見えなかった。

「残り容量はほとんどなかったけど、狼一匹ぐらいならなんとかなった」

狼を連れて戻ってきたアルは地面に毛布をひいた。

この森はまだマテウ国の領土に戻ってはいないが、常春の余波が届いており気温はあまり下がらない。周囲の環境さえ許せば、野宿は十分に可能だった。

「これからのことは明日考えるとして今日は寝よう。かなり夜も更けたことだし」

そう言ってアルは毛布の上に横たわった。狼は少し離れた位置で寝そべっている。

「えーと……私はどうしたら……」

リーリアは困った。寝る場所がない。

「毛布はこれしかないよ？」

リーリアは大きくため息を吐いた。

男の子の隣で眠るなんて耐えられそうになかったが、毛布を譲れなどと図々しいことも言い出せない。

仕方なくリーリアはアルの隣に寝そべり背を向けて横になった。

毛布の下はごつごつとしていて寝心地は悪そうだが、何もないよりはましなのだろう。疲れていたためかリーリアはすぐにまどろみはじめた。


翌朝。二人はこれからのことを話し合うことにした。毛布の上に座ったまま向き合っている。

「さて、リーリアはどうしたい？」

「え？　私？」

いきなり意見を求められてリーリアは戸惑った。

「うん。まず君がどうしたいかから考えよう。僕から離れると君は骸に戻る。僕が好き勝手にやれば君はそれに振り回されることになってしまう。だから君がしたいことを言ってくればいい。僕はそれに従うよ。僕には勝手に君を生き返らせた責任がある」

「その……私も昨日は混乱してて……でもこうやって生きて話ができるのもアルくんのおかげだから……その、昨日はいろいろと……ごめんね」

アルには悪気があったわけではない。むしろ感謝すべきだとリーリアは思った。

「いいよ。気にしなくて」

アルは優しく微笑んだ。

「それで……私勇者様の従者をやってるんだ。崖から落ちたのも水を汲みに行った帰りで……みんな心配してるんじゃないかと思うんだけど……」

落ち着いてくるとそれが気になってきた。行方不明になったことはすぐにわかるはずだ。

「勇者なら開拓団と一緒に魔王の集落に来てるな……リーリアはそこにいたの？」

「うん」

「じゃあ、とりあえずそこに向かおう。旅立ってすぐに戻るのも何だけどね」

アルは頬をかいた。少しばつが悪そうだ。

「いいの？　でもアルくんの旅はどうするの？」

「もともと母さんだけのことだったんだ。母さんが死んだ今あそこに留まる意味はないから旅立とうと思った。だけど、今すぐじゃなくてもいい」

リーリアには意味がよくわからなかった。けれど死んだという言葉に少しぎくりとさせられる。

「その……お母さんって……」

「勇者に殺された」

リーリアが衝撃に目を見張った。まさか勇者様が人殺しを。にわかには信じられない。

「母さんは魔族なんだよ。だから仕方ないんだ。勇者は、それが使命なんだろう」

アルの目には諦めがあった。本当にどうしようもないと思っているようだ。

リーリアは座ったままの姿勢で少し後ずさった。最初からおかしいとは思っていた。

つい最近まで魔族が支配していた森を一人で旅する少年。しかも死体を操るなどという謎の能力を持っている。

疑ってしかるべき状況だ。素直に考えればアルが魔族だと簡単に答えが出る。

「おーい。何か誤解してるだろ。僕は魔族じゃない。人間だ。ほら肌が白いだろ？　この森に住む魔族の肌は黒い。見たことないか？」

　言われて思い出した。森の中を勇者一行は魔族を倒しながらやってきたが、その際に見かけた魔族の肌は確かに黒かった。

　だがそれだけで警戒を解くことはできない。魔族ではなかったとしてもアルは怪しい。

「どう思われようといいんだけどさ。僕は物心が付いた頃にはもうここにいたんだ。そして魔族の母さんに育てられた。事情はわからない。多分さらわれてきたんだろうな」

　あの男に。

　はっきりとは聞こえなかったが、そう付け加えたようにリーリアには思えた。

「でも、そう怯えないでくれよ。何もしてないだろ？」

「それは……わかるけど」

「もう少し僕のことを言っておくと、魔族に育てられたといっても仲がよかったのは母さんだけだ。他の魔族には無視されるとか、疎まれるとかそんな感じだった。だから魔族のことも実はよく知らないんだ。もちろん人間のことはもっと知らないけどね。人間については本で読んだぐらいだな」

「お母さんは優しくしてくれたの？　その……魔族なのに？」

　魔族は人類の天敵だ。リーリアは常識としてそう教えられてきた。

　魔族は人類の領土を侵略し続けている。世界のほとんどは魔族の支配下におかれていて、人類が多少優勢なのはここ北大陸だけだった。

「優しかったよ。いつかは人間の世界に戻るべきだと思ってくれてたのかな、人間の言葉の読み書きも教えてくれたし。他の魔族と僕のことでよく揉めていたけど、いつもかばってくれた。いじめ殺されることがなかったのも母さんが守ってくれたからだし」

「お母さんを生き返らせようとは思わなかったの？」

　思わず口をついたが、すぐにリーリアは後悔した。そこまで踏み込むべきではなかった。

「うん。そもそも僕の能力は生き返らせるとかいうものじゃないしね。それにリーリアみたいになるなんて知らなかったんだ」

「ごめん、変なこと聞いて」

「いいよ。でもどうだろうな、もし自意識を持った状態で復活するってわかってたなら。……それでも使わなかったと思う。やっと母さんは休めたんだ。このまま眠らせてあげたい」

　しんみりとした雰囲気になってしまった。それを破るようにアルが慌てて言う。

「あぁ、話がずれたな。で、どうする。開拓団に行くかい？」

「ほんとにいいの？　私が開拓団に戻ったらアルくんはどこにも行けなくなっちゃう」

「あそこにずっといるわけじゃないだろ？」

「うん。出発前に聞いた話だと最短で一か月、長くても半年って話だったよ。それで魔族領はマテウ国の領地になるって」

「なら全然問題ないよ。それからはどうするんだ？」

「街に戻ろうかな。実家に帰ると思うけど……」

本来の目的は違う。リーリアはこれをきっかけに勇者の世界に関わろうと思っていたのだ。だがそう言うのはなぜか躊躇われた。

「うん、僕も街に行きたいと思っていたんだ。リーリアが一緒なら都合がいい。人間社会のことは本で読んだだけだし、いろいろ常識的なことを教えてもらえると助かる」

「でもアルくんから離れられないっていうのはどうするの?」

それが問題だった。四六時中一緒にはいられないだろう。能力の有効範囲は一キロメートルらしいが、何かの折に離れ離れになることもあるかもしれない。

「それは時間が解決してくれると思う。この能力は少しずつ成長しているんだ。最初は十メートルも有効範囲はなかったけど今は一キロだ。そのうちもっと広がると思う。けど、先のことはわからないし、まずは開拓団だな」

そう言うとアルは立ち上がって、リーリアに手を差し出した。こういう所作はごく自然で気遣いに溢れている。母親から学んだのだろう。リーリアは素直に手を取って立ち上がった。

移動の準備はすぐに終わった。毛布をズタ袋に突っ込んだぐらいのものだ。

墓穴は放置することになった。埋めるのも面倒だし、誰の迷惑にもならないだろう。

二人が崖沿いを歩いて行く。

すると、今までぴくりとも動かなかった狼が身を起こし、二人の後を追い始めた。

まずは崖の上へ移動する必要があった。

この森は高低差が百メートルほどあり、裾野が広い山のようになっている。崖のようになっている箇所も多く、直線的に移動するのが難しかった。

開拓団の拠点はほぼ森の中央、山頂部分から少し南に位置している。

移動しやすい場所を選びながらだと、目的地まではかなりの距離になった。

「すぐそこだと思ったんだけど結構かかるね」

「リーリアはかなり落ちてきたんだ。上に戻るには時間がかかる」

朝に出発し既に昼を過ぎているが、まだ崖の上には辿り着いていなかった。

二人はとりとめもない会話をしながらゆっくりと歩いた。

だがゆっくりとはいえ歩きづめだ。リーリアは休憩を提案しようとしたが、まったく疲れていないことに気付いた。

「それは僕の能力のせいだな。最適な状態で動くように体を再生するみたいだし」

リーリアは少し複雑な気分になったが、疲れ知らずな体は便利だったのでそれは受け入れた。

「アルくんてさぁ、何歳なの？」

他にも不思議に思っていたことを聞いてみた。

見た目は自分とそう変わらないように思えるが童顔なだけかもしれない。それに喋り方があまり子供っぽくないようにも感じる。

「十五歳ぐらいだと思う」

「私十六歳！」

「何でそれだけで微妙に自慢げなんだ？　一歳しか違わないじゃないか」

「一歳だろうと何だろうと私の方がお姉さんということです！」

アルはしかめっ面になったが、それ以上言い返そうとはしなかった。

「そのお姉さんは何でこんな森にやってきたんだ？　開拓団なんてつまらないだろう？」

開拓団などという名前だが土地を切り拓いたりはしない。ただ一定期間その土地で暮らすだけだ。

リーリアのような少女が好む職業とも思えなかったのだろう。

「えっとね……勇者様なの」

リーリアは少し照れたように言った。

「そういえば勇者の従者だとか言ってたね。何？　その勇者が好きなの？」

「違うの！　本当はね、勇者候補のクリストフ様なの！」

バタバタと手を振りながら慌てて言う。

クリストフ・ミラーは人気があり、とにかくかっこいいと評判だった。

リーリアはただ憧れるだけではなくどうにかお近づきになれないかと考えた。そして取った手段が勇者の従者になることだったのだ。

「何が違うんだ？　そのクリストフってのが勇者なんだろ？」

「勇者候補はまだ勇者じゃないの。けどクリストフ様は序列一位だから、次期勇者は確定だって言われてるのよ！」

マテウ国では聖なる武具を持つ者を勇者と呼んでいる。聖なる武具を得るには古の塔に赴く必要があるが、塔に挑戦するにはまず勇者候補になる必要があった。塔は不定期に開き、一度に一人しか入れない。あらかじめ序列を決めておき、その順に塔に挑むのが掟だった。

「よくわからないな？　この森に来てるのは勇者なんだろ？」

「うん。聖棍の勇者ヴァルター様と、聖盾の勇者ゴドウィン様。私はヴァルター様が率いる第三特務隊の従者なの」

「で、クリストフってのは勇者候補でここには来ていない……どうつながるんだよ？」

「その……とにかく勇者様にお近づきになれば、そこから勇者候補であるクリストフ様にもつながるんじゃないかと思ってね、その……」

「何だそれ？　随分と遠回りだな。そのクリストフってのが好きなら、そっちに直接行けばいいじゃないか」

アルは呆れたように言った。リーリアも回りくどいことは自覚している。

「い、いきなりは無理！　そ、それにクリストフ様に会える機会なんて滅多に無いし。だから勇者様の従者になれればお見かけする機会も増えるんじゃないかなぁって。クリストフ様もすぐに勇者になるはずだし……」

「リーリアがそうしたいんならそれでいいし、何か手伝えることがあるなら僕も協力するよ。クリストフってのと仲良くなれればいいんだろう？」

「ほんとに!?」

「急ぐ目的もないしね。最終的には結婚できればいいのか？」

「け、けけけ結婚て！　そ、それはその、最終的にはそうなのかもしれないけど、まずは自然に話せる感じからですね、お友達からってゆーか……その……」

リーリアは顔を真っ赤にしてすごい勢いで話したが、アルは途中から聞き流していた。

そんな話をしながらも歩き続け、崖の上へ辿り着いた時には陽が落ちようとしていた。

「ここまで来ればもう一息ってところだな」

「夜になる前に来られてよかったね」

後は道なりに進めば開拓団の拠点に行ける。そう二人が思ったとき前方に人影が現れた。

五人が道を塞ぐように扇形に展開している。後ろを見ればそちらには三人。気付けば前後を挟まれていた。

全員が同じような格好をしている。胴を覆う革鎧と手足を部分的に覆う装甲、機動性を重視した装備だった。

アルとリーリアが大した武装をしていないのを見て舐めているのか武器は手にしていない。剣は腰や背に帯びたままだ。

とても嫌な顔をしているとリーリアは思った。

「リーリア、念の為に聞くけど、開拓団の知り合いか？」

「わ、わかんない。けど開拓団の人たちはこんな感じじゃないよ」

しかし開拓団以外の人間がここにいる筈もない。まだここは魔獣がうろつくような魔境だ。盗賊の類もわざわざこんな所へは来ないだろう。

「何か用かな？　あなたたちに見覚えはないんだけど」

アルが男たちに声をかけるが、リーリアにはとても話が通じるような相手には見えなかった。

「はっ！　見覚えなんかあるわけねーだろーが！」

前方の男が脅すように喚き、リーリアは驚いてアルの腕にしがみついた。柔らかい胸を形が変わるほどに押しつけてしまっているが、気にしている場合ではない。

「見た感じ盗賊の類か？　見ての通り僕らは大したものは持ってない。一番価値のあるもので干し肉の塊ぐらいだけどこんなものが欲しいのか？　それで良ければ譲るからここを通してくれないか？」

「ガキが！　舐めてんじゃねーぞ！」

アルは交渉をしようとしているのかもしれないが無茶苦茶だった。これでは怒らせるだけだとリーリアは思うが、かと言ってリーリアではなにもできない。

「狙いは開拓団だろうな」

アルはぼそりとつぶやいた。

危険を冒してこんなところまで盗賊がやってくる理由はそれぐらいだろう。

「え？　でも開拓団は三百人もいるんだよ？」

それに勇者もいる。盗賊ごときでは太刀打ちできないはずだ。

「おそらくこいつらは見張りか偵察隊ってところだろう。本体は別にいるんだ。勇者が強いといってもたかが二人だし陽動作戦でおびきだせば残りは平民で構成された有象無象だ。ある程度の数がいれば……」

アルが盗賊の目的を考えていると、鈍い音が大地を揺らした。

中央の男が剣を抜き大地に斬りつけたのだ。その剣は刀身を全て大地にめり込ませている。ずっと無視しているアルたちに業を煮やしての行動だ。その膂力（りょりょく）は人間業ではない。

「貴族か？」

アルが男の力からそう推測する。

「ア、アルくん、野族だよ。どうしよう……」

野族とはその身を犯罪者へと堕とした貴族の蔑称だ。世界中のどの国でも魔族以上に恐れられていた。貴族の身体能力を持ち、人の欲望で襲いかかってくる。魔族も恐れられてはいるが基本的には魔族領から出てこない。しかし野族はどこにでも現れ思うがままに暴れた。

リーリアは既に絶望していた。ただの盗賊相手でも勝てるとは思えないが、野族を相手にどうにかなるとは全く思えない。

「隊長、遊んでないでさっさとやりましょうぜ」

部下と思しき男が欲望にぎらついた目でリーリアを見る。リーリアはさらに力をこめてアルにしがみついた。普段からじろじろと見られることはあるが、ここまであからさまな視線を感じたことはこれまでになかった。

「目的はリーリアか。けどこんな臭い女でいいのか？」

野族の興味を削ぐためか、アルがとんでもないことを言い出した。

「く、臭くないよ！　え、もしかして腐ってるの!?」

まさかと腕の匂いを嗅ぐ。しかしよくわからなかった。

「服が臭うよ。血肉が付着したまま乾いてるし」

「え、嘘！　わかんないんだけど！」

「慣れちゃったんじゃないか？」

そんな場違いとも言える話をしていると、野族の隊長は地面に埋まった剣を抜き、アルに突きつけた。

「黙れガキ。てめえは黙って女をよこせばそれでいいんだよ！」

「何故僕を殺さない？　その剣で僕を貫けば終わりだ。その後リーリアを連れていけばいい」

だがアルは剣先を見つめながら冷静に語りかけた。

「お前は人質だよ、その女を手懐ける為のな！　女に抵抗されるのはむかつくんだよ！　つい殺しちまうしな。おい、女！　お前は今から俺ら全員の相手をするんだ。逆らうならその男を殺す！」

「アルくん……」

リーリアは不安にかられアルを見つめた。アルは生意気な顔のままだった。怯えている様子はまるでない。

「大丈夫だよ」

そう言われてもなんの安心もできなかった。野族に囲まれてしまっているのだ。リーリアの心は諦めが支配しつつあった。

「早くしやがれ！　腕の一本も落としてやろうか、あぁ！」

野族が焦れて叫ぶ。

リーリアは観念してアルの腕を放した。

どんなひどい目に遭うのかは想像もつかなかったが、アルが怪我をするのを見過ごすことはできなかった。自分はどうなってもいいから、なんとか生き延びて欲しいと願う。

リーリアは野族に向け足を踏み出した。

隊長の淫靡な期待に満ちた左手がリーリアの胸に伸びる。触れようとした瞬間にそれは起こった。

リーリアの右手が隊長の左手首に上から絡みついたのだ。同時に左の掌は下から隊長の肘を押さえていた。

間髪入れずにテコの要領で肘を砕く。砕きながら引き込み、バランスを崩した隊長の左膝を蹴り折った。

ここまでは正に一瞬の出来事だ。

膝を砕いた時点で勝負は決していたが攻撃はまだ終わらなかった。

膝を折った右足を戻すと同時にリーリアの左膝が跳ね上がる。右手は隊長の頭を押さえるように伸びていた。

リーリアの膝が前のめりに倒れてきた隊長の顎を粉砕する。

舌が血の糸を引いて飛び、だらしなく開いた口からは砕けた歯がぼろぼろとこぼれ落ちた。

止めとばかりに左肘を側頭部に叩きつけると頭蓋の砕ける音がし、隊長は森の中に吹っ飛んでいった。

何かが潰れる音と、木がへし折れる音、木が倒れ森を揺らす音が続けて聞こえてきた。

「え？」

アルを除いた全員が驚愕に動きを止めていた。

中でも一番驚いているのはリーリアだ。体が勝手に動いて野族の隊長を痛めつけ、何だかわからないうちに左肘を振り切った止めのポーズを取っている。

乱れ浮いていた金髪がふわりと下りてきたところで、リーリアは勢いよく振り返ってアルを見た。

「リーリア。僕が常識に疎いって話をしたと思うけど、こういう場合はどうしたらいい？　殺してもいいんだよな？」

「う、うん盗賊は死罪だし、殺してもお咎めはないと思うけど……」

リーリアは問われるがままに答えた。普段なら大慌てで止めたはずだが、この時のリーリアは衝撃のあまり頭が真っ白になっていた。

「よしやろう」

狩られる側に回った野族たちはもろかった。

圧倒的な身体能力で敵を蹂躙する戦い方しか知らない彼らは、それ以上の力を振るい、術技を行使する相手を前に為す術がなかったのだ。

単純に振り回した剣は簡単にそらされ、懐に入られ、そのまま投げ飛ばされる。地に投げ倒された男を待つ運命は、全力の踏み下ろしによる顔面の破壊だ。

　突き込んだ剣は手首を打たれて簡単に落とされた。落とした剣は馬鹿みたいな力で蹴られ、胴に突き刺さる。革鎧など何の役にも立たない。

　背を見せ逃げようとした者はたちまち追いつかれた。後ろから眼窩（がんか）に指を引っ掛けられ、そのまま引き倒される。これも踏み下ろしの餌食だ。

　終わってみれば圧勝で、隊長の腕を折ってから一分もかかっていない。この結果にリーリアは呆けた。

「え？　何これ？」

　リーリアは悲壮な決意を固め、野族に身を任せようとしていた。それがいつの間にか死屍累々（ししるいるい）といった有様で、しかもそれは自分がやったことなのだ。何がなんだかさっぱりわからない。

「ちょっと複雑な気分だよ。僕がやるよりずっと上手い。客観的に見た方がイメージ通りに動けるからかな。思ってた以上だ」

「へ？　どういうこと？」

　アルが何を言っているのかがわからない。アルと出会ってからわからないことだらけだった。

「今のは僕が直接リーリアを動かしたんだ」

「ほえ？」

　変な声が出た。

「言っただろう？　死体を操れるって。今のがそうだよ」

「はい？」

「今までは、動物しか動かしたことがなかったんだけど、人間はやりやすいね。自分の体と同じ感覚で動かせる」

そう言ってからアルは森の中へ入っていった。しばらくすると何かをずるずると引きずりながら戻ってきた。

「さすが隊長って所かな？　殺したつもりだったんだけど」

最初に吹っ飛ばした野族の隊長だった。

「えっと……生きてるの？」

全身がぐにゃりと歪んだ見るも無惨な状態だが、かろうじて生きてはいるようだ。

「こいつ、どうしたらいいと思う？」

「わかんないよ、そんなの！」

アルが野族を指さしている。が、リーリアに聞いてどうするというのか。

「生きてるなら話を聞こうと思ったんだけど、この状態じゃ無理だな。僕が想像するにこいつらはもっと大規模な盗賊団の一部だ。多分開拓団を狙っているんだろう」

「え？　それってまずいんじゃないの？」

「うん、開拓団に伝えないとね。とりあえずこいつは開拓団に引き渡そうか」

このまま引きずって連れていくのかとリーリアが疑問に思っていると、いつのまにか側に狼が現れていた。

狼は野族の隊長の襟首を咥えるとそのまま引きずり始めた。

そういえばずっと付いてきてたんだった、とリーリアは今まで目立つことのなかった狼を見た。こうやって忠実に言うことを聞いているのを見ると何だか可愛く思えてくる。

「じゃあ行こうか」

そう言ってアルは歩きだした。

リーリアはそのまま付いていこうとしたがある疑問からその歩みを止めた。

何だかすごく重要なことを適当に流された気がする。

「アルくん」

「何？」

「私を直接操れるってどういうこと？」

「そのままの意味だけど、より詳しく言うと感覚の同調と肉体の操作ができる」

「感覚の同調って……」

「リーリアが何か触った感じがわかったりとか、何かを殴ったらその反動を感じたりとか」

「肉体の操作って……」

「全身を自由に動かすことができる。感覚の同調と合わせればかなりのことができるね。男女の違いで誤差はあるんだけど人間同士だと余計なことを考えなくていいから楽だ。そーいや胸の感じはすごいね。すっごい揺れてた。びっくりしたよ」

「あ、ああああああ」

それを大したことのないように言うアルが信じられなかった。全身の感覚を隅々まで探られ、自由に操作されてしまうのだ。アルがその気になればリーリアには抵抗する術がない。

年頃の男の子の思うがままにされてしまう。この状況からは卑猥な想像しかできなかった。

「ア、アルくん……へ、変なことしないよね？」

リーリアは自分を抱きしめ、身を守ろうと全身をすくめた。

「ん？　何を心配してるのかと思ったらそんなことか」

アルはリーリアを安心させるためか爽やかな笑みを浮かべた。

「大丈夫だよ。死体に欲情するような趣味はないから」

一瞬、何を言われたのかわからなかった。

「えぇぇえぇぇー!?」

乙女としてはかなり複雑な心境になってリーリアは叫んだ。

六章　勇者

暗い森の中をアルとリーリアは歩いていた。

既に陽は落ち、残照が辛うじて地平の端を薄く染めている程度だ。森の中は夜と言ってもいい。まだ月も出ていないためこの時間帯の方が深夜よりも暗いほどだろう。

闇に怯えるリーリアはアルの腕にしがみついておっかなびっくり歩いていた。

アルは夜目が利くのか迷う所がない。目的地である開拓団のいる集落をまっすぐに目指していた。

「ねぇアルくん。何か明かりとかないのかな？」

リーリアは少し落ち着きを取り戻していた。先ほどの発言は安心させるための冗談だと無理やり自分に言い聞かせている。

――すっごい爽やかに言われたのがむかつくけど。

「ないよ。元々暗くなったら適当に寝ればいいと思ってたからね」

二人の後ろを大きな塊を咥えて引きずる狼が黙って付いてきている。その大きな塊は時折耳障りな唸りを上げた。

「ねぇアルくん。薄情なようなんだけど……この人は置いていかない？」

「何で？」

「怖いよ！　何でこんな森の中、明かりもなしで、うーうー、唸ってる人を引きずりながら行かなきゃならないの！」

「でも、こいつらが開拓団を襲うかもしれないって説明するなら、連れていくのが手っ取り早いだろ？」

「そんなのなくても話せばわかってくれるよ！　勇者様だし」

本心では全くそんなことは思っていなかったが、この状況が嫌だったのでリーリアは適当なことを言った。

「説明の役にはあまり立たないかもな。喋れる状態じゃないし」

狼がずるずると引きずっている塊は野族の成れの果てだ。頭蓋が陥没し、顎が砕け、全身の骨が折れている。

死んでいるようにも見える状態だが、喉のあたりからはヒューヒューという甲高い喘鳴(ぜんめい)が聞こえ、時折唸りをあげていた。平民ならとっくの昔に死んでいるはずだが、貴族の体が無理やり命を繋ぎ止めている。

アルは返り討ちにしたことを何とも思っていないようだ。

リーリアも野族に同情はできなかった。

野族による暴虐無人な振る舞いは広く伝えられている。ただの盗賊ならまだ同情の余地はあるのかもしれない。だが、彼らは貴族として平民を守る義務を捨て、身勝手な欲望を満たすだけのために、生まれついての強靭な肉体を悪用している。

平穏な暮らしを望み、営む者たちから彼らは敵視されていた。

「そうだな。遅くなって襲撃されていたら意味ないし……どうした？」

狼がくわえていた野族を放して唸りをあげていた。見ているのは森の奥だ。警戒しているように見える。

「どうしたの、ベアくまちゃん」

「ちょっと待て！　名前を付けたのか!?」

森の奥を見ようとしたアルは、即座にリーリアの方を見た。

「え？　可愛いでしょ？」

アルはため息を吐いた。

「いろいろ言いたいことはあるが、まずその名前は何だ？」

マテウ国は複数の民族によって立ち上げられた経緯がある。そのためか同じものを指し示す言葉が複数存在した。

「うちで飼ってる犬の名前」

「……せめて、ウルフおおかみ、じゃないのか、そこは？　それに飼ってる犬と同じ名前にするなよ、区別がつかないだろ」

「うちには、ベアくま以外にも、とりバードが三匹いるけど特に困ってないよ？」

「どうやって呼びわけてるんだよ！　名前ってのは区別するために付けるもんだろ？」

「え？　でも可愛い名前だから、みんなに付けてあげたいじゃない？」

「念のため聞くけど、そのとりバードとやらは鳥か？」

「猫」

「何でだよ！」

「ベアくまちゃん、アルくんが人のペットの名前に文句つけるよ。センスないよねー」

「いいか？　その狼は使い捨てなんだよ。いちいち名前なんて付けるもんじゃない」

リーリアは目を見開き驚いた。使い捨てとは聞き捨てならない。

「ちょっと！　可哀想なこと言わないで！」

「そう言われてもな。そもそも二匹いたうちの一匹しか再利用してないんだ。残してきた一匹は可哀想じゃないのか？　それに森を出るときには連れていけない。街には狼なんていないだろう？」

「……犬だって言うとか？」

「一目でバレるよ……」

ベアくまと呼ばれた狼は言い合う二人を交互に見ていた。困っているようだ。先ほどの警戒行動も忘れている。

「こんなことを言っている場合じゃない。さっき何かに反応してたよな？　何だったんだ？」

思い出したようにアルはベアくまを見た。ベアくまも再び森の奥を見て唸る。

「何かいるのか？」

「ねぇ、アルくん！　アルくんは操ってる人の感覚がわかるんだよね？　だったらさ、ベアくまちゃんの耳の感覚ってわからないの？」

「そうだな、一応やってみるか」

そう言うとアルは森の奥を見て精神を集中させる。

だがこの試みはうまく行かなかった。

「駄目だな。耳の構造が違いすぎるからか雑音しか聞こえない……そうだ、リーリアでも試してみよう。いいかな？」

「え？　いいけど、耳だけだよ。変なことはしないでね」

リーリアは耳に意識を集中した。段々と周囲の音が大きく聞こえてくる。

風に揺れる草木、虫の音色、地をゆく獣の足音、鳥の風切り音、夜行性の動物のかすかな鳴き声、森の中には様々な音が満ちていた。

だがそれらの音はすぐに気にならなくなった。アルが雑音として無視するように操作したのだ。

すると静寂の中、人の気配が感じられた。

その何者かは隠れ潜むために身動ぎ一つしていない。だが、微かな衣擦れ、呼吸、心音をリーリアの耳は捉えていた。

近くに二人いる。ベアくまが見ている方に一人。反対側の森に一人。感覚を強化された聴覚はその位置を正確に捉えていた。

更に範囲を広げていく。次第に驚くべき情景が脳裏に描かれていった。

「え？　え？　何？」

リーリアはその感覚に戸惑った。

人の群れが開拓団のいる集落を取り囲むように布陣している。

その集団も気配を押し殺していたので、このまま近づいていたとしたら気付けなかっただろう。

「遅かったかな。開拓団が囲まれてるよ」

「それって……野族？」

「多分そうだろう。遠巻きに見ているって感じか……かなりの数だ。包囲はすでに完成している。たとえ勇者がいたとしてもこの数じゃ勝ち目はないだろう」

考え込んでいるアルをリーリアは見つめた。しばらくして結論が出たのかアルが口を開く。

「リーリア。開拓団は放っといて森を出ないか？　集落に行って巻き込まれるとまずいと思うんだけど」

「……駄目だよ！　行って教えてあげなきゃ！」

リーリアは少し迷った後にそう言った。野族は怖いがそれでも開拓団を見捨てることはできない。短い間とはいえ旅を共にしてきた仲間たちだ。

「教えても教えなくてもさほど状況に変わりはないと思うんだけど……逆にそれがきっかけになって一気に攻めてくるなんてこともあるかもな」

「でも！　勇者様は強いから何とかしてくれるよ……」

自信のないリーリアの声はだんだん小さくなっていった。勇者が魔族を圧倒するのは知っているが野族が相手となるとどうなるのかはわからない。

「勇者か。まぁいいや。じゃあこの野族はここに置いていこう。もしかしたら今見張っている二人が回収に来て、僕らを追わないかもしれない。この二人が本隊に連絡して、僕らが目を付けられるとさすがに厄介だろうし」

「いいの？」

リーリアは不安そうにアルを見た。勢いで開拓団のもとに向かうべきだとは言ったが、それはただの自殺行為なのかもしれない。

「いいよ、リーリアが行きたいのなら付き合う。そう言っただろう？」

「……ありがとう」

二人は開拓団の拠点、魔王の集落に向けて歩き出した。


何の妨害もなく集落の入り口まで二人は辿り着いた。

リーリアは帰ってきた喜びに勢いよく駆けだし、そして転けた。何かに足を取られたのだ。カラカラと何かがぶつかる音が響いている。

「何をやっているんだ？　確か水を汲みにここを出たんだよな？」

アルが馬鹿にしたようにリーリアを見下ろしていた。

集落の周りには一メートルほどの間隔を空けて杭が打ち込まれている。杭の間は細い糸で結ばれており、間には鳴子が通してあった。糸に触れると音が鳴る仕掛けだ。

「暗くて見えないよ！」

「見えなくたってそれぐらい覚えてないか？　それに何勝手に行こうとしてるんだよ」

「え？　だって早く伝えないと！」

アルは鳴子の仕掛けを軽々と飛び越えた。

「わかったよ。ほら立って。一緒に行こう」

アルはリーリアの手を取って立ち上がらせた。

「しかし誰も様子を見に来ないな。仕掛けの意味がないと思うんだけど」

「どうなんだろう。私もこの仕掛けが鳴ったのは初めて見たんだけど……」

自分で鳴らしてしまったので少々バツが悪そうにリーリアは言った。

「で、伝えるというのは勇者でいいのか？　開拓団の団長とかでなくて」

「うん、ディーンさんはおじいちゃんで戦うとか無理だし、野族が来るって言ってもどうにもならないと思う」

「そうか。ところでリーリアは服の替えはないの？　勇者の所に行く前に着替えるとか」

「いいよ。まずは勇者様の所に行こうよ、あっち。あの大きい天幕の所」

確かに服はぼろぼろで着替えたいのは本音だが、悠長に着替えている余裕はないだろう。

リーリアが先に歩きアルを勇者の天幕へと連れて行く。

周囲ではいたるところで篝火（かがりび）が焚かれ、大小様々な天幕を照らしていた。

「なにかおかしくないか？　人の気配が無い」

「そう言われると……」

あたりは静かすぎた。すでに寝ているとしても気配ぐらいはするものだろう。リーリアは異常な様子に嫌な予感を覚えた。

勇者の天幕は大きく豪華だった。天幕の範疇ではあるがしっかりと大きな柱が立てられており分厚い布で全体を覆っている。布には所々に紋章や風景、人物などが描かれていて、まるで芸術作品のようだった。

「これは凄いな。そこの魔王の館より豪華なんじゃないのか？」

アルが二階建ての粗末な建物を指さす。

「うん、聖棍の勇者様は一等貴族で凄いお金持ちらしいよ。凄く内装に凝ってるんだって。見たことはないんだけど」

そう言った時かすかに心が痛んだ。天幕の内装が凝っているというのは一緒に水汲みに行った従者仲間から聞いたことだからだ。

「こんなものを持って来たのならそりゃ、こっちに住むよな」

「でも、ギャリさんとセルジュさんはあっちの二階建ての館に住むって聞いたよ」

「魔王の館か。そいつらは勇者の仲間？」

「うん、第三特務隊の隊員で司祭さんと魔法使いさん」

「そもそも特務隊ってのが何なのか聞いてないんだけど」

「王様直属の部隊で四人組なんだよ。すごく強くて魔族領を取り返しにいくの」

「何で四人なんだ？　もっと大勢で行けばいいだろう？」

もっともな疑問だ。理由としては最小単位の二人編成を二組束ねて可用性を上げたということになっている。特務隊の主な任務は少数精鋭による魔王の暗殺。五人以上では隠密性に劣り、指揮統制も若干ながら乱れやすい。

もっともらしくそう言われてはいるが、伝統的に勇者は四人組ということになっており、それが踏襲されているだけだった。

「よくわかんないけど、普通の貴族が魔族と戦っても負けちゃうから少数精鋭だって聞いたことあるよ」

「そういうものか。じゃあ行こう。とりあえずリーリアが説明してくれ。僕もここの人たちと多少の面識はあるけど勇者とは会ったことがない」

「う、うん」

二人は天幕へと近づく。だが近づくとともにリーリアの足取りは重くなりやがて止まってしまった。最初はかすかに聞こえたその音が近づくに連れはっきりとしてきた為だ。

嬌声が聞こえる。あたりをはばからない艶めいた女の喘ぎ声が天幕の中から漏れていた。

リーリアは顔を真っ赤にしてアルを見た。

「ア、アルくん！　こここ、これって……」

「邪魔しない方がいいんじゃないか？」

「ど、どうしよう。早く伝えないといけないのに！」

「だったら入れば？　緊急事態なんだしちゃんと説明すれば問題ないんじゃないか？」

「む、無理！　だって、中でその……」

「なら終わるまで待つしかないだろう？」

そんなことを言い合う内に一際高い声が響き渡り、あたりが静まり返った。中でごそごそと音がしたかと思うと天幕の中から上半身裸の男が姿を現す。

金色の髪が肩まであり女のような顔をしているが、鍛えられ引き締まった上半身は男であることを強烈に主張していた。とても美しい貴族の戦士だ。

外で騒いでいる者たちを不審に思い、様子を見に出てきたといった風だった。

「あ、あの勇者様」

リーリアが顔を伏せながら言う。勇者の汗だらけの上半身が天幕内の出来事を想像させた。

「リーリア！　無事だったのか！　崖から落ちて死んだと聞いたぞ！」

勇者は驚きの声を上げ、そして微笑みかけた。安否を気遣う様が感じられる。

「え、と、落ちたんですけど、あまり怪我をせずに無事でした。戻ってくるのに時間がかかってすみません」

本当のことは言えないので実は死んでいたなどということは伏せた。それ以外は本当なのでそれほど疑われることはないだろうとリーリアは考える。

「いや、よかったよ！　ん、そこの君は？」

「崖の下にいたリーリアを保護したものだ」

アルがぶっきらぼうに答えた。

「そうか、連れてきてくれてありがとう。心配していたんだよ」

リーリアは勇者の笑顔に違和感を覚えた。心配していたという割にはすごく軽い言葉にも思える。

「でも、そうならヘルミーネの報告はおかしいな？　おい、ヘルミーネ！」

勇者が天幕に呼びかける。少しして女が出てきた。裸の上に薄い布をかぶり、くるまっただけの姿だ。あまり隠れていない上気した肌と、整っていない息遣いが生々しく情事の後を感じさせる。

その後からもう一人。こちらは男だ。筋骨隆々の大男。この男も上半身は裸で汗に塗れていた。

リーリアはそれまで名前も知らなかったヘルミーネという女と目を合わせた。

ヘルミーネは少し後ずさった。その目には怯えと怒りが見て取れる。

「ヘルミーネ。崖から落ちて死んだリーリアを見たと言ったな？」

勇者がヘルミーネを問い詰める。

「はい！　確かにそうです！　確実に死んでいました！　あんなぐちゃぐちゃの状態で生きているわけがありません！　あの高さから落ちて死なないわけがないです！　何で……なんであんたが生きてんの！　おかしいでしょ！　ねぇ！　どうして！　化けて出てこないでよ！　あたしの邪魔をしないで！　ねぇ！　死んでないならちゃんと死んでよ！　ふざけないで！　あたしの居場所はここなの！　あんたなんかに奪われるわけには行かないのよ！」

ヘルミーネは必死に言い募った。興奮のあまりか早口になり、途中からはリーリアに対する罵倒に変化している。混乱のあまり周りが見えていないようだ。

「おい、落ち着けヘルミーネ。生きてたんだから、それでいいじゃねーか。それとも何か？　死んでた方がいいってことか？　あぁ？」

大男がヘルミーネを脅すように諭した。ヘルミーネも自分が言ってはならないことを喚いたと気付いたのか、口を閉ざした。

「ちょうどいい！　おい巨乳！　今から二回戦目だ。次はお前の相手をしてやる。それしか能がないんだから、せいぜい楽しませろよ」

何を言われたのかリーリアにはわからなかった。

――何で巨乳呼ばわり？　相手って？

「エーヴェルト。初物は私が頂くと決まっているでしょう？　いつからあなたにそんな権利が？」

勇者はエーヴェルトと呼んだ男を、底冷えのするような目で見つめた。

「す、すまねぇ。つい、調子に乗っちまった。許せよ。そいつはお前のもんだ。取らねーよ」

エーヴェルトは即座に謝った。そこには勇者との関係性が窺える。特務隊の中でも勇者は絶対的存在だった。

リーリアは自分が話題になっていることがうまく頭の中でつながらなかった。全く想定外の状況だ。

「あまりふざけない方が身のためですよ。さぁ、リーリア。行きましょう。随分と汚い格好ですが、脱いでしまえば関係ありませんしね。服ならヘルミーネの予備がありますし後でそれを着てください」

そう言って勇者は手を差し出し一歩近づいた。リーリアは後ずさり同じ距離を保つ。

「ちょ、ちょっと待ってください！　何の話か知りませんがそんな場合じゃないです！　野族が！

すぐそこまで野族が来てるんです。それを伝えに急いで戻ってきたんです！」

「あぁ、彼らですか。知っていますよ」

「へ？」

リーリアは間抜けな声をあげた。既に知っていると言われるとは思ってもいなかった。

「この場にいるのは我々だけです。開拓団の皆さんは物資とともに安全な場所で待機していますよ。第二特務隊が守っています」

野族対策は既に行われていた。先ほどからの違和感はそのためだったのだ。

「ですので我々は彼らが襲いかかってくるまで楽しんでいればいいのですよ。リーリア、あなたを一目見たときに思いました。何て美味しそうなんだろうって！　あなたが死んだと聞いたときはとても落胆しましたが……失ったと思っていたものがこの手に戻ってきたんです。期待も最高潮というものですよ！　もう我慢できない！　さぁ！」

勇者が興奮のあまり口早に言いつのる。

ようやくリーリアの頭の中がまとまった。そして馬鹿みたいだと思った。

従者とは名ばかりで彼らが求めていたのは慰安婦だったのだ。身の回りの世話をさせたいだけなら開拓団に頼めばいい。彼らは自分たちの好みに合う女性を選別して連れてきたのだ。

リーリアともう一人、道中で別の馬車にいた二人は特にお気に入りということだったのだろう。

勇者の言動から察するに好物は最後に味わう性格のようだ。

リーリアも子供ではない。勇者たちの目的は今更ながらに察したが、従者として集めたのでは話が違う。騙し討ちに等しい。

「違います！　そんなつもりじゃ！」

リーリアは大声を上げた。自分が馬鹿だとは思ったが、こんなことを当たり前のように言う勇者たちも馬鹿だとしか思えなかった。

「そんなつもりも何もここまで来て何を言っているんです？　皆さん、それはわかって来ているんですよ？」

そんなことはない。そう言おうとしたが口がうまく動かない。詰め寄ってくる勇者の情欲に濡れた目を前にして足がすくむ。

射すくめられ身動きの取れないリーリアが取り乱しそうになったとき、リーリアと勇者の間にアルが割り込んだ。

その存在などすっかり忘れていたのか勇者はアルを訝しげに見た。勇者の頭の中にはもうこの後のリーリアとの睦み合いしかなかったのだろう。邪魔をされた勇者はいらだたしげに言った。

「あなたまだいたんですか？　さっさとどこかへ行ってください。目障りです。それとも何か報酬でも期待しているんですか？　そんなものあるわけないでしょう？」

勇者はアルを馬鹿にし見下している。こんな人だったのかとリーリアは落胆した。

「リーリアは嫌だと言ってるんだ。振られたんだよ、色男」

アルは侮蔑を隠そうともせず言った。

勇者は無言だった。表情をなくして呆然と立っている。何か言い返してくるのかとリーリアは待ち構えていたが、勇者が何かを言う前にアルが動いた。

リーリアの手を取り、そのまま森へと歩きだしたのだ。

「行こう。リーリア。こんな奴らはほっとけばいい。開拓団は避難しているようだし大丈夫だ」

「う、うん」

少し戸惑いながらもリーリアはそれを受け入れた。このままここにいて勇者たちの玩具になるつもりはない。

「聖棍よ！」

それまで黙っていた勇者が叫ぶ。途端に風が吹き荒れた。

◇　◇

思わぬ突風に身をすくめ、顔を伏せると前方で何かの降り立つ音がした。アルが顔を上げるとそこにあったのは半ば予想通り、勇者の姿だ。

その右手には白い棍が握られている。棍などというと大層なものと思われるかもしれないが実質それはただの棒だ。長さは勇者の身長を少し上回る程度、二メートルほどだった。

「随分と大人気ないな。それ勇者の武器ってやつだろ？　いきり立ってるようだけど平民相手にむきになるってのはどうなんだ？」

「そ、そうですよ。貴族には、勇者には国民を守る義務があるはずですよ！」

リーリアはアルの後ろに回り背中にしがみついていた。

「えぇ、ですから国民は勇者に尽くすべきだと思いますよ？　なのでリーリア。あなたが戻り我々に尽くせばそれで問題ありません。そこの身の程知らずは叩き潰しますがそれも勇者の戯れとして許容される範囲でしょう。我々はそれが許される程度には国民に尽くしているのですから」

ふざけたことを言っているが勇者は本気だ。戦いは避けられないとアルは瞬時に判断した。

天幕の前の男女は動いていない。今のところ様子を見ているようだ。ならば勇者を打ち破りそのまま森へ突っ込めば逃げられるかもしれない。

勇者は余裕なのか一瞬視線を切ったアルを見下すように見ていた。棍を手慰みにか指先でくるくると回転させている。

「お前の下らない思想なんてどうでもいい。リーリア。前に言ったよな。母さんのことは仕方ないって。あれは撤回する。こんな奴らが仇だと思うと我慢できない。ぶっ飛ばしていいか？」

「う、うん、やっちゃえ！　こんな人勇者の資格ないよ！」

勇者が母親を殺した。それは仕方ないことだとアルは思っていた。しかしこんな奴に殺されたのならば、仕方ないとはとても思えなくなった。

「平民ごときに勇者の資格を問われたくはありませんが……」

勇者が言い終わる前にアルはわずかに前傾姿勢を取った。

攻撃の前兆と捉えた勇者が棍の先を下げて迎撃の体勢をとろうとする。

勇者が動いた一瞬にリーリアが動いた。

勇者の視界からはまるでリーリアが消えたように見えただろう。リーリアを全く警戒していなかったこともあるがその速度は貴族の目をもってしても捉えきれないものだった。

リーリアは間合いを詰めながら両手を地に付けしゃがみ込み、右足を外から回すようにして足払いを放っていた。

さすがに勇者ともあろうものが両足もろとも刈られるようなことはなかったが、前に出していた左足を弾き飛ばされた。

勇者の意識が足元に集中する。

リーリアは足払いの勢いそのままに回転して右足で踏み切り、そのまま飛び上がった。回転の勢いを殺さずに威力をのせた左足の蹴りが勇者の顔面を捉える。

勇者は棍で受けようとしたが間にあわなかった。上下の揺さぶりに全く対応できていない。

顔面を蹴り飛ばされ勇者の足が地を離れた。それでも勇者は何とか反撃しようとしたが、それは失敗に終わる。リーリアの足払いから続く攻撃はまだ終わっていなかったのだ。

左足が宙にある間に既に右足は左足を追いかけるように跳ね上がっていた。水平に振られた右足が棍を弾き飛ばす。

勇者の顔が絶望に歪んだ。彼の闘法は棍に依存している。攻撃も防御も棍を中心に組み立てられているため棍を失えば為す術がない。

左足から着地したリーリアはまだ宙に浮いている勇者に接近する。このまま攻撃してもはじき飛ばしてしまうだけだが、その解決法はシンプルだった。

右腕で背を抱くように抱え、左の掌を腹部に叩きつけた。挟み撃ちだ。

逃げ場のない衝撃が勇者の中心で弾ける。十分に威力が浸透したことを確信すると、リーリアは勇者を天幕へ投げ捨てた。

天幕がその場にいた男女を巻き込んで崩れ落ちる。

そこから先、アルの行動は迅速だった。勇者がどうなったかは見もしない。

リーリアは落ちた聖棍を手にし、アルを背負うと一心不乱に森へと駆け出した。

「おい！　野族ども！　勇者は丸腰だ！　襲うなら今だぞ！」

アルは叫んだ。次にリーリアに言う。

「すまないがこのまま森を抜けるまで全力疾走だ。一気に行く」

闇の森の中、アルを背負ったリーリアが一気に駆け抜ける。

夜目の利くアルが補助するため暗闇はさほど問題ではない。野族の間を途中通り抜けたが相手も何が何だかわからなかったのかぽかんとした顔をして二人を黙って見送った。

二人は一直線に移動した。崖も川も勢いにまかせて飛び越える。リーリアはめまぐるしく変わっていく風景に慌てふためき、混乱したままだったが、アルはリーリアの困惑を無視して限界までその能力を行使する。

あっと言う間に森を抜けそこでリーリアはやっと止まった。

整備された街道のただ中に二人は立っていた。

「何ていうのか、その……こんだけ無茶苦茶なことしてるのに全然疲れてないんだけど……」

リーリアがぼやいて森の方に振り返った。アルもようやくリーリアの背から降りる。

「まだ油断するな」

「なんで？」

リーリアは全て終わったと思ったのだろう。その時、聖棍がかたかたと揺れだした。勇者の叫び声が聞こえたような気もしたが、かなりの距離だ。聞こえるはずもない。

「そいつは呼ばれたら飛んでいくみたいだ。そのまま押さえて」

リーリアが手をすり抜けて飛んでいこうとする聖棍を必死に押さえる。かなりの力でリーリアの手を逃れようと蠢（うごめ）くが、握り続けているうちに次第に弱まっていきやがて沈黙した。

「よし、終わったみたいだな」

「え？」

よくわからなかったのかリーリアが疑問の声を上げる。

目論見通り野族は勇者に襲いかかったのだろう。

あの場にいたのは勇者を含めて三人だけ。武器を失っては勝ち目がなかったはずだ。

「とりあえず難は逃れたということだよ、じゃあ行こうか。ここからは歩いていこう」

リーリアの背に乗って駆けるのは非常手段だ。ここから先は平地だし人に見られるのもまずい。

「これどうしたらいいの？」

リーリアは手にしている聖棍を振った。

「持っていくのも面倒なことになりそうだな。その辺に捨てていこう」

「え？　大丈夫？　これ一応国宝みたいなものだったと思うんだけど」

「見た目はただの棒だしいいだろ。それに多分勇者が呼んだら飛んでいくし」

——多分死んでるから呼ばれることはないと思うけど。

それはリーリアには言わなかった。

「そ、そう？　だったらいいけど」

リーリアはあっさりとその場に投げ捨てた。国宝とは言いながらも、実感はなかったのだろう。

「それよりリーリアの服をどうするかだな。今更取りに戻るわけにも行かないし」

「もういいよ……何とか街に行ければ……」

「お金は？」

「え？」

リーリアが慌てて体中をまさぐる。今更金を持っていないことに思い至ったのだろう。

当然アルも持っていない。魔族の集落で暮らしていたので、人間の金には縁がなかったのだ。

「どうしよう……これじゃ街に行っても……」

「けど、人がいるところに行かないとどうしようもないだろ？　大丈夫だよ。紹介状があるんだ。ベイヤーってとこに行きたいんだけど行き方わかる？」

「紹介状って？」

「職業斡旋所の紹介状だよ。開拓団の人に書いてもらったんだ」

「そうなんだ。ベイヤーはここから東だから真っすぐ道に沿っていけばいいと思う」

職の当てがあると聞いたリーリアは安心したようだった。

「じゃあ行こう」

「あれ？　何か忘れてない？」

東へ歩き出そうとしたアルをリーリアが引き止めた。

「何かって？」

アルの疑問に応えるかのように、森から何かが飛び出してきた。

「ベアくまちゃん！」

「あぁ、お前か……」

それはアルが使役していた狼だ。全力で追いかけてきたのかかなり息が上がっている。

「一緒に来る？」

リーリアはしゃがみ込むと狼の頭をそっと撫でた。狼は満更でも無い様子でされるがままになっている。

「街までは無理だろ？」

アルは人間の世界に詳しくないが、街に狼がいないことぐらいは知っている。連れて行けば何かと問題になるだろう。

「街の外にいればいいじゃない、ねぇ一緒に行こうよ」

アルはこんなことで押し問答するのも馬鹿らしくなったので黙って歩き始めた。街に着けばリーリアも諦めるだろうと考える。

リーリアはそれを肯定と受け取ったのか、ベアくまを引き連れてアルの後を追いはじめた。

明るい月が照らす道を、二人と一匹は歩き始めた。

◇　　◇

魔法使い、カサンドラ家の居間。

リーリアとアルは並んで座っていた。テーブルの向かい側にはカサンドラがいて、興味深そうにアルの話を聞いている。

「こんな感じのことがあったわけなんですが」

アルはこの街に来るまでのことをようやく語り終えた。

もう深夜だ。リーリアは少し眠くなってきていた。

「何というのか……つまらん」

「え？」

リーリアは驚いた。つまらないと言われるとは思わなかったのだ。ここまでの話はリーリアからすれば大冒険だった。

「私の想像していたのはこうだ。性欲を持てあます健康な少年、アルはある日、男好きのする魅惑的な肢体を持った美少女リーリアを見かけて辛抱たまらなくなり、獣欲を迸らせて襲いかかってしまった。リーリアがボロボロになるまでその体を貪り尽くした後、我に返ったアル少年はとても反省し、何とかその罪を償うためにリーリアと……」

「ちょちょちょ、何を言ってるんですか！」

リーリアが慌てて口を挟む。

「お気に召しませんでしたか」

アルはいつも通り冷静に返した。

「あぁ、いや半分冗談だよ。だいたいは理解できた。しかし何だな、その能力か？　それは私の知る魔法にはないものだな。どちらかというと悪魔そのものが行使する能力に近いように思う。アルくんは人間だよな？」

「はい。悪魔というのがどのようなものか知りませんが、魔族ではありません」

「ふむ。魔族がそのような力を使うといったことも聞いたことがないな」

「そうですか」

「その能力はあまりおおっぴらにはしない方がいいな。わかるだろ？」

「そうですね。死者が蘇ったように見えるというのが、とてもまずいということは、常識に疎い僕でもわかります」

「そう言えばさっきの話に出てきた狼はどうなったんだ？　連れていないよな？」

「街の外で別れました」

「骸に戻さなかったのか？　さっきの話だと容量があるんだろ？　もったいないんじゃないか？」

「リーリアに猛反対されまして……」

アルが納得できないという顔をしているのがリーリアからすれば信じられなかった。

「当たり前じゃない！　なんでそんな可哀想なことができるの!?」

「元々狼への割り当ては最低限だったのでもったいないというほどでもないんです。ほとんどはリーリアに割り当てている状態です」

「その容量というのは割り当てが多くなるとどうなるんだ？」

「単純に強くなりますね。頑丈になって力も増します。けどリーリアの場合は強くするためではなくて、元の姿に戻せるか不安だったから大目に割り当てた感じです」

「なるほどな。そういえば有効範囲があると言っていたな。一キロだったと思うが、それは大丈夫なのか？」

それについてリーリアは何度も確認していた。ベアくまの命に関わるし、自分の今後にも関係がある。

「はい。ここに来るまでにも能力の範囲は多少広がっています。おそらくこの街の周辺にいるなら大丈夫なはずなんですが」

「なるほどな……さて、聞いてみれば先ほどの魔法講義と釣り合うかは微妙な感じだな。どちらかと言えばもらいすぎな気もする」

「そう思って下さるなら、掃除の報酬に多少色を付けていただければ」

「ではそうするか。しかし意外だな。リーリアちゃんはミラー家の長男がお気に入りだったのか」

「え？　いや、その……」

憧れていることが恥ずかしいわけでもないのに、リーリアは素直に肯定することができなかった。

「けどあの家にかかわるのはどうかと思うがな……平民と結婚する貴族はあの家ぐらいだから、玉の輿を狙う輩が大勢いるのもわからないでもないんだが」

「どういうことですか？」

アルが確認する。

「あの一族は純粋に戦闘生物としての貴族を研究しているんだ。だから優れた形質をもっていれば平民とだって結婚する」

クリストフの母親は平民だ。それはリーリアも知っていたが、そんな理由だとは思っていなかった。

「両親のどちらかが貴族なら子供は必ず貴族として生まれる。そしてあいつらは次代によりよい性質を受け継がせることを至上としているんだ。だから貴族としては異端だ。嫁いだところで幸せな未来が待っているとはとても思えないんだが……いまさらこんな忠告の必要はなかったかな？」

カサンドラがリーリアを見つめ、見透かすように笑った。

「さて、夜も更けたことだしそろそろ寝るとしよう。明日からもよろしく頼むよ」

カサンドラはそう言って話を切り上げようとした。

「あ、あの！　私のことなんですけど……その、元に戻ることはできませんか？」

リーリアがずっと気になっていたことについて訊ねた。ずっとこのままなのか？　というのは意識を取り戻して以来、常に頭のどこかにある不安だった。

「ふむ。アルくんの話が本当なら、元に戻るというのは骸に戻るということだが……そうだな。魔法の説明の時に言ったが、全てのものには魔力が存在する。それが存在を確定させているわけだが今のリーリアちゃんは『リーリアという存在』の魔力が失われた状態だな。そして『アルくんが操作するリーリアという存在』の魔力で生きていることになる。これを何とか『リーリアの存在』として定着させることができればあるいは……とは思うがその方法は見当もつかないな」

「そうですか……」

簡単に答えが見つかるはずもないと思っていたのでリーリアの落胆はそれほどでもなかった。そのうち何か見つかるかもしれないと前向きに考える。

アルが一緒にいてくれるなら今のままでもそれほど問題ではないのだ。

それに完全に元に戻ったならアルと一緒にいる理由がなくなってしまう。そう考えるとリーリアは少し複雑な気分になった。

七章　夢

これは夢だ。

母さんが愛おしげに僕を見つめている。

母さんが優しく僕に微笑みかけている。

母さんが僕の頭に柔らかい手をのせて撫でてくれている。

母さんの優しく甘い匂いに包まれて僕はとても幸せな気分になる。

だからこれは夢だ。

最近の母さんはとても遠い所を見ている。僕が側にいても見向きもせずに虚ろな瞳を宙へ向けている。

たまに僕の方をとろんとした目で見て「テオ様」と呼び掛ける。

そんな母さんは少し嫌だったけど、それでも話しかけてくれたことが嬉しくて「違うよ、僕はアルだよ」と返事をする。

すると母さんはよそむきの顔で「あら、アルのお友達かしら?」と言う。

僕は悲しくなるけれど、それはいつものことだからもう何も言い返さない。

だから母さんが僕の手を優しく握り、外へ連れて行ってくれるなんて夢でしかない。

僕は母さんの優しい顔を黙って見上げる。

僕は母さんの腰のあたりまでしか背がなくて、だからこれはとても昔の夢だ。

母さんは僕の手を引いて森の奥へ歩いていく。

一人で行ってはいけないと言われていて、僕は言い付けをちゃんと守っていたから、初めて行くそこに何があるかなんて知らなかった。

段々周りが明るくなっていって、光る木が珍しくてはしゃぐ僕を母さんは黙って見つめていた。

でもそんな楽しい気分もすぐになくなってしまう。光る木に囲まれてぽっかりと空いた空間に、あの男がいるのを見てしまったから。

まぶしいぐらいに輝く広場の中でその男の周りだけが闇に沈み込んでいるようだったけど、母さんは早足で僕を引っ張って連れて行く。

「テオ様！」

母さんがさっきまでの僕よりもはしゃいだ声を出す。ひどく嫌な気分になる。

男を見上げると目が合った。とても冷たい目で僕を見ているようだったけど、僕自身じゃない何かを見ているようで心が通じあう気がまるでしなかった。

「始めろ」

母さんはどうでもよさそうに声をかけられてもとても嬉しそうで、それが逆に心を感じさせなくて怖くなる。

母さんは地面に描かれた、歪な図形の前に立つ。

光る石がいっぱい並べてあってそれが大きな円を作っている。中には大小様々な石が文字のような形に置いてあるけれど、それは僕がいままでに読んだ本には出てこないものだったから、本当に文字かはわからなかった。

中心には人のかたちをした何かが積まれている。人間なのか魔族なのかはわからないけどとても生きているようには見えなかった。

ゴミのようにおかれた、黒や紫や灰色の肉には蛆がたかっていて、そいつらだけが眩しいぐらいに白かった。

見ていると気分が悪くなってきて、僕は母さんに「もう帰ろう、こんなところいやだよ」と言ったけど母さんはぶつぶつと何かを言うだけで僕の方を見てもくれなかった。

母さんの視線がだんだんと上に向いていって空を見上げた。僕もつられるように天を見上げる。そこには金色に光る細長い龍がいた。今月は龍の月だ。その龍がこちらを見ているような気がした。

天高くにいるそれがどれぐらい遠いところにいるのかはわからないけど、睨みつけるような目がこの広場をじっと見ているみたいに思えた。

「姉さん！　私よ！　デリアよ！　お願い！　出てきてちょうだい！」

母さんがまるで空の龍に語りかけるように訴える。その声は龍に届いたんだろうか。円の中で何かが変わったように思えた。

僕はその光景を呆然と見つめていた。

死体が段々と茶色くなっていく。死体を貪り尽くすように蠢いていた蛆たちが次から次へと茶色い蛹になっていく。やがて腐った肌は蛹で埋め尽くされた。

ピチッという小さな、何かが破れるような音がする。蛹が割れる音だ。まばらに聞こえてきたその音は、だんだんと切れ間がなくなっていって一つの鳴り続ける大きな音になった。

ここまで来ると僕にも次にどうなるかはわかった。

蠅だ。

一斉に羽化した蠅が飛び立って広場を真っ黒にする。蠅はしばらく飛び回ったあと円の中心、積み上げられた死体の上に集まって人の形になった。

僕にはそれが死そのものに思えた。蠅がよせ集まったそれはとても醜くて、でも悩ましげに身をくねらせるその姿態から僕は目を離せなくなった。

それは真っ黒な蠅の集まりで濃淡のない影のようだったけど、どこか母さんに似ている気がした。

蠅の羽音が声になって広場を震わせる。そいつは母さんの呼びかけで出てきたようだったけど、母さんの方を見ずに不吉な男の方を見ていた。

「テオバルト！　貴様はまだ繰り返すというのか！」

蠅は怒っていた。僕はその炎のような怒りに身を竦ませたけど、男は何も感じていないようだった。

「できるまでやる」

何の話なのか僕にはわからなかったけど、男にとってそれは当たり前のことのようだった。

「姉さん、何を怒っているの？　ほらテオ様と私の子供、アルよ！　こんなに大きくなったの」

母さんは僕の後ろにやってきて、そっと手を僕の両肩に置いて蝿に紹介する。

「何を言っている！　わからないのか？　それは五人目だ！　お前の子なんかじゃない！」

蝿の羽音ではとても人の声には聞こえなかったけど、それでもそこには悲しみがあったような気がした。

「ふふっ、姉さんこそおかしいわ。どこから見ても私とテオ様の子供じゃない。ほら、目元なんてテオ様そっくり！　鼻は私似かしら？　肌は私と同じで、青みがかった艶のある黒よ、これならいずれ氏族の元に帰ってもおかしくなんてないわ！」

僕は母さんを見上げた。母さんは僕に微笑みかける。僕は、母さんの本当の子供じゃないなんてことは知っている。だからそんなことは言ってほしくなかった。

「テオバルト！　デリアを解放しろ！」

「成功すれば解放する」

男は全く動じない。それ以上何も言う気がないようだった。

蝿が怒りのあまり激しくふるえた。そして僕の方を初めて見た。

蝿でできた虚ろな目が僕を捉える。僕の足が勝手にガタガタとふるえだした。

「どこから攫(さら)われて来たかは知らんが……恨むならそこの男を恨むがいい！　死霊の王の力！　くれてやろう！」

蠅が人の形をなくして一気に弾けた。蠅の群れが一斉に僕に襲いかかってきて目の前が真っ暗になる。

何もわからないまま僕は蠅にたかられる。蠅が入ってくる。鼻に、耳に、目に入ってくる。蠅が体中を這いまわり、穴という穴から入ってくる。

僕は手を振り回した。立っていられなくなって地面を転がり回った。叫ぼうとして開けた口にも蠅が入ってきた。

目の前が暗くなった。

◇

◇

そこで目が覚めた。

アルは一瞬どこにいるのかわからなくなったが、すぐにここがカサンドラ家の寝室で昨日と同じく床に寝ているのだと思いだした。

かなりうなされていたようで体中汗まみれになっている。

上体を起こし大きく息を吸って、ゆっくりと吐き出す。何度か深呼吸を繰り返すことで落ち着きを取り戻すことができた。

嫌な夢だ。しかしそれは本当にあった出来事なのだ。

カサンドラの話を聞いた今だからわかる。

おそらくはあの蝿は悪魔で、あれは悪魔契約の儀式だったのだ。ならばアルの力はやはり魔法なのかもしれなかった。

——死霊の王か……。この能力はやはりあいつが……。

蝿にたかられた後どうなったのかは覚えていなかった。

気が付けばアルは自宅に戻りベッドで寝ていたし、母親もいつものように朦朧とした状態だった。まるでそんな儀式などなかったかのようだった。

だがそれからしばらくの間、アルの脳裏には声が響いていた。それは能力そのものの声だ。それは自らの在り方について何度も質問を繰り返し、辟易しながらもアルはそれに応え続けた。

その声が聴こえなくなったときアルは能力を把握していたのだ。

アルは窓の外を見た。夜明け前だ。わずかに明るくなりつつある。

立ち上がると寝具を畳んで部屋の外へ出た。そのまま廊下を進み裏庭に出る。

今更寝る気になれなかったアルは軽く体を動かすことにした。旅に出る前は日課にしていた練習だ。

裏庭にはゴミの山があったが、真っすぐ進めるだけの空間があればそれで十分だ。

呼吸を整えると右足を前に出し腰を落とした。体重は後ろ足に多めにかける。左手は拳を作り、甲を下にして前に突き出す。右拳は腰のあたりだ。

フッと息を吐きながら左足を前に進め、右拳を左腕の上をこすらせながら前に打ち出す。左手は同じ勢いで腰まで引いた。拳は縦拳と呼ばれる手の甲が横を向く形だ。

その状態から右手を胸の前を通して回転させ右甲を下にする。最初の構えと逆の形になった。

アルはこの動作を左右交互に続けた。真っすぐに進んでいき、庭の端まで行くと両手を交差させて頭の上にやり、その状態で振り向いて最初の構えに戻る。

このただ振り向くという動作にも意味は込められており、一つの動きで受けや投げとして応用が利くようになっていた。

アルは庭の端を何度も往復した。打ち出すたびに角度を調整し、体内の感覚に注意を払う。足元から伝わる力が途切れない動きを求めて何度も愚直に型を繰り返す。

汗だくになってきたのでアルは休憩することにした。両足をそろえて終了の型を行う。一区切りがついたところでアルは振り向いた。

そこには黒衣の少女、大魔王がいる。先ほどから気配を感じていたのだ。

「懐かしいですね。久しぶりにその動きを見ました」

「何で毎朝ここにいるんだ？」

相手は大魔王だ。敬意を払うべきだと最初は思っていたが、しばらく一緒に過ごすうちにそんな気はなくなっていた。

「最近はこのあたりが、朝のお散歩コースなのです」

そう言いながら大魔王は近づいてくる。

「私のお父さんがその技を得意としていました」

お父さんと言われても面識もないし、そもそも大魔王のことがまだよくわかっていない。

「大魔王の父親というと先代大魔王とか？」

「お父さんは人間ですよ？」

「いや、そんな当たり前みたいに言われてもこっちは何も知らないんだけど」

「それは独学ですか？」

話の流れを無視して次の話題を振ってくる。大魔王は自分がしたい話を勝手にしてくるだけだった。

「本で読んだんだ。それで見よう見まねでやってる」

「それなら大したものですよ。大きな破綻はありませんでした」

「あんたはこの技を知っているのか？」

「知っていますよ。ただ習ったことはありません。女の子は拳を使うもんじゃないと言って手刀や掌の技しかお父さんは教えてくれませんでしたが……盗み見て勝手に覚えたのです」

大魔王は照れたのか舌を出して言った。

今の話のどこに照れる要素があったのかわからない。だが大魔王とはこういうものなのだ。それがわかってきたアルは気にしないことにした。

「私から見ますと、アルさんは少し腰を落とすことを意識しすぎですね。それでは居着いてしまいますよ」

そう言うと大魔王はハイヒールを脱いで庭の端にそろえて置いた。

戻ってくると先ほどアルが行っていたのと同じ構えを取る。

黒いドレスのスカート部分が足元を完全に隠しているためよくわからないが、腰を落とし、左拳を前に出し、右拳を腰だめにしたその構えはとても様になっていた。

アルは自分の構えと比べてどう違うのかを考えたがよくわからなかった。だがその佇まいから大魔王が自分の何歩も先にいることだけはわかる。

大魔王は考えこむアルを見て微笑を浮かべた。

「では、大サービスです」

そういうと、大魔王はスカートをたくし上げた。すそからくるくると巻きあげていき腰のあたりでうまく挟み込んで固定する。

黒い下着と、白い太ももとの対照が眩しかった。

「何で黒なんだ！」

アルは混乱して突っ込みどころを少し間違えた。

「これは闇の下着です。ちなみに私の着ているドレスは闇の衣といいまして、合わせて大魔王の正装なのです！　ふふっ、光の玉があれば闇の衣を剝ぎ取ることができますよ。試してみますか？」

「いや、じゃなくて何してんだよ！」

「だから大サービスです」

「いや、サービスなのかもしれないけども！」

「なるほど。何を考えられたのかはわかりましたが、私のサービスは特別に歩型を見せてあげましょうということです。特に股関節の角度が重要ですのでよく確認してください」

「えーと、いいのか?」

「はい、近づいてよく見てください」

探究心を刺激されたアルは大魔王の足元に近づき黒い下着を間近で見た。近くで見ると細かな意匠がレースで施されており、うっすらと素肌が透けて見えている。

——これ大事なところも見えるんじゃないか?

などと目的を見失いそうになったが、大事なのは股関節の角度だ。だがそこに注目してしまうと太ももと股の境目を必然的に見てしまうし、そうなると下着の中心部分も目に入る。

——いや、これで見えても僕が悪いわけじゃ……。

「アアアア、アルくん! 何してんの!」

裏口の扉の前でネグリジェ姿のリーリアが裏声で叫んでいた。

リーリアが見ているのは、スカートをたくしあげた大魔王の側にアルがしゃがみ込み、下着を凝視しているという謎の光景だ。混乱もするだろうとアルは思う。

「大魔王の股間を見ていた」

アルがリーリアへ振り向いてひどく真面目な顔で答えた。

「何で!」

見たままの光景をアルが説明した。その通りだがそれはリーリアの求める答えではないだろう。

リーリアは大魔王に駆け寄ると、たくしあげられたスカート部分を引っ張り出し元の状態に戻した。

「大魔王さん！　何があったか知りませんけどアルくんは多分悪気はないんです！　許してあげてください」

「ちょっと待てリーリア。それじゃ僕が悪いように聞こえるんだが」

「悪い！　どんな経緯があったって今のはアルくんが完全に悪いよ！」

「何か納得がいかないんだけど」

アルがぶつくさ言いながら立ち上がった。

「おはようございます。お、リーリアさん」

「今おっぱいって言おうとした……」

リーリアが半閉じの目で大魔王を見る。

「えーと大魔王さん。というかですね、お名前は何とおっしゃるんですか？　自然に大魔王さんと呼んでましたが、それもどうかと思ったんですけど」

「私の名前はすごく長いので誰も覚えられないと思うのですが」

大魔王が少し困ったように言う。そんなに長いのだろうかとアルは思う。

「あの、名前が長くても、ファーストネームとか愛称とかあると思うんですけど……」

自信なげにリーリアが言うと、大魔王は驚いた顔をした。

「あぁ！　名前を聞かれて教えるのが面倒だったので大魔王と名乗っていたんですが、それでよかったんですね！」

「そんなに嬉しそうにされるほど凄いことを言ったつもりもなかったんですけど」

大魔王は満面の笑みを浮かべている。

「そうですね、では。私のファーストネームは、パエリアと言います」

「え？」

リーリアが不思議そうな顔をしている。アルはそんな名前の料理があったことを思い出した。本で読んだ知識だが、確か海沿いの街の名物料理だったはずだ。

「パエリアさん、ですか？」

「はい。お父さんが付けてくれました」

「その……名前の由来なんかはあるんでしょうか？」

リーリアも料理と関係があることに気付いたのかおそるおそる訊ねる。

「はい。お父さんが好きな料理の名前です！」

大魔王がはつらつと応える。父親の話題をするのは嬉しそうだった。

「やっぱり……お父さん適当すぎますよ……」

リーリアは聞こえないように小さな声でつぶやいた。

「この街ではパエリアという料理を出しているお店はないようでしたのでいつかは食べに行きたいと思っています。どんな料理か楽しみにしているんですよ？」

「そ、そうですか、食べられるといいですね……」

そんな会話をアルは黙って聞いていた。

確かに女性の下着を穴があくほど見つめていたのを見られたのはバツが悪い。このままそれは忘れてくれないかと思っていた。

「それはさておきアルさんは悪くないのですよ。私が技について教えていたのです」

　軌道修正されてしまい、アルは苦々しく思った。

　――何でだ！　この流れならパエリアとかいう料理の話だろう？

「技って？」

「リーリアがたまにやるやつだよ、ほら、膝を折ったり、投げ飛ばしたり」

「私はやってないよ！　あれアルくんのせいだよ！」

「大魔王がその技に詳しいっていうから教えてもらってたんだよ」

「だったら何でパンツを見てるの？」

　リーリアが疑いの目でアルを見た。技とパンツに関連性を見いだせないのだろう。

「立ち方を教えてもらってたんだ。それには股関節の角度とかが重要なんだよ」

「……それ、アルくんの立ち方をパエリアさんが見てアドバイスしたらいいんじゃないの？」

「あ！」

「なるほど。そうすると私は下着の見せ損ということですね」

　何かを納得した大魔王はぽんと手を打った。

　――損とか得とか関係なく、のりのりで見せつけてたくせに……。

「では、損した分はそうですね、ちょっとだけ遊んでもらいましょうか」

「あ、遊ぶって？」

リーリアがまた余計な方面に先走る前にアルがさえぎる。短い付き合いだがこういう場合に、どういう反応を返すかは大体わかってきた。

「それはいいけど、大魔王はすごく強いって聞いた。僕じゃどうしようもないんじゃないか？」

「それなら心配はいりません！　はい、力を抑えました。これで私はそこらの町娘と同様の力しか持ちあわせていない状態です。ふふっ、私を押し倒してしまうチャンスですよ？　どこからでもかかってきてください」

「何でパエリアさんはアルくんに対してこう、挑発的なんだろう……」

リーリアがぼやいた。

アルは戦うつもりで大魔王を観た。普通に立っているだけで隙だらけだ。どこに打ち込んでも当たりそうな気がする。ならばと攻撃することにした。

アルは先ほどまで練習していた技を繰り出していた。左足で踏み込み、右拳を突き出す。

大魔王はその拳が伸びきる前に動いていた。

左の手刀がアルの手首に上から軽く落とされる。ただの手刀がからみつくようにくっついて拳の軌道をそらした。

大魔王は一歩前進しアルの空いた胸に右掌を軽く当てた。同時に大魔王の右足はアルの左足首の後ろに回り込んでいる。勝負としてはここで終わりだ。

「飛んでみましょうか」

そう言うと大魔王は胸に当てていた右掌を下に滑らした。そのままアルの足の間に右手を挿し入れると全身を使って右手を振り上げる。

アルの体がふわりと浮く。そう大した勢いでもないが空中にいる間は身動きがとれない。泡を食っている間にアルはゴミの山に突っ込んでいた。

「ええ!?　ちょっと待ってください！　さっき普通の女の子の力だって言ってませんでしたか？」

リーリアが疑問を呈した。普通の女の子にこんなことができるはずがない。

「そうですよ。今のは技ですね。うまく体を使えばこの程度の力は誰でも発揮できます」

アルはゴミ山から這い出てきた。そうダメージはない。軽く浮かされただけだった。

「私への攻撃で今の選択は間違ってはいません。どうするか迷ったならまず一番自信のある技で挑むべきです」

「でも簡単に逸らされ懐に入られた」

アルがふて腐れたように言う。実力差はわかっていたが、ここまで簡単にあしらわれるとは思っていなかったのだ。

「それは練度の問題ですね。ちゃんと習得すれば今ぐらいの邪魔は無視して攻撃を入れることができます。あの技の特徴は愚直なまでの直進性なのです。本来ならちょっとやそっとで逸らすことはできないのですよ？」

「どうすればいいんだ？」

「型の反復練習しかないでしょう。完全な型があるとして、それにいかに近づけるかがポイントです。それさえできるなら他の技は一切必要ないとすら言えます。私のお父さんは色々な技を習得していましたが、ほとんどの敵をこの技で片付けていました。ですので、私のお薦めはやはり一つの技を中心に極めることになります。極めるとまではいかなくてもこれという技が一つあれば、他の技もそれなりにできるようになっていきますよ」

「なるほど、勉強になったよ」

アルは強くならなければいけない。リーリアにばかり戦わせるわけにはいかないのだ。

アルが操るリーリアは強い。

それは外部からの視点を利用し、動作をイメージ通りに修正できるからだ。これがリーリアの強さの根底にある。しかしこれに頼り続けるのはアルの本意ではなかった。

「……リーリアにもさっきの技の型を教えてやってくれないか？」

アルはしばらく考えた後に大魔王に教えを請うた。

「え？　何で？」

巻き込まれるとは思っていなかったリーリアがぽかんとした顔になっている。

「もちろん、僕も教えてもらうよ。でも、やはり外からどんな姿勢になっているのか確認するのも重要だ。大魔王を見るのが駄目だとしても、リーリアならいいだろ？」

「何で私ならいいの！」

リーリアが文句を言っている間に、大魔王はいつのまにかリーリアの後ろに回りこんで腰を両手で摑んでいた。

「左足を一歩前に出してください」

「え？」

リーリアは少し考えたようだが言われたとおりに足を前に出した。

大魔王はつかんだ腰を下に押し下げ落とさせる。右足を外側に捻り、腕の角度を調整した。随分と窮屈な姿勢だ。

「こんなところでしょうか。では最初の話の続きなんですが、ここです。後ろ足の付け根。腰を落としているつもりでもこの部分の折りたたみが甘くなっていますね。これでは後ろ足をつっぱらせて体重を支えているだけですので移動に制限が出てしまいます。体重は全体の構造で支えて分散させる必要があります」

大魔王とアルはしゃがみ込みリーリアの股関節を注視していた。ネグリジェは短い上に透けているため、大魔王のようにたくしあげる必要はない。

リーリアは顔を真っ赤にしてうつむいた。

「あ、あれ？　私、何でこんなことしてるんだろう？」

現状に疑問を抱いたのか今更のようにリーリアがつぶやく。

「お前ら、何をやってるんだ？」

やってきたカサンドラが呆れたように言った。

朝食の準備ができたと言いに来れば、妙な体勢でぷるぷると震えるリーリアの下半身をアルと大魔王が見つめているのだ。そして股間を指さしながらうなずいている。呆れもするだろう。

しかし、そう言うカサンドラも扇情的なネグリジェを着ていたので、傍から見ればますますよくわからない光景になっていた。

◇　◇

残照の中、ガタガタと妙な震えかたをする馬車が走っていた。

大型の屋根の付いた馬車だ。分厚い筋肉に覆われた、力強い馬が二頭で牽引している。

馬車は元々揺れるものだが、それでもこの馬車の状態は異常だった。

四輪のうち右前方の車輪が歪んでおり、一回転する間にかなりの上下動がある。それに加えて左後方には車輪そのものがなかった。そこは妙な生き物が支えている。

蟇蛙（ひきがえる）だった。車輪に負けないぐらいに大きい蛙が馬車を支えていた。

それは馬車とどう結合しているものか、半ば引きずられており、時折思い出したように低く跳ねる。それもこの馬車の妙な挙動に一役買っていた。

馬車はボロボロで今すぐにでも瓦解しそうだった。

ボロボロなのは馬車だけではなく、御者や肝心の馬もそうであることがわかる。

体中に穴を開けた御者が、腐肉と血を滴らせる馬に機械的に鞭をくれている。打たれる度にどす黒い血と肉片が撒き散らされていた。

とても生きているようには見えず、事実彼らは動く死体でしかなかった。生前に行っていた動作を馬鹿みたいに繰り返しているのだ。御者は鞭を打ち続け、馬は前へと駆け続ける。

そしてその光景は、馬車の中でも同じように見ることができた。

眼窩から眼球を垂らした商人が計数器を何度も操作し、傭兵と思しき戦士は欠けた体で無様に剣を振り回していた。

おかげで馬車の中は無残なものだ。商人の扱っていた、荷箱や粉類の入った袋などが切り刻まれ内容物を散乱させている。

だがそれを咎めるものは誰もいない。激しく揺れる馬車の中で、死者による奇妙な踊りは延々と繰り返されていた。

「テオバルト様。馬車はもう限界です。後一時間も持たないかと」

動き続ける死体から少し離れた席にまだ幼い少女と、テオバルトが座っていた。

「構わん。首都にはもう着く」

彼らは魔族領からベイヤーへ向かうため、たまたま目についた馬車を奪い取りこうやって利用している。

魔法による、安全な高速移動の手段は案外少ないためだ。

それは悪魔が提供する能力のほとんどが攻撃に関するものだからだ。

悪魔の思惑はわからないが、ほとんどは破壊や殺戮(さつりく)のための力を授ける。

そのため高速で物体を移動させる魔法はあっても安全性には疑問が残った。高速で物を飛ばすのは攻撃の手段だ。自らを砲弾にしても待ち受ける運命は自滅しかない。

空間跳躍のような高度な魔法もあるにはあるが、それは簡単に使えるものではなかった。

「見えてきたようです」

馬車の行く先に一際高い塔が幾つか見えてきた。ベイヤーの城壁に等間隔で配置されている監視塔だ。

少女の発言と同時に馬車ががくんと一気に傾いた。蟇蛙がとうとう耐えられなくなって潰れたのだ。負担の増えた左前方の車輪も同時にはじけ飛んでいた。

馬車の胴体が斜めになり地面を削る。馬車は摩擦により速度を落としていった。

「これではすぐに馬がつぶれてしまいますが？」

斜めになった車内で少女は平然と言った。そこには蟇蛙を支えに使うなどという発想に対する疑問も含まれている。

テオバルトは少女の頬を杖で殴りつけた。

「お前が支えろ」

少女は切れた口の端を拭い、何も答えずに馬車から飛び降りた。

馬車に並走し車体に近づくと軽々と馬車を持ち上げそのまま支える。

持ち直した馬車はそのまま走り続けた。

首都までは後わずかだ。馬車の向かう先には街道が交差する辻がある。

そこには陽が沈むまでに首都へ辿り着こうとする人々が集まってきていた。

八章　買い物

「大型ごみの廃棄許可を取ってくるが君たちはどうする？」

朝の食卓でカサンドラがアルたちに聞いてきた。

大魔王は既にいない。ひとしきりアルたちに技を教えて満足すると、散歩の続きに出かけていったのだ。

「そうですね。一度裏庭のゴミを捨ててしまわないと、これ以上掃除ができませんし。とりあえずは、家の中のゴミをまとめておきましょうか？」

アルはそう言うが、今できることはあまりなかった。

「そんなに焦らなくてもいい。昼には帰ってくるから、君たちはそれまで街に遊びに行くというのはどうだ？」

「それいいよ！　こないだは格好ばかり気になってろくに街なんて見られなかったから！」

リーリアは乗り気だったが、アルは若干顔をしかめた。

「その格好ならいいのか？　ボロ布を着てるような状態よりはましだとは思うけど」

リーリアは胸元の大きく開いた真っ赤なドレスを着ていた。カサンドラから借りたものだが、これで街に出れば注目の的だろう。

「うぅ、これはこれで……嫌かも……」

リーリアはカサンドラを恨めしそうに見た。

――何でこんな挑発的な服しか持ってないんだろう。

「それでだ。二日分の給金を先に渡しておこう。リーリアはどうも私の服が気に入らないようだからな。二人で四万リル。服を買うぐらいなら何とかなるだろう?」

「いいんですか?」

いぶかしげにアルが聞く。

リーリアも先にお金をもらうのは気が引けた。まだ一日しか働いていない。

「いいよ。全部やってもらうにはまだまだかかりそうだしな。後か先かだけの話だ」

そう言ってカサンドラは胸元から財布を取り出した。

「だから、何でそこから出てくるんですか!」

魔法講義の時に使った銀の板が、胸の谷間から出てきたことをリーリアは思い出した。

「リーリアちゃんもやってみるといい。そこらの親父ならほいほい負けてくれるぞ? ポイントは見えそうで見えない感じだな。相手が身を乗り出すようにしてきたらまず成功だ」

カサンドラは財布から紙幣を取り出しアルに手渡したが、受け取ったアルは戸惑っていた。

「ん? どうした?」

「いえ……お金を見るのが初めてだったもので。こういうものだったんですね」

人間社会のことは本で読んだだけだとアルは言っていた。貨幣経済について知識はあってもお金がどんなものかまでは知らなかったのだろう。

「それは一万リル紙幣だ。他には五千リル紙幣や、二千リル紙幣なんてのもあるな」

「これはただの紙切れじゃないんですか？」

アルが疑うように言う。こんな紙に価値があると言われても信じられないのだろう。

「そうだな、それを窓の外、明るい所に向けてみてくれ。何か見えないか？」

アルは言われたようにする。すると紙幣の中央部分の空白にうっすら人の顔が浮き出た。

「これは……」

「透かしだよ。明かりに透かせば模様が浮かぶ。それは今の王様の顔だな。というわけでそれはただの紙ってわけじゃない。簡単に偽造されないようにそんな仕組みが施してあるんだな。ちなみにその透かしの技術は非公開でな、作り方を漏らしたり勝手に透かしを入れた紙を作ったりすれば極刑になる」

「金貨とか銀貨とかは使わないんですか？」

アルが想像するお金とはそのようなものだったのだろう。

「一応流通はしているんだがな、都市部では紙幣が多い。田舎では、今のアルくんのような気持ちの人が多いのか、紙幣は信用されないこともある」

田舎者扱いは不満そうだったが、納得した様子のアルはズタ袋に紙幣をしまい込んだ。

「他にも細かい単位の硬貨なんかがあるんだが、その辺は実際に買い物するときにでもリーリアちゃんに聞いてくれ」

「わかりました」

「買い物ならまかせておいて！　これでも商人の娘だからね！」

リーリアが豊かな胸を張り自慢げに言う。それをアルは不安げに見つめた。

「あーそうそう、リーリアちゃん。値段を聞かれたらはっきりと断るんだぞ」

カサンドラが思い出したように言う。

「カサンドラさん……やっぱりこの格好はそーゆー風に見えるんですね……」

リーリアがじろりとカサンドラを睨む。カサンドラはとぼけるようにアルに声をかけた。

「いや、格好もそうだがこの場合問題は中身だろう？　なあアルくん？」

「そうなんですかね」

「いやいや……ちょっと前から思っていたんだが淡泊が過ぎないか？　女の私から見てもリーリアは何かすごいぞ。これまで二人きりだったんだろう？　どうにかしてやろうとは思わなかったのか？」

「まさか、そんなこと思わないですよ」

そう言われてリーリアは少し心が沈んだ。確かにアルからは邪（よこしま）な視線を感じたことはない。だからと言って邪険に扱われたわけでもなく十分優しく紳士的でもあった。

だが、こうまで女として無視されている状況はどうなんだろうとも思う。

それなりに可愛いはずなのに全く相手にされないのは、やはり自分が死んでいるせいなのかもしれない。漠然とした不安を覚えていた。

「どうした？　具合でも悪いのか？」

物思いに耽っていたリーリアが顔を上げると、アルが心配そうにリーリアを見つめていた。

「ううん、大丈夫。何でもないよ」

「カサンドラさん、せめて何か上に羽織るものでもないですか？」

アルが気を回してカサンドラに求める。カサンドラも少しからかい過ぎたと思ったのか素直に羽織れるものを持ってきた。黒い薄手のストールだ。

「カサンドラさん、一応これも借りますけど、あんまり変わらないような気もします……」

リーリアは早速羽織ってみた。

胸元のあたりが隠れるように軽く結ぶ。だが結局はその見えない部分を何とか見てみたいと思わせる演出にしかなっていなかった。


アルとリーリアはまず広場に向かうことにした。

どこに行くにしてもまず街の中心である広場に行くのが早い。

この街は中心を南東にずらした三重の同心円状になっている。一番外側に城壁がありその周りは川を利用して作られた水堀で囲まれている。

そのすぐ内側にもう一つ城壁があり、その次は街の中心部から少し南東にある丘の上の王城で、その周りも城壁と掘に囲まれている。

広場は街の中心にあり、ここから大通りが放射状に伸びて各城門につながっている。ふだんは街の憩いの場として、時には大規模な宗教儀式や公開処刑などにも使われることがあった。

二人はまず大通りに出た。そこから広場までは一直線だ。

「僕は魔法使いについては大体わかったから、この街には用がない。リーリアは何かある？」

アルが広場へと歩きながらリーリアに話しかけた。

「私も特にはないよ」

「じゃあカサンドラさんの家での仕事が終わったらどうする？　リーリアの住んでた街へ行く？　どこにあるんだっけ？」

「ここからだと、更に東。そんなに遠くないよ。汽車で半日ってところかな」

「汽車って？」

聞いたことがなかったのかアルが聞き返してきた。

「うーん、どう説明したらいいのかな。見たらすぐわかると思うんだけど……街の間にレールが敷いてあって、その上を走ってるんだけど……」

汽車を見たことがない者に説明するのは案外難しい。リーリアはすぐに諦めた。

「要は大勢を運ぶ乗り物なの。一人五千リルぐらいかな」

「結構するんだな、いや、それが妥当かはわかんないんだけどね。何となく」

「どうなんだろ。結構危ないところも走るんだよ。護衛の人とかもいて、盗賊とか魔獣とかから守ってくれたりとかもあるんだけど」

リーリアに汽車のことを聞いても無駄だと思ったのか、アルは話題を変えた。

「街に帰ったらリーリアはどうするんだ？　勇者の従者はもう無理だろう？　侍女をやってたんだったらそれをまたやるの？」

「……実は侍女ってあんまりやってないんだよね……」

リーリアは少し言い淀んだ。アルは訝しげな様子でリーリアを見る。

「え？　前に、侍女だ！　って自慢してなかったか？」

「あはは。実は実家で侍女ってことにしてただけなの……。結構あるんだ。十四歳で職に就かないといけないからそういうことにしておくってのが。一応花嫁修業ってことで家の手伝いみたいなことしてただけで……」

「実家に帰ってそれをまたするのか？」

「多分。……私、勇者の従者になるって言って無理に押し切るような形で出ていったから……帰ったらすごく怒られて、二度と家から出してもらえなくなるかも……。あ、アルくんはどうするの？　魔法使いになりたいって言ってたんだから魔法で何かしたかったんでしょ？」

「魔法使いの師匠を探すって言っても漠然としすぎだしな。しばらくはリーリアの街に住むよ、日雇いの仕事でもしながらね。僕の目的は焦るようなものじゃない」

「私のお父さんは交易をやってる商人だし顔も広いから、どこかで魔法使いの話を聞いてるかもしれないよ。家に帰ったらちょっと相談してみる！」

「うん、何の当てもないからね。お願いするよ」

大通りは元々賑やかだったが、広場に行くにつれ更に騒々しくなっていく。

リーリアは派手な格好のためかじろじろと注目を浴びていたが、不安感よりもアルが隣にいる安心感が勝っていたためあまり不快に感じることはなかった。

アルは露骨に睨まれたりもしていたが、いつも通りで全く動じる所がない。

リーリアにはわからなかったが、それは美少女を連れ歩く少年への、嫉妬と羨望の眼差しだ。

しばらくして二人は広場に辿り着いた。

広場は円形の広大な空間だ。中心には街を象徴する噴水があるのだが今は工事中だった。どうやら壊れていて修理をしているらしい。

だが修理中にもかかわらず、噴水の周りには人だかりができている。

「アルくん、あれなんだろう」

「気になるならちょっと見ていこう」

二人は人だかりを押しのけ、様子がわかる所まで進んだ。リーリアはそれを見た瞬間にため息がもれた。なんとなくそんな気はしていたが、そこにいたのが大魔王だったからだ。

大魔王が両膝をついて座っている。隣には同じように座っている男がいて、二人の対面には職人らしき男が仁王立ちしていた。

「あれは何をやってるんだ？」

アルはその座り方を見たことがなかったのか、リーリアに聞いた。

「正座だね……私の地方だと怒られる時にあーやって座るんだけど……」

「随分と窮屈な座り方だな。……大魔王って確かこの国で一番偉いんだよな？」

アルが呆れたように言うが、リーリアに聞かれても困る。

リーリアはあらためて噴水の前の光景を見た。

怒られているようだが、大魔王に反省している様子はまるでない。正座しろと言われて喜んで座ったのだろう。

隣の男はあきらめの境地に達したような顔だ。大魔王とはまだ短い付き合いだが、その気持ちはリーリアにもよくわかる。

そしてリーリアは気付いた。あきらめ顔の男は知っている人物だったのだ。

「アルくん！」

「どうした？　知り合いか？」

「クリストフ様だよ！」

情けない姿が普段の颯爽としたイメージとまるで異なりすぐには気付けなかった。

「あれがか？　勇者候補序列一位だっけ？」

アルが疑わしげに聞いてくる。どう答えればいいのかと視線をさまよわせれば、仁王立ちしている職人も知っている人物だということに気付いた。

「あ……あっちの怒ってる人はドレイクさん。私の街で有名な芸術家さん」

「何で怒られてるんだ？　……と、リーリアに聞いてもわからないか」

「うん。わかんない」

様子を見るにこの噴水を壊したのが大魔王なのだろう。おそらくクリストフはとばっちりだ。

「決闘があったんですよ」

アルたちの会話を聞いていたのか、突然そばにいた少年が話しかけてきた。

赤毛にそばかすの生意気そうな少年だ。

「決闘って？」

リーリアは聞き返した。

「ホルスって人知ってますか？　勇者候補の二位だったと思うんですけど」

「うん。あえて二位にとどまってるとか、めんどくさいこと言ってた人だよね」

だがホルスも見た目はよく、クリストフに次ぐ人気があった。

「ちょっと前にここで大魔王と戦ったんです。で、結果があれですよ」

少年が噴水を指差す。

この広場にあった噴水は一般的な、中心部から水が吹き上がるものではない。三人の美女が絡み合って形作られた柱があり、それが大きな円盤を支えている。その円盤の縁から水が流れ落ちてくるというものだった。

それは世界の縮図だ。

円盤の上にあるのが大地、円盤の端が世界の果て、水が海を表している。柱は世界を支える三女神とされていた。

今その円盤は広場の床に転がっている。支えていた柱がぽっきりと折れているのだ。

「まるで勝負になってませんでしたよ。大魔王のビンタ？　で吹っ飛んでいきました」

そう言って少年は実演して見せた。軽く手を振って手の甲で打つような形だ。

「目潰しの一種だろうな。手首のスナップを利かせて目のあたりを指ではたくんだ。本来、人が吹っ飛ぶような技じゃないんだけどね」

アルが解説する。リーリアは苦笑した。手加減したつもりかもしれないが結果はこれだ。

「で、吹っ飛んでいったホルスが激突して噴水はあんなことになりました」

「その……ホルスさんはどうなったんですか？」

噴水を見ながらリーリアは聞いた。噴水が壊れる勢いでぶつかったとしたら命に関わるのではないかと思ったのだ。ホルスをいけ好かないと思っていたがさすがに心配になってきた。

「大怪我で入院中ですよ。ま、貴族ですから生きてりゃどうにかなるって話です。あいつも一応手加減はしたようですし」

随分と気安いが、街の人たちの大魔王に対する態度はこんなものなのかとリーリアは考えた。

「今の話だと、隣のクリストフって奴が一緒に怒られてる意味がわからないんだけど」

疑問に思ったのかアルが聞いた。確かに今の話にはクリストフが出てこない。

「クリストフは近衛兵です。基本的に近衛隊は王城で王家の人間を守ってるもんなんですけど、一応大魔王はこの国で一番偉いってことになってますから、誰も付けないってわけにもいかないんですよ。そこで運が悪いことに彼が大魔王番ってことになっちゃったんです。で、その一番偉い大魔王が両膝を突いてるのに、自分だけ立ってるわけにもいかないから、ああやって一緒に座ってるんですよ」

「あの、クリストフさんは、南部の防衛隊所属だったと思うんですけど？」

ファンだったリーリアはクリストフの所属を覚えていた。

「異動したんですよ。ツトモス平原での会戦後に。なんでもそこで大魔王と会ったらしいです。そのために大魔王番に引き抜かれたとか、本人が希望したとか色々噂はありました。ま、本当のところはわからないんですけどね」

「随分と事情に詳しいんだな」

リーリアもそう思った。近衛の内情など普通わからないだろう。

「うちの店に関係者がよく出入りしてるもんで。あんたら、最近カサンドラさんちにいる人ですよね？　うちは『アレがヤバイ亭』っていう酒場なんです。カサンドラさんちのすぐ近くですよ。食事の機会があったら是非来てください。サービスしますよ」

そう言って少年は立ち去った。

リーリアは再び大魔王を見た。まだ怒られていた。

「おい、聞いてんのか！　お前が壊したこれはな！　三人の女神が柱となって天盤と呼ばれるこの世界、大地を支えている姿を表したもんだ！　俺様の一大傑作よ！　それを壊したってことは、ええ！　世界全体を壊したにも等しいってことだよ！　わかってんのか！」

大魔王はにこにことその話を聞いていた。隣のクリストフの方がよほど反省しているように見えるのはとても理不尽な光景だった。

「三人の女神という方はいませんでしたよ」

「あぁ?」

突然大魔王は空気を読まずに口を挟んだ。

「天盤の下を見たことはありますが女神という方はいませんでした。天盤は天軸という柱が貫いているのです。ですので天盤の上も下もあるのは天軸です」

ドレイクは大魔王のホラとは思えない、妙な自信に満ちあふれた発言に気圧されていた。ここまで真っ向から見たと言われてしまえば反論できない。

「おめぇ、見たってどういうことよ、どうやって天盤の下に行くってんだ?」

ドレイクは話にのってきた。

「天軸の周りは巨大な穴になっているのです。その穴を落ちてもいいですし、天軸の中には昇降施設がありますからそれを使っても行けますよ」

「天軸ってどこにあんのよ?」

「中央大陸の真ん中ですね。ここからでは遠すぎてその姿を確認できませんが、近づけばすぐわかりますよ」

話がそれてしまっているが、世界の真の姿という話題は、芸術家としての好奇心を疼(うず)かせたようだ。

「なぁ、リーリア。今ならクリストフに近づけるんじゃないか?」

ドレイクは大魔王だけを怒っていたはずで、それももう忘れているようだった。クリストフは注目されていない。

「え、いいよ別に」

リーリアはそっけなく答えた。

「直接声をかけるのが恥ずかしいなら僕が呼んできてやるよ」

リーリアがかなり遠回りな方法でクリストフに近づこうとしていたのを思い出したのだろう。

協力する気が満々なようで、リーリアの胸はちくりと痛んだ。

「いいって！　もう行こう！　早く買い物して帰らないと、カサンドラさんが戻ってきちゃうよ！」

リーリアは慌てて、今にも声をかけに行きそうなアルの手を取り人ごみから抜けだした。

アルはリーリアに黙って従った。

リーリアは店に着くまでアルの手を摑んだままだった。

◇　◇

カサンドラに描いてもらった地図を頼りに、アルたちはその店にやってきた。

そう大きくない店内に古着が山のように積まれている。

店主が面倒くさがりなのか、商品の品質は関係なく重量で価格が決められているようだった。

どこで仕入れてきたのか、汚れたままの服がほとんどだ。洗濯をするのも面倒らしい。だが玉石混淆とはこのことで、中には掘り出し物もあるようだった。

アルは様々な商品があふれる店内を物色し、比較的ましな状態の上下と、靴、マントなどを選んだ。

次の街までは汽車で移動すると決めていたが、何があるかわからないので予備も考えてそれぞれ何着か余分に籠に入れる。

「アルくん、マントなんているの？」

「便利じゃないか？　厚手のマントなら毛布がわりにもなるし」

「汽車に乗るんだから野宿とか考えなくてもいいと思うけど？」

「そうは言っても街の外に出るんだ。魔獣が出ることもあるって話だろ？」

魔獣は基本的には彼らにとって居心地のいい魔族領や中立地帯から出てくることはあまりない。だが、人肉を好む類の魔獣はその限りではなかった。

それ以外にも旅の危険としては、盗賊や、野族の襲撃もある。その可能性を考えれば、念のための準備は必要だ。

「リーリアはそれでいいの？」

リーリアの手には服の山をひっくり返してひっぱり出してきた女物の服が一着だけあった。

「アルくんは適当すぎると思う」

「別にそこそこ丈夫そうであまり汚れてなかったら何でもいいよ」

「試着もしないの?」

「大体サイズがあってるならいいよ」

「そう、じゃ私はこれを試着してくる」

そう言うとリーリアは一室しかない試着室へと入っていった。

アルは服以外にも、古くなったズタ袋の代わりになるような大きめの鞄も探して籠に入れる。

「なあ、にいちゃんよ」

「はい?」

店主がアルに声をかけてきた。だらしない感じの服装に、無精髭、髪も整っていない小太りの中年だ。この店の店主として相応しいとも言える。

「あの子は貴族か?」

「いえ、そんなことはないですが何か?」

「いや、あの子に似合いそうなもんはうちにはないだろうと思ってよ、もっといいもん買ってやったらどうだ?」

「そう言われても、お金ないですし。その、そんなに目立ってましたか?」

「あぁ、いや。こんな店に来るような子じゃなさそうだったからな、びっくりしちまっただけだよ。ま、せいぜいましなもんでも探してくれよ」

店主はそう言うと奥に引っ込む。替わりにリーリアが試着室から出てきた。

ゆったりとした白いワンピースを着ている。

「どう？」

「リーリア、僕が言うのも何だけど、随分とゆったりとしてないか？」

体のサイズに微妙に合っていないように見えた。体のラインが出ないことを優先したのだろう。

「い、いいの！　これで！　これぐらいでちょうどいいの！　……えっと……アルくんはさっきのみたいな方がよかったの？」

最初は威勢がよかったが、段々と自信がなくなってきたようだった。上目遣いにアルを見る。

先ほどまでの体にフィットし胸元の開いたドレスがよほど嫌だったのだろう。だから反動でこんな服を選んだのかとアルは解釈した。

「いや、別にそれでいいんじゃないか？」

——本人がいいって言ってるならそれでいいか。

「そ、そう……」

何だか元気がなくなったようにも見えた。

他にも似たようなサイズの服を選び会計を済ませる。全部で十キログラムほどになった。一キログラムで千リルなので一万リルを支払う。

リーリアは先ほどのワンピースにその場で着替えて帰ることにした。他にも深めの麦わら帽子を被りあまり顔が目立たないようにもする。

当初の目的は達成できたので二人はカサンドラの家に帰ることにし、広場を目指して歩き始めた。

「後は食料品……は旅にでる前でいいか」

「何か慎重だよね。汽車で半日だって言ってるのに」

「あって困るもんでもないだろ」

「で、また干し肉なの？　もう本当に飽きたんだけど」

リーリアが憎々しげに言う。心底嫌になったらしい。

――食べなくてもいいんじゃないか？

そう言いかけてアルは口を閉ざした。リーリアはアルの魔力で動いているので食事をしなくても死ぬことはない。だが以前に同じような事を言って本気で怒られたことがあったのだ。

「すぐ齧れるから楽だと思うんだけどな。保存食って他に何かある？」

「ドライフルーツとかいいよ！」

「それはお菓子だろ？」

「ええ！　いいと思うけどなぁ。他だと、豆煎餅とか？　豆を押しつぶして固めたやつなんだけど結構おいしいよ」

そんなたわいない会話をしながら広場を通りかかる。

先ほどの人だかりは既になく、ドレイクにこき使われているクリストフの姿がそこにはあった。


首都ベイヤーには主要な門が八つある。

門と街の中心の広場は大通りで結ばれており、八方位に対応した名称がついていた。

そのうち南東門と北門は特殊な位置づけとなっている。

ベイヤーの南東部には王城があるのだ。そのため南東門は王族専用となっていた。

北門に特別な用途はない。だが北門の外側にはバラックが立ち並び、瓦礫と ゴミと糞尿が散乱するスラム街と化していた。

本来この国でこの状況はありえないことだった。

マテウ国は他の国と比べても特にレガリアの恩恵が大きい。気象の完全制御により旱魃は発生しないし、大規模な自然災害も起こらない。そのため農業による食料生産はかなりの規模で安定しており、国全体がとても裕福な状態だ。

どんな仕事でもよければ働く口はあるし、たとえ働けないとしても社会保障、福祉が充実しているためある程度の保障は受けられる。

だがスラムは発生する。

住人がこのような環境に甘んじる理由は様々だが、もっとも大きな理由は彼らがレガリアと繋がれないからだ。つまり彼等は国民ではない。

レガリアは国民から少しずつ魔力を吸い取り、それを用いて大規模な能力を実現していた。

だが、まれに魔力の吸収を拒絶する体質のものが生まれてくる。

つまり彼らは税を払っていないに等しい。国としては受け入れるわけには行かなかった。レガリアが認めたものだけが国民なのだ。

彼らのような体質の者が選ぶ生き方は主に二つ。一つは中立地帯での自助努力。もう一つが、物乞いに身を落とし街のおこぼれにあずかることだ。

そんなやる気のない連中がたむろする中をアルは歩いていた。ゴミを山積みにした台車を引いている。

リーリアはいない。北門の詰め所で、女が行くのは危険だと諭されたためだ。

リーリアはアルが戻るまで詰め所で待機することになった。

迷うことなくまっすぐと進むアルを、みすぼらしい格好をしたスラムの住人たちが遠巻きに見ている。

アルの行く先には大きな穴があった。

この街がここにできる前からあるという巨大な穴だ。底なしというわけではないが、覗き込んでもあまりに深くその全容を知ることはできない。

この穴の中心には塔が立っている。塔の中程に入り口があり、不安定で心もとない吊り橋がかけられていた。

この塔は古代の遺跡とされているが踏破したものはいないため、何の為の施設かは判明していない。ただ勇者が用いる聖なる武具がここにあるため神域の類と思われていた。

塔は不定期に扉を開く。普段は入れないのだ。

その際に勇者候補が序列順に塔に挑む。塔には一度に一人しか入れないためこのような掟になったらしい。聖なる武具を持ち帰れば勇者として認められることになっていた。

アルは穴の縁まで進むと台車を傾けゴミをばら撒いた。危ないのであまり近づかずに周辺に置いておけと言われたのだ。

アルが引き返すと、すぐにスラムの住人たちによる争奪戦が始まった。必要なものを回収した後、いらないものは穴の底へと落とすのだろう。

本来神域と目されていた塔の周囲をごみ処理施設として利用しようとしたのは、数代前の国王だという。街の発展とともにふくれ上がっていくゴミの処理方法として、塔の周囲の穴に目を付けたのだ。

今のところこの穴が溢れるようなことはないが、いずれ限界は来るはずだ。だがそれは次代の課題として後回しにされていた。

アルは背後の様子には目もくれなかった。

この程度の距離なら問題ないとわかっているが、リーリアと離れたことに不安を覚える。

アルは軽くなった台車を引き、足早に街を目指した。

◇　◇

リーリアは詰め所でお茶を飲んでいた。

北門は周囲の状況からゴミ処理場への通用門となっており、検問所としては機能していない。通行税の徴収も行っておらず基本的には暇な部署だった。

リーリアの前のテーブルにはお菓子が山積みになっている。お茶うけとして出されたものだが少し張り切り過ぎなんじゃないかとリーリアは思っていた。

テーブルの対面には若い門番がいる。他にすることがないのか鼻の下を伸ばしてリーリアを見つめていた。

——アルくん、早く戻ってこないかなぁ。

当初は付いて行くつもりだったが、女が行くのは危ないと言われたためここで待機していた。

こんなことならカサンドラの家で待っていればよかったが、アルの能力には有効範囲があるのだ。

どうしても近くにいる必要があった。

「ねぇ、さっきの彼氏？」

「え、ち、違いますよ。仕事仲間です。そんなんじゃないです」

急に振られた話に慌てて返事を返す。あまり話をしたくはなかったが、一応もてなされているので無下な態度も取れない。

「へぇ。じゃあ俺でも可能性あるかなぁ」

門番の男はあからさまな下卑た笑みを浮かべていた。下心しか感じられない。

「あのう、すみません」

リーリアがどう対処したらいいのか悩んでいると詰め所の入り口から声がかけられた。

「あ、ほら！　お客さんですよ！」

リーリアは助かったとばかりに門番に促す。

門番は不満を隠そうともせずに舌打ちをし、鬱陶しそうに入り口に向かった。

「何すか？　ゴミ捨てに来たんなら許可証が要りますよ？　持ってます？」

――その対応は公務員としてどうなんだろう……。

リーリアはやってきた男を見た。中肉中背で取り立てて特徴のない、三日もすれば忘れるような印象の男だ。

「あぁ、違うんですよ。そちらの彼女に用事が。依頼主の方からなんですが」

リーリアは目を丸くした。まさかここで自分が呼ばれるとは思ってもいなかった。

「私ですか？」

自分を指さしながらリーリアは聞いた。

「はい」

「えーと、依頼主というとカサンドラさんですか？」

「はい、カサンドラさんが言い忘れたことがあるので伝えてほしいと」

リーリアは何だろうと思いながら立ち上がり、男に近づいた。

「何でしょうか？」

「あー、ここじゃちょっと……外で話せませんか？」

男は門番を見て言いづらそうにしていた。

「わかりました。じゃあちょっと出て来ますね」

リーリアは門番に席を外すことを伝え、男の後に付いて詰め所を出た。

――カサンドラさんが言い忘れたことって何だろう？　もしかして捨てちゃいけないものでも混

ざってたのかな？

男はゆっくりとリーリアの前を歩いている。しばらくして、門から少し離れた建物の隙間に入っていった。

リーリアは特に疑問にも思わず付いていった。男が余りにも人畜無害に見えたせいで何の警戒もしていなかった。

少し薄暗い路地だ。人通りはない。ここにいたってリーリアは若干の不安を覚えた。

「あの……それで何でしょうか。アルくんにも関係あるなら戻ってきてからでも……」

最後まで言い終えることはできなかった。

後ろから抱きすくめられ何かが口元にあてがわれる。リーリアは一瞬で気を失っていた。

◇　◇

「お疲れ様です」

特徴のない男が、やはり特徴のない口調でリーリアの背後の男に声をかけた。

背後の男が口元に当てていた布切れをしまい、リーリアを石畳に横たえる。

「随分と簡単にいったな」

こちらの男は頬に傷のある、見るからにチンピラといった風情の男だった。

「素直な娘ですね。まるで疑われていませんでした」

「で、どうよ、こいつは？」

「えぇ。かなりの上物ですね」

「あぁ。さっきちょっと触ったんだがたまんねーな、特にこの……」

とリーリアの胸に手を伸ばす。触れる直前、男は殴り飛ばされていた。壁に激突してずるずると腰を落とす。

「あなたは馬鹿ですか？　仕入れたばかりの商品に手を出す商人がどこの世界にいるというんです？」

「てめぇ！」

足腰の立たなくなった状態でいきがった所で何ほどのこともない。

特徴のない男は更に蹴り飛ばした。

「最近は軍の質も落ちてきたんでしょうか。あなたにとってこれは軍事行動の一環で、私はあなたの上官にあたるのですよ？　任務遂行の障害になるなら……」

「わかった、余計なことはしない」

淡々と事実を述べただけだが、何かを感じたのか男は大人しくなった。

「では商品の箱詰めと行きましょう」

二人の男はリーリアを用意してあった木箱に入れた。

「ではあなたはその木箱を隠れ家に運んでください。私はあと二人ほど目星をつけている少女がいますので、尾行して行動パターンの把握に努めます。今回のノルマはそれで達成できるでしょう。

わかっているとは思いますが……」

特徴のない男はチンピラ風の男を静かに見つめた。

「あ、あぁ、わかってるよ。もう手は出さねぇ」

「そうですか。ならいいです。行ってください」

二人はそれぞれの目的のため速やかにその場を離れた。

誰もいなくなった寂しげな裏路地には何の痕跡も残ってはいなかった。

九章　嵐

リーリアはどん底まで落ち込んでいた。どうしてのこのこと見知らぬ人物について行ったのか。少しは警戒してもよかったはずだ。

それにまんまと誘導されていたことにも気づいた。あの男は依頼主と言った。カサンドラの名を出したのは自分で、相手はそれに話を合わせてきただけだ。

つまり仕事で北門にやってきたことぐらいしかわかっていなかったのだろう。

路地に入った途端に後ろから抱きつかれ、変な匂いのする布を口にあてがわれた。

すぐに意識がなくなり、気付けば知らない場所に横たわっていたのだ。

周囲は薄暗く周りの様子はあまりよくわからない。

同じように連れてこられたのか数人の少女がめそめそと泣いていた。あまり大声で泣くと見張りの男が大声でがなりたてるのだ。皆、涙を押し殺していた。

目の前には鉄格子があった。牢屋の類だろう。気を失ってからどれぐらい経ったのかまるでわからない。この部屋には窓がないため昼なのか夜なのかもわからなかった。

幸いそう遠くへ連れてこられたわけではなさそうだ。

生きているし、息苦しくもない。だからアルとそう離れているわけではない。これはリーリアにだけはわかることだった。

――でもどうなんだろう。アルくんは私を見つけてくれるかな……。

それがわからない。

感覚の同調と操作ができることは身をもって知っているが、離れていても場所がわかるなんてことは聞いていていなかった。

――大丈夫。私がいないって気付いたらアルくんが何とかしてくれる。

大した根拠はないがアルを信用しているリーリアは多少冷静さを取り戻した。そして助けが来るとしても、自分なりに最善を尽くすべきだと考える。

リーリアはあたりを見回した。

そう広くはない。十歩も歩けば端から端まで辿り着く正方形の部屋。その一面が鉄格子になっている。

見える範囲には窓がなく、頼りない蠟燭(ろうそく)の炎が鉄格子ごしに照らしていた。おそらく地下室だ。床も壁も天井も石を組み上げて作られている。

部屋の隅にはトイレと簡単な洗面設備があった。衝立(ついたて)もあったのでそれには少し安心した。

鉄格子の向こうには男が一人いる。椅子に座って牢の中を見張っていた。

鉄格子の扉を見る。外から錠前が付けられているのがわかった。

鉄格子に近づけばもう少し外の様子はわかりそうだったが、今はまだ目立つべきではないとリーリアは考えた。

次に一緒に閉じ込められている女たちを見る。リーリアを含めて八名、全員が女だった。皆しゃがみこんでいる。年齢は上が二十歳ぐらい、下は十歳ぐらいまでと幅広かった。

皆さらわれてきたのだろう。それぞれがこれからの境遇に思いを巡らせ絶望に沈んでいた。

——話しかけるのもまずいかな。

見張りの男をさりげなく見てみた。

頬に傷のある男だ。油断なくこちらを見ている。リーリアは野族みたいだと思った。暴力に慣れた者が発する独特の雰囲気を感じる。手は腰の剣をいつでも抜けるように隙なく構えられていた。

その剣呑な雰囲気に怯えながらも観察を続ける。何かないかと男の体を見ていると剣とは反対側の腰に鍵がぶら下げられているのに気づいた。

鍵を奪うことはできないかと考えてみたが、すぐに無理だと諦めた。鉄格子越しに手を伸ばしたとして、全く届く気がしない。

リーリアは次にこの状況について考えてみた。

女ばかりが集められている。いかがわしいことしか思いつかないが、今のところ何をされたわけでもなかった。周りの様子を見るに他の少女たちも同様のようだ。となると今目の前にいる男がいかがわしい目的で集めたわけでもなさそうに思える。

牢屋を用意していることや、気を失わせる薬品が使用されたことから組織的な犯行に思える。

そう考えると思いつく答えは一つだった。

セプテム国の人さらい部隊。拉致国家、奴隷王朝、誘拐王国。様々な悪名で呼ばれるセプテム国。その所業としか思えない。

他の国ではともかくマテウ国では奴隷は完全に禁止されている。歴史上も奴隷制が行われたことは一度もない。

そもそも奴隷を使わなくとも十分に裕福だったということもあるが、国の雰囲気として常春の、のんきなこの国には制度として見合わなかったということだ。

国の政策、指向はレガリアに多大な影響を受ける。セプテム国は建国当初から常に奴隷労働を前提としていた。レガリアの能力を最大限有効活用すると自然とこうなる。

レガリア、支配の王笏。

対象に絶対の忠誠を植えつけ掌握するこのレガリアに一度でも支配されれば逃れる術はない。レガリアの効力は国内のみなので、国外に出ればその支配から逃れることはできるが、支配された時点でそもそも国外に出ることができなくなる。

セプテム国側は、本人の意思でこの国に留まり、忠誠を誓っているのだからとやかく言われる筋合いはないと放言していた。他国もレガリアが関わっているのが自明だとしてもどうすることもできなかった。

セプテム国はレガリアで支配した奴隷を使い捨てることによって発展してきた。そこには一切躊躇はなく完全に道具として割りきっており、減ったならば補充すればいいと考えている。

その補充方法の一つが人さらい部隊だ。

他国に何食わぬ顔で侵入し、密やかに人さらいを行う。このことは広く知れわたり警戒されてはいるが、事前に十分な調査と計画を立てて行われる少人数を対象とした拉致を防ぐのはなかなか難しい。

セプテム国と国交のある国はほとんどなくマテウ国も例外ではない。一度拉致されてしまえば、外交交渉で取り戻すのはほぼ不可能で今までに戻ったものはいなかった。

リーリアはセプテム国の悪行を思い出すと、ますます絶望的な気分になった。これはそこらのチンピラの仕業ではなく、国家ぐるみの犯罪だ。

人さらいは、商品の目利きをする奴隷商人と諜報部隊で構成されていて、高名な科学者、芸術家、商人、政治家などの有能な人物や、見目麗しい男女を狙うとされている。

——これからどうなるんだろう……。ひどいことをされるのかな……。

しかしセプテム国の人さらいだとすれば、国に連れ帰られるまでは手荒なことはされないはずだった。

人さらい側からすれば、下手に手を出して自暴自棄になられるのは避けたい。国に帰れば従順な奴隷にできるのだから焦って事を起こす必要はないのだ。

——それに、最悪の事態でもないのかな……。

アルとの距離が離れれば自分は死んでしまうだろう。他の娘たちには悪い気もするが綺麗なまま死ねると思うと少し心が安らいだ。

——アルくんは私のことどう思ってるんだろう。

勝手に生き返らせたことに責任を感じているのか、何か目的があっただろうにそれを後回しにしてでも付いて来てくれると言う。だがそれは義務のようなものにも思えた。

リーリアは旅の間にアルの真摯さを十分に理解した。ちゃんと気を使ってくれるし、つっけんどんに思えることもあったが優しい言葉もかけてくれるし、それを態度で示してくれる。

ただリーリアは壁のようなものを感じてもいた。仲良くなった気はするが、一定の距離からは踏み込んでこない印象だ。女として見てもらえていないとも感じていた。

――死体は嫌だとか言ってたのは冗談じゃなかったのかな……。

たまにアルが顔を赤くするようなことがあったので、女が嫌いだとか、興味がないとかではないはずだ。なら何が駄目なんだろうかとリーリアは考えに耽る。

胸が大きい娘は好きじゃないんだろうか。確か小さい方が好みだという男性も少なくない数がいると聞いたことがあった。それか魔族の間で育ったらしいから魔族の女の子がいいんだろうか。

そんなことを考えているとリーリアは泣きたくなってきた。

――私がいなくなったら、アルくんは自由になれるかな。

ますます悲観的な考えが浮かんでくる。今はアルを自分が縛り付けているとしか思えない状況だ。

あまり気にしていなかったが、よく考えるとアルが可哀想にも思えてくる。

――私なんかと会わなければよかったのに。

リーリアは自らの胸をもみしだきながら思った。

「え？」

思わず目を疑う。自らの右手が胸をぐにぐにとまさぐっていた。

絶望のあまりにおかしくなったのかと思うと、右手はそのままゆっくりと這い上がってきた。首筋を通っていき、口のあたりにやってくると口を塞ぐようにする。

『おい』

口が勝手に囁くように動いた。思わずあたりを見回す。誰も気付いていないようだった。

『僕だ。いいか、突然で混乱したかもしれないがまずは落ち着いてくれ。それまではこのままの姿勢だ。落ち着いたなら左手を握ったり開いたりしてくれ』

リーリアはものすごい勢いで左手を開け閉めした。

『元気そうだね。というかその勢いじゃ落ち着いているようにも思えないけど。僕に話しかけるときは小さな声で喋ってくれればいい。声にならなくても口の動きで大体わかる。周りには誰かいるのか？』

「う、うん。女の子がいっぱい。牢屋の中にいるんだけど」

リーリアは意識して小さな声で答えた。

『そうか。じゃあ、わかっていることがあったら教えてくれ』

安心した。確かな絆でアルと繋がっているのだと確かに感じられた。もう大丈夫だと思ったリーリアの体から一気に力が抜ける。

気を落ち着かせるとリーリアは周囲の状況と考えたことをアルに伝えた。

『セプテム国か。初めて聞くが無茶苦茶だな』

「アルくん……さっきはびっくりしてたから気にしてなかったんだけど、最初に胸を揉んでたよね？」

『あぁ、それは感覚の同調を確かめていただけだ』

アルは当然のことのように言った。その後一気に説明を始めたことからは何かをごまかそうという意思も若干感じられる。

『よく聞いてくれ。感覚の同調は聴覚と触覚のみだ。だからそちらの様子が僕には直接わからない。これは気をつけてほしいんだけどこれから戦闘中には絶対に転けないでくれ。今の僕には上下の感覚がわかりづらい。接地面の感触で何となくはわかるけど、転けてしまうと立ち直るのに時間がかかる』

「え？　戦うって？」

『リーリアが戦うしか逃れる術はない。僕も街中を探してはいるけど、組織的な誘拐なら簡単に行き先がわかるような証拠は残っていないだろう。リーリアがそこから出てくるしかない』

「む、無理！」

『やるんだよ。僕がサポートする。大丈夫。大魔王に技を教わっただろう？』

◇　◇

男は入り口の前に椅子を置いて座っていた。

牢屋はほぼ正方形で一面が鉄格子になっておりその左端に扉が付いている。

中にいるのは様々なタイプの美少女たちだ。基準はよくわからなかったが、依頼主の付けた細かな条件に合致する少女が厳選されているらしい。

全員がうつむき座り込んでいる。先ほどは大声で泣き叫ぶ者もいたから大声で怒鳴りつけた。そのせいかしくしくと押し殺すように泣くばかりになったのだがそれでも鬱陶しいものだ。

女たちは全員が平民で、鉄格子は貴族の力でもびくともしない強度を誇っている。

見張りは特に必要ないと思われたが念には念をということで、見張りを一人以上立てることになっていた。

特にすることもなく、男は少女たちをじろじろとなめ回すように見つめていた。

やはり一番は、最後に連れてきた金髪の少女だ。ゆったりとした服を着ているため見た目からはわからないが、後ろから抱きすくめたときの感触は最高だった。

あの奴隷商人の邪魔がなければその場で襲いかかっていたかもしれない。組み伏せ、その可憐な顔を絶望に歪ませることを想像すると自然と体の一部が熱くなる。

男が注目していると少女は奇妙な行動を取り始めた。右手で胸を揉みしだいた後、口を押さえ、左手を開け閉めしている。男がその様子を凝視すると少女は背を向けてしまった。

気でもふれたのかと思うと少し不安になる。

多少反抗的なぐらいなら問題ないが、完全におかしくなってしまうとレガリアで支配したとしても使い物にならないことがあるからだ。

この中でもかなりの上物である少女だ。商品価値が下がってしまったとなると男の責任も問われるだろう。

しばらく見ていると少女は立ち上がった。部屋の右奥にあるトイレに向かうのかと思いきや、少女は奥へは向かわずそのまま右端に行きそこで止まる。

何をするのかと見ていると、少女は両手で鉄格子を摑んだ。

「えい！」

可愛らしい掛け声とともに鉄格子を左右に引っ張る。馬鹿なことをと呆れて見ていると信じ難いことが起こり男は思わず腰を浮かせた。

鉄格子はあっけなく、ぐにゃりと歪んだのだ。

「な！」

男は思わず声を漏らした。

見たままのことが信じられない。この隠れ家には設計段階から関わっている。この鉄格子がそんな簡単に変形したりするものではないことは何度も確かめていた。

「アルくん、鉄格子はちょっと動いたけど通るのは無理だよ。鉄格子の間隔が狭いし」

『そうか。じゃあ次の手だな』

「みなさん、ちょっと後ろの方に行っててもらえますか？」

少女は独り言をつぶやいていた。やはりおかしくなってしまったのか、一人で会話をしているようだ。

金髪の少女の言葉に反応して、しゃがみ込んでいた女たちが壁側へ動き始めた。

何をする気かわからないがこれはまずいと判断した男は牢屋の右端へと走った。

だが鉄格子の前へ辿り着いた時、すでに少女はそこにいなかった。

男が駆け出すと同時に、滑るように扉の前に移動したのだ。

そして何やら構えを取っていた。腰を落とし右手を腰のあたりまで引いている。

まさか、と思う。何をするつもりかはすぐにわかったが、そんなことができるとはとても思えない。

爆発でも起こったかのような音が炸裂した。

扉を殴りつけた音だ。轟音とともに錠前と蝶番（ちょうつがい）が弾け飛び、扉は壁にめり込んで地下全体を揺らした。

『やはりね。扉が一番もろいと思ったよ』

そう言うと少女は悠々と牢屋の外に出てきた。

「だったら最初からそうすればよかったのに」

『見張りが扉の前にいるって聞いたからね。フェイントはかけておいた方がいいだろう？』

「今の勢いだったら、扉ごと倒せたような気もするけど」

『武器を持ってるんだろう？　邪魔をされる可能性もある』

「あ、みなさんはもう少し待っててくださいね」

少女が牢屋の中に声をかける。男は呆然としたまま、少女を見つめていた。

牢屋から出て少女が歩いてくる。少女は剣の間合いまでもう少しという所で立ち止まった。

『相手はどんな様子だ』

「剣を構えてる。あと五、六歩ぐらいの距離」

『肌も強化されてるから多分切られても大丈夫だけど、攻撃されたらリーリアの判断で避けてくれ』

「そんなの無理！」

『大丈夫だって。そして殴れる距離まで近づいたら合図をしてくれ』

「う、うんやってみる」

ぶつぶつと何事かをつぶやく少女が不気味に思えた。

男は剣を中段に構えた。廊下は狭く振り回すには適していない。取れる攻撃手段は突くか、斬り下ろし、斬り上げぐらいのものだろう。

中段はそのどれかに派生するためのものだったが、この選択は相手に剣を突きつけ、これ以上こちらに来てくれるなという守りの姿勢でしかなかった。

男は先ほどの扉をぶち破った攻撃を目の当たりにしている。あんな力で殴られて、生きていられるとはとても思えなかった。

少女は突き付けられた剣を前に戸惑っていた。よくわからないいちぐはぐとした行動だ。

「ど、どうしよう。剣をまっすぐ向けられてるんだけど」

『相手までは六歩ぐらいか、天井の高さはどうだ？』

「私二人分ぐらいかな?」

『よし』

そう言うと少女の姿が消えた。天井とそして背後で軽いトントンという音が立て続けに鳴った。

男は咄嗟に振り向こうとした。

「アルくん、今!」

少女が何かを叫びながら拳を繰り出す。

拳は男の背中側にめり込んで腎臓と周囲の器官を破壊し、男の意識を刈り取った。

◇　◇

「みなさん大丈夫ですか?」

リーリアが牢屋の中に声をかける。皆呆気に取られたような顔をしていた。

連行用にかロープがあったので、これで男を縛り付ける。意識が戻った所で動けないだろうが念の為だ。

「もうちょっと待っててくださいね。廊下の先を見てきます」

牢屋の入り口から左を見ると、同じ構造の牢が二つあった。廊下は行き止まりになっている。

右側を見るとすぐに階段があった。急勾配の木製の階段だ。ほとんど梯子(はしご)に近い。

階段を上ってみるとすぐに天井にぶつかるが、そこには四角い切れ目があった。

ここが出入り口なのだろう。調べてみたが開きそうにはなかった。外から鍵がかけられているらしい。

「アルくんどうしよう？」

『見張り役は自由に出られなかったのかな？　となると定期的に外から開かれるのか、何か合図がいるのか。……いつ開くのかわからないものを待っても仕方がないしな。壊そう』

リーリアが掌を天井に設けられた扉に押し付ける。

そのまま真上に力を入れると、分厚い石でできた扉は勢いよく吹っ飛んで、どこかに激突した。

天井に開いた穴から顔だけ出して様子を見る。厨房のようだった。

料理中の料理人と目が合う。リーリアは愛想笑いを浮かべた。

料理人たちは予想外の出来事に身動きができなくなっていた。手を止めてしまった炒め物が焦げ臭い煙を立てている。

『どうだ？　何がある？』

「レストランの厨房かな？　コックさんが五人ぐらいいるけど」

『無関係とは思えないな。敵だと思った方がいい』

リーリアはそのまま階段を上がると厨房に出た。先ほどからのアルのサポートで段々大胆になってきている。堂々としたものだった。

「あなたたちも人さらいの仲間なんですか？」

その言葉で止まっていた料理人たちは叫び声をあげて逃げ出した。この態度から関係者であることは確実だろう。

リーリアは放ったらかしの料理が気になった。このままでは火事になりそうなので慌てて火を止める。

「逃げちゃったけど……」

『いいよ。レストランの厨房なら裏口みたいなのがないか？　多分そこからさらってきた人たちを運び込んだと思うんだけど』

裏口は簡単に見つかった。食材の搬入口だ。念のため扉を開けてみたが、内側から鍵がかけられるようになっているだけなので外に出る分には問題はなかった。

あたりの様子を窺う。厨房には誰もいなくなっていた。

裏口とは反対側に行けばレストランの食堂だ。こっそりと覗き込むと、コックが慌てふためきながら飛び出したためか少しざわついていた。誰も料理を作っていないのだから時間が経てば更に混乱することだろう。

『一旦戻って中の女の子たちを連れてこよう。外の大通りにでも出れば大丈夫なはずだ』

地下に戻ろうとリーリアは振り向き、違和感を覚えた。何かがさっきと違っている気がする。

「ねぇ、アルくん、何か気になるんだけど……」

もう一度よく見る。気になるのは裏口だった。

先ほどドアが開くかを確認した際に開けっ放しにしていた。閉めた覚えはないので開いていること自体は問題ないが、開き方が大きくなっている気がしたのだ。

「アルくん……」

アルに相談しようとしたとき、何かが顔をめがけて飛んできた。

リーリアは思わず目をつぶり、手を交差させてその何かを防いだ。

カランと音を立てて何かが床に落ちる。包丁だった。

「え？」

リーリアの服が切り裂かれていた。腕の部分だ。肌はアルが言うように強化されているせいか傷一つない。

調理台の陰から男が立ち上がった。北門でリーリアを誘い出した男だ。

「これはどういったことでしょうかね」

やはり特徴のない顔としか思えなかった。本当にこの男にさらわれたのだと自信を持って言い切れない。

「平民だと聞いていたんですが、間違いだったようですね。あなたどうやって出てきたんです？」

どうしたらいいんだろう。リーリアは戸惑った。

攻撃はアルがやってくれるとしても、近づくのはリーリアの仕事だ。

先ほどの狭い廊下のような限定された空間ならアルにもやりようはあるだろうが、障害物の多い広い空間ではそれも難しい。

「色仕掛けですかね？　あの男はあなたにご執心だったようですし。しかしそれでもあの男がただやられるとは思えないんですが」

リーリアは試しに横に一歩動いてみた。男は同じだけ横に動いた。一定の距離を保っている。油断はしていないようだった。

ならば地下へ誘いこむというのはどうだろう。警戒して近づいてこないということであれば地下へ逃げ込めるかもしれない。狭い廊下でなら闘いようもある。

しかし誘いに乗ってこなければまた閉じ込められてしまうかもしれない。そう考えるとためらわれた。

食堂側から逃げることは簡単だが、それでは地下の女の子たちを置いていくことになる。それだけは絶対に嫌だった。

「アルくんどうしたらいい？」

つぶやいたがアルの返事は返ってこない。途端に心細くなった。

「誰かいる振りですか？　無駄ですよ。この厨房に誰もいないことは確認していますから」

男はリーリアのつぶやきを聞きとがめたのかそう言ってきた。

リーリアは地下の入り口へと走った。アルは返事をしないしあまりいい方法も思いつかない。

しかし先ほどまであった馬鹿みたいな力を発揮することはできず足を滑らせた。

「あ」

リーリアのイメージでは一足飛びに入り口まで行けるはずだった。アルのサポートがあれば可能なはずだ。

だが何故か力が失われている。そして絶対に転けるなと言われていたことを思いだしパニックに陥った。

その様子を男は冷静に見ていた。

リーリアは立ち上がろうとじたばたとしたが、混乱のためか足に力が入らない。

このままではまずいと仰向けになり男の方を見る。男は慌てふためくリーリアをじっくりと観察していた。

男は何かを確信したのか、ゆっくりと近づいてきた。リーリアは必死に後ずさったが、何かにぶつかってそれ以上は下がれない。

男はリーリアの足元までやってくると、そこでも冷静に見下ろした。

抵抗の様子がないと見るとリーリアの腰を両足で挟み込むように馬乗りになった。そのまま両手を抑えつける。

「包丁で傷つかないんですから貴族なんでしょうが、私も貴族なんですよ。そして貴族同士なら男の方が力は上です。ご存知でしょうがね」

「いやっ！」

リーリアは必死に身動ぎするも、完全に押さえ込まれていて全く動けない。

「私の依頼主はね、貴族の性奴隷は求めていないのですよ。ですのであなたは連れていけない」

平民の主人は貴族の奴隷を嫌う。それは完全に支配していたとしても何かの折に本人が意図せずに力を発揮してしまうことがあるためだ。戦奴隷としてなら慎重に運用すればいいが、性奴隷でそれはまずいと忌避(きひ)されている。

リーリアは何故すぐに殺そうとしないのか不審に思った。始末されて然るべき状況だ。

リーリアは男の顔を見た。そして理解した。先ほどまでの商品を吟味するような商人の顔が、獣欲を滾(たぎ)らせた男の顔になっていることを。

男にとってリーリアは商品ではなくなったのだ。

「アルくん！」

リーリアがもがきながら必死に叫ぶ。

「助けなど呼んでも無駄だと……」

リーリアの手が動いた。摑んでいる男の手を全く無視した動きだ。

鈍い音がした。

骨をへし折り、肉を押しつぶし、肺を破裂させた音だ。

リーリアの右拳は男の左胸を陥没させていた。鍛えられた筋肉も肋骨も何の障害にもならない。見る間に男の胸が萎んでいき、喀血がリーリアの顔を汚した。

『そっちから近づいてくれて助かったよ』

力の抜けた男の手を摑み、そのまま跳ね除けて逆に馬乗りになる。

男は手を必死に伸ばし、首を振る。助けを求めているようにも見えた。

『悪いけど逃がすつもりは全くないんだ。このままやられてくれよ』

無造作に振り下ろされた拳が男の顔を打つ。力任せに振るわれた拳は、顔の中心を捉えて陥没させた。

男が完全に沈黙したのを確認してからリーリアは立ち上がった。

『こいつが馬鹿で助かったよ。素のリーリアを見せれば油断するかと思ったんだけど、まんまとひっかかってくれた』

「な、何それ！　ほんとに怖かったのに！」

リーリアは怒りの声を上げた。何の相談もなく勝手にそんなことをされてはたまったものではない。

『悪かったよ。でも、あいつから近づいてくれないとどうしようもなかっただろう？』

アルは飽くまで冷静だ。それが更にリーリアの怒りに火をつける。

「アルくんの馬鹿！　アホ！　変態！　えーっと、えーっと！」

もっと言ってやろうという思いが空回りする。だが怒り慣れていないリーリアに罵倒のバリエーションはない。

「カバッ！」

結局でてきたのはそんな言葉だった。

◇　◇

貴族同士の戦いでは近接戦闘になる公算が大きい。アルはこれまでの戦闘からそう考察していた。

初手の包丁でリーリアが貴族であると男が確信したように、飛び道具は役に立たないことが多いからだ。

ゆえに何らかのタイミングで近づいてくるだろうと思っていた。だが危ない賭けであったことには変わりはない。アルは胸をなでおろした。

ぷりぷりと怒るリーリアをなだめながら、強化した聴覚で周囲の様子を窺う。更に援軍がやってこないことを確認すると、地下の女性たちを解放した。

レストランの裏口は裏路地につながっており、そこから大通りに出られた。

『アルくん、ここがどこかわかんないんだけど！』

同調したアルの聴覚にリーリアの声が聞こえてきた。

「大通りなんだろう？　城壁と反対側へ行けば広場だ。僕も広場へ行くからそこで合流しよう」

『わかった。みんなも連れていけばいい？』

「そうだな。役所に届けたほうがいいだろう。僕も一緒に行くよ」

アルも大通りに出て、広場へと向かい始める。

雨粒が一滴アルの頬を打った。空を見上げれば灰色の雨雲が空を覆いつつあった。アルがマテウ国にやってきてから初めての雨だ。

マテウ国ではレガリアにより気象制御がされているため昼に雨が降ることはまれだ。通常は耕作に必要な量の雨が夜に降るように調節されている。しかし降雨調節は完璧では無く、ある程度のゆらぎをもったものだ。にわか雨程度ならたまに降ることはあった。

アルは足を速めた。

広場にはほどなくして到着し、雨を避けるためにカフェの軒先に入ることにした。

軒先は天幕になっていて、その下にはテーブルが幾つか置いてある。雨が降ってきたせいか客の入りはそれほどでもない。端の方にいれば邪魔にならないだろう。

風が強くなり始めていた。広場の人影はまばらだ。その少数の人々も突然の雨に驚き足早に去っていく。しばらくすると広場には誰もいなくなっていた。

滅多に雨の降らないこの国で傘を用意しているものはおらず、雨の中をうろつくような物好きはほとんどいない。

――リーリアは大丈夫かな?

八名では雨宿りするのも大変だろうと思う。

アルはリーリアの感覚を探ってみた。少し早足で歩いている。雨宿りはせずにまっすぐこちらに向かっているようだ。

遠くから雷鳴が聞こえてきた。ますます雨足が強くなり、風も強く吹き荒れている。

何かがおかしいとアルは思った。この国でここまで天気が荒れるのは異常事態だ。

アルは周囲を見回した。広場の端はけぶるような雨にかすんでしまいよく見えない。だがそこで何かが動くのが見えた。

さっきまではいなかったはずの人影だ。

はっきりとはわからないが、かなりの大人数がゆっくりと広場を横断している。東からやってきたそれらの影は中央の噴水までやってくるとばらけ、八つある大通りにそれぞれ向かい始めた。

不自然な行動だ。この雨の中悠長に歩いているのはおかしい。アルはよく見ようと目を凝らした。

ずるり、と一人の上半身がずれた。そのまま、ばしゃんと水たまりに上半身が落ちる。

「!?」

近くにいた人影が上半身を拾い上げた。足だけで動き続ける下半身に追いつき、その上に上半身を置く。元の姿に戻った何者かは何事もなかったようにそのまま歩き続けた。

——なんだこれは？　何が起こっている？

「見つけました」

少女の声にアルは振り向いた。

衝撃。

少女の拳がアルの脇腹にめり込む。

アルは吹っ飛ばされた。店内のテーブルを派手に巻き込みながら壁に激突し、壁をぶち抜いて更に中へと転がり込んだ。

激痛に声も出ない。地べたに這いつくばりながらアルは必死で状況を把握しようとつとめた。

脇腹に手をやる。あまりの衝撃に腹が爆発したかと思ったが、感触は脇腹が存在をとどめていることを伝えてきた。ただ内臓の状態はよくない。口から血が溢れ出てきた。

アルは周りを見た。倉庫のような場所だ。カフェのバックヤードだろう。樽や木箱が整然と並べられていたようだったが、衝撃で崩れている。アルは倉庫の反対側の壁まで吹き飛ばされたのだ。

背を壁に預けて何とか立ち上がろうとする。足がふらついた。壁がなければ立っていられないだろう。

「殺すなと言われていたのを忘れていましたが、生きているようで助かりました。あなたも貴族ですか。私がそうなんですから、被験者は全て貴族と考えるべきでしょうか？」

大穴の開いた壁の向こうに銀髪の少女が立っていた。

適当に切ったような髪型の、アルよりも年下に見える少女がアルを見下ろしている。

その背後には数人の男女が立っていた。

先ほど広場で不自然に歩いていた者たちだ。近くでみればそれが生きた人間ではないことがはっきりとわかった。

生気をまるで感じない。手足の長さが不揃いで歪（いびつ）なシルエットは、まるで一度ばらした後に適当にくっつけたかのようだった。

「テオバルト様に被験者五号を発見したと伝えてください」

少女は背後の者たちに指示を出す。

アルは必死に呼吸を整えていた。だがそう簡単には動けるようにはならない。少女の一撃はアルをほぼ無力化していた。

「さぁ、テオバルト様がおいでになりますよ。こんな薄汚い倉庫でお迎えするのは失礼でしょう？」

少女は近づいてくるとアルの髪を掴んで簡単に引き倒した。抵抗する余裕すらない。

そのままずるずると引きずり、広場へ出たところで少女はアルを無造作に放り出した。

外は既に嵐と化している。横殴りの雨がアルを打ち付けた。何とか起き上がろうと腕に力を入れ上半身を起こす。

目に入ったのは死者の群れだ。

その群れが二つに割れ、死者たちは次々と跪いていった。

死者たちが作りだした道を悠然と男が歩いてくる。

それは千の悪魔を従える者、大魔導師テオバルトと呼ばれる男だった。

十章　対峙

陽が沈む少し前。

首都ベイヤーの西門は、検問を待つ馬車や人々で溢れかえっていた。

門を通るには通行税を支払う必要がある。商人の場合はさらに商材に応じた税を徴収された。

そんな人々の最後尾に今にも壊れそうな、異様な馬車が現れた。

人々の注目を浴びる中、馬車は大きな音を立てて傾いた。車輪が崩壊したのだ。車輪の反対側を支えていた少女は、役目を終えた馬車の本体をゆっくりと地面に下ろした。

銀髪のまだ幼い少女だ。ボロ布のような服がその愛らしい顔とは不釣り合いに思える。

全身が腐り血を滴らせている馬は車輪のない馬車を引こうと懸命になっていた。だが車輪を失った馬車は動かない。ギチギチと音を立て、引き棒に連結した胸当てが馬に食い込むだけだった。

少女は馬と馬車の連結部を引き千切った。二頭の馬はあたりにいた人間をはね飛ばしながら進んで城壁に激突した。

この馬は前に進む以外のことができなくなっており、用済みになれば放棄するしかない。

その場にいた者たちはそれを呆然と見ていた。とても現実とは思えないことが起こっている。

「テオバルト様、街へ到着しました」

少女が馬車へ声をかけると中から一人の男が現れた。

全身黒ずくめの男だ。肩まである黒い髪、黒い目、黒いコートで全身を覆っている。手には節くれだった杖を持っていた。

「何故こんなにも人がいる?」

「数百年もあれば街も発展します。これぐらいの人がいるのは当たり前です」

男が手に持った杖で少女を殴りつける。少女はそれを黙って受け入れた。

男は少女に思ったことを包み隠さず全て口にするように命令している。しかしそれはこの男の寛大さを示すものでない。その言葉が気に入らなければこのように殴りつけた。

ここに至って呆けたようになっていた人々が動いた。商団を護衛する傭兵たちが防御態勢を取る。

商人たちは馬車の陰へと身を隠した。

誰何(すいか)の声など誰もあげなかった。その男は明らかに危険だったからだ。何がきっかけで動き出すかわからないと思ったのだろう。

男の美貌は傭兵たちに最大限の警戒を促す。おそらく魔法使い。そして魔法使いの実力は美しさに比例する。

傭兵たちは男の一挙手一投足に注目した。魔法使いが魔法を使うには魔器を通して悪魔を使役しなくてはならない。そこには必ず何らかの動きがある。

先制攻撃を考える者もいた。だが足を一歩前に出すことすらできない。彼らの本能は逃げろと叫び続けていた。

「邪魔だな」

男がそう言い、一陣の風が吹き荒れるとその場にあったもの全てが同時にずれた。

血しぶきをあげて人の上半身が落ちる。馬は足を、馬車は車輪と本体の狭間で分断されていた。

大地は瞬く間に血で染めあげられる。門の前にいた数百人の人間は、ただ風が吹いただけで骸と化していた。

魔法による攻撃だった。

魔法で攻撃する場合にもっとも有効とされるのが空気を利用したものだ。空気は簡単に動くため魔力効率がいいし、どこにでもあるため事前準備もいらない。

この場合は薄い刃状に固定した空気を大人の腰ぐらいの高さで広範囲にばらまいた。ただ殺戮を行うだけならほとんどの場合これで事足りるだろう。

「テオバルト様、ここにターゲットがいた可能性も……」

殴りつけた。

それが日常となっている少女はもう一々反応したりはしない。

小雨が降り始めていた。

先ほどの魔法は狂嵐の悪魔ゼトによるものだ。この魔法を使うと大気を依代に具現化した悪魔が嬉々として暴れまわり始める。

その動きは大気に乱れを生じさせ暗雲を呼び寄せた。ゼトは魔法の行使自体は素直に受け付けるが、それ以外の制御はできない。気がすむまで暴れさせるしかなかった。

「あれはどんな姿をしている?」

「はい、聞いた所では栗色の髪をしている十五、六歳ぐらいの少年とのことです」

「ここにいないか一応確認しろ」

「はい、いないですね」

少女はさっとあたりを見回しただけだがそれで確認が済んだようだった。男もそれについては信用しているようで特に咎めることはない。

「見つけられるか?」

「条件に該当するものはこの街に無数にいると思われます。グラウシェル症候群の罹患者ですから目視できれば判別は可能ですが」

「ならばこいつらに探させよう。街中に放ち似たような者を全て確保させる。お前は検分を行えば良い」

「発見後はどのように?」

「拘束しろ。私が直々に見極めよう。殺すなよ」

血まみれの死体たちが蠢き始めた。

上下に分かれた死体がそれぞれ片割れを探し出して元に戻ろうとする。接合し人の形となった者が次々と立ち上がっていった。

たまたましゃがみ込んでいた数少ない生き残りは、声を押し殺しその様子を見ていた。

先ほどからこの魔法使いは魔法を使っている様子をまるで見せていなかった。

詠唱も印も陣もない。一言二言喋っただけだ。生き残りの傭兵たちにはそれが信じられなかった。

彼らの常識ではとても考えられない。

立ち上がった死者たちはそこかしこに落ちている武器を拾い始める。生き残りたちは怯えあっさりと武器を捨て逃げ去った。

そこには小さすぎて攻撃の当たらなかった幼子たちも取り残されている。

簡易的な武装を終えた死者たちは行進を始める。統率のとれたものではないが、全員が街を目指してゆっくりと動き始めた。

死者の行進が門を通過していく。咎めるものはいない。一部始終を目撃していた検問所の兵士たちはそれを黙って見送った。

異常事態だが想定外すぎる事態に何もできない。何か余計なことをすれば殺される。そう思えば身動ぎ一つできなかった。

検問所の兵士は、全ての死者が通り過ぎたあとにやっと動き出した。

受話器を取り上げて王城への緊急回線をつなぐ。そして死者の軍勢の襲撃を一息に伝えた。

◇　◇

アルはその男を数度しか見たことはなく、直接何かをされたわけでもない。

だが見た瞬間からゆっくりと怒りが込み上げてきた。

アルの中にあったのは理詰めの怒りだ。

自分の境遇について思いを巡らせるとこの男、テオバルトがその始まりにいる。全ての元凶だ。

一時的な激情ではない。常にテオバルトに対する燠火(おきび)のような怒りがどこかで燻ぶっていた。

怒りに我を忘れることはない。だが自然と痛みは抑えられていった。怒りを足に込めて立ち上がるとその男を睨みつける。

「そっちから来るとはな。探す手間がはぶけたよ」

アルは精一杯の強がりを言った。ダメージが大きい。怒りをぶつけようにも体がまともに動かなかった。

テオバルトはアルを一瞥しただけで、すぐに隣へやってきた少女に関心を移した。

「テオバルト様、被験者を発見しました」

「ふむ、私は何故これを見極めねばと思ったのか？」

その言葉に少女は呆れたようだった。

「回収して解剖、身体各部を確認するという話だったと思いますが」

「これをか？　見たところ取るに足らん。解剖するだけ無駄だが、研究の痕跡を残すのはまずいか。お前の意見を聞こう。こいつは四号までと何か違うか？」

少女がアルを見つめた。その鳶色(とびいろ)だった瞳はいつの間にか真紅へと変わっている。

アルの背筋を悪寒が走った。

とても重要な、だが自分には絶対に気付けない何かが進行してしまっているという感覚。何かのきまぐれで簡単に首を落とされる、生殺与奪を握られてしまっている恐怖。

このままではまずい。だが打つ手がない。

「これまでと違うのは死者の完全蘇生能力でしょう。ただこれは、完全に蘇生させないと動かせないという意味では劣化しているとも言えます。そして死者の支配が不完全です。直接操作できるのは数体。しかも死者は自由意志を持つため反逆すら許してしまいます。魔力量、有効範囲等は今までの被験者と大差ありませんので研究の余地はないでしょう。この場での処分を提案します」

「本来意図していた造魔としても失敗で、君臨する者には届きそうもない。妥当な判断だ」

ゴミを見るような目でテオバルトはアルを見下ろした。

アルはテオバルトを睨み付けながらも周囲の様子を窺う。

立ちふさがる障害が三つだ。

まず銀髪の少女。力の差は歴然だった。万全の状態でも勝つのは難しい。

それに死者の群れ。気付けばアルは囲まれていた。そう命令されているのか、それともテオバルトを恐れてなのか、死者は遠巻きにしておりすぐに襲ってくる様子はない。だがこの囲みを破ろうとしたなら即座に動き出すのだろう。

そしてテオバルト。この天候と死者の群れはこの男の力だろうし、他に強力な魔法を幾らでも用意しているのだろう。

最悪だ。

アルはこの男と対峙する前に、魔法に対抗しうる力を手に入れるつもりだった。そのために魔法の力を求めたのだ。だがそれは成し得ていない。

アルは死を覚悟した。

ろくに走れない状態で死者の囲いを突破することなどできそうにないし、テオバルトと少女はアルを逃がしはしないだろう。

――リーリア……

覚悟とともに思い浮かんだのはリーリアの顔だった。

自分が死ねばリーリアも死ぬ。そんなことすら忘れていた自分に呆れた。

どうすればいい。

リーリアはこちらに向かっている。リーリアだけを逃しても無駄だ。だが、ここに来れば死よりも恐ろしい無惨な事態になるかもしれない。

『リーリア！　広場には来るな！　近くに建物があればすぐに入ってそこから出るな！』

リーリアの口を動かし、大声で叫ばせた。

自分が死ねばリーリアも死ぬ。それはわかっている。だがそれでも、リーリアが死ぬところなど見たくはなかった。

死者の群れに蹂躙（じゅうりん）され殺されるのは自分だけでいい。

アルはリーリアの返事を聞かずに同調を解除した。同調しながらではろくに動けないからだ。無駄かも知れないが、逃げる努力だけはするつもりだった。

一か八か、死者の囲いに飛び込む。

目の前の少女に敵(かな)わない以上それしかない。

後ろに飛び退ろうとタイミングを見計らい、まさに動こうとしたその時、死者の群れが十人ばかり吹き飛んだ。

アルの前に落ちてきた死者たちは、元々接合が弱かったのか簡単にその体をバラリさせる。

アルは死者の包囲が崩れた箇所を見た。

鎧を身につけた男が猛然と剣を振るっている。死者たちを手当たり次第になぎ倒し、ふっ飛ばし、両断していた。

以前に広場で見かけた勇者候補、クリストフ・ミラーがそこで大立ち回りを繰り広げていた。

◇　◇

剣の一撃で死者の群れが切り裂かれ吹き飛ぶ。クリストフは確かな手応えを感じていた。剣が通用する相手ならどうとでもなる。

クリストフは率いてきた百名、王直轄の首都防衛軍に対策を伝えた。

槍による刺突や急所への攻撃は効果がない。切断や打撃による攻撃が有効だ。要は動けなくなるまで体を潰せばいい。

「クリストフさん！　突出しすぎないでください！」

すぐ後ろで叫ぶのは検問所を担当する女性兵士、ダフニーだった。死者の群れの襲撃を電話で報告した後、街の様子が心配になって防衛軍と合流したのだ。

「ダフニー。こいつらは一体何だ？　出現するところを見ていたんだろう？」

聞きながらも剣を振るう。死者どもはクリストフを敵と見做したのだろう。緩慢な動きで襲いかかってきていた。

「元は街にやってきた商人たちです。いきなりバラバラになって、くっついて動き始めました。アンデッドだと思います。マキノさんがいればよかったんですが」

マキノは中央正教の神官だ。この国では聖女に等しい扱いを受けており、実際に聖人として列する動きもあるらしい。街では親しみをこめて、お祈りまきのんと呼ばれていた。

彼女がいればアンデッドの群れを消滅させるなど容易いはずだ。だが彼女は第一特務隊の隊員として、勇者とともに魔王退治の旅に出ている。

「いないものは仕方がない。だがアンデッド程度なら防衛軍だけでも対処できる！」

死者たちは特別な能力を持っているわけではなかった。多少頑丈ではあるが、何度も斬り付けて、動けなくなるまで分解すれば無力化できる。燃やすのも効果的だろうが雨の中では無理だと早々に諦めた。

死者たちの動きは鈍い。練度の高い防衛軍は着実に制圧しつつあった。

クリストフが剣を振るうたびに数十人単位で死者が吹っ飛んでいく。これが勇者候補序列一位の力。ミラー家が長年に亘って作り上げた、戦闘生物としての貴族の力だった。

ダフニーはクリストフの後ろにくっついて移動していた。この場でそこが一番安全だと思ったのだろう。

「しかし何故ここにやってきたんでしょう？　幸い雨のせいか街の人に大した被害は出ていないようですが」

雨のおかげか、街の住民は出歩いていなかった。人的被害は最小限に抑えられているはずだ。

「そんなことがわかるか！　とにかく全滅させる！　それにあれはその街の人じゃないのか？」

死者たちの囲みの中には三人の人物がいる。

痩身の男に、銀髪の少女。その向かいには脇腹を押さえ、今にも倒れそうな少年だ。

「どう見ても、あの少年が襲われているな！　……どうしたダフニー？」

助けに行こうと考えたクリストフだが、ダフニーの様子を見て立ち止まった。

ダフニーは黒ずくめの男を見た瞬間から凍りついたようになっていた。

クリストフはダフニーの肩を摑んで揺さぶった。

「おい、どうした！」

「あ、あれは……」

何度もゆさぶってようやくダフニーは動き出した。

「あいつが誰か知っているのか？」

「テオバルト……千の悪魔を従える者、人界の魔王、殺戮と鏖殺（おうさつ）の貴公子など数多くの異名で畏怖されている大魔導師ですよ！　彼のきまぐれで滅び去ったという街の噂は数知れず、ただ一人で一国すら落としたことがあると聞きます！」

「ひどくうさんくさい話だが……なぜそんなことをダフニーが知っているんだ？」

「私、大魔王さんについて調べてるんですよ、その時に見つけた資料にあったんですが……」

ダフニーは検問所勤務という仕事柄、大魔王について聞かれることが多かった。わざわざ街の外から観光がてらに大魔王を見にくる者たちがいるのだ。何度も居場所を確認しているうちに、大魔王がどのあたりにいるのか大体わかるという無駄な技能を得てしまっていた。

それで大魔王に興味を抱くようになったのだが、その正体は謎だった。突然マテウ国にあらわれた彼女が何者なのか誰も知らない。そこでダフニーは過去の文献にあたり、その時に魔王と呼ばれた大魔導師の逸話を知ったのだ。

「話はわかったが、そんな大人物なら俺が知らないのはなぜだ？」

「彼は数千年を生きていると言われています。数々の逸話は数百年前のものですよ。ここ最近あらわれたという記録はないのであまり知られていないんだと思うんですが」

「しかしあれが本当にそのテオバルトなのか？」

そんな過去の文献にしか出てこないような人物がここにいると言われても信じがたかった。

「はい。あの美貌！　一度見れば忘れることはできません。古い資料に残っていた絵姿で見たものと同一です。レガリアの支配下で嵐を巻き起こし、アンデッドの群れを操る強大な魔力、こんな存在が二人といるとは思えません！」

「魔王ということは、あいつは魔族なのか？」

魔族には勇者の聖なる武具が有効なのだ。クリストフの剣は名工の手によるものだが、魔王を相手にするなら心許ない。

「いえ、彼は人間です。魔導の研究の果てに究極の理を見いだしたとも言われており、畏敬の念を込めて人から生まれし魔王、人界の魔王と呼ばれているのです！」

「なるほど……だが、人間ならどれほど強かろうが……」

倒せる。そう言おうとしたところでダフニーが水を差した。

「撤退しましょう！」

「ふざけているのか？」

「ふざけてなどいません！　彼が何の目的でやってきたかはわかりませんが、恐らくあの少年が関係あるのでしょう。だったら目的を達して立ち去るのを待てばいいじゃないですか！　下手に手を出せばこの街が、国が壊滅してしまいますよ！」

クリストフは今聞かされたばかりの大魔導師の逸話には脅威を感じていない。だがここでの出来事があの男の仕業ならばその実力は計り知れなかった。

クリストフはダフニーを睨み付けた。ダフニーも負けずに睨み返す。本気のようだった。自己保身から言っているわけではない。彼女は心底この国を案じているのだ。

その状態がしばらく続いたが、やがてクリストフはため息を吐いた。

「わかった。防衛隊は一旦下げて様子を見させる。だが俺は逃げない」

「どうして！　大魔導師を相手にして勝ち目なんてないですよ！」

「ここで逃げるような奴のどこが勇者だ！　あの少年を見捨てながら、どの面を下げて勇者を目指すなどと言える！」

クリストフが勇ましく吠えたのと、ガツンという音がしたのはほぼ同時だった。

クリストフとダフニーが振り向く。

巨大な顎があった。

閉じた顎には全身を甲冑で覆った兵士が咥えられていた。鋭い牙は甲冑ごと肉を貫いている。

顎が上へと伸び上がり天を向いた。それは甲冑もろともぐちゃぐちゃと咀嚼を始め、十分に嚙み砕いた後に飲み下す。

少し後ずさったクリストフにその全容が見えた。

蜥蜴だ。死者を押し混ぜて作り上げた、巨大な蜥蜴のような化け物がそこにいた。

死者たちはどれほど細切れにされようと関係なかったのだ。それはどのような姿になろうと別の形で利用されるようにできていた。

消化器官などない死肉の塊が、肉を飲み込んでどうするのかはすぐに判明した。

背から骨と鉄と肉でできた翼がせり出し始める。

それは取り込んだ血肉を元に、竜のような姿を形作ろうとしていた。

「ドラゴン……けどなんで……さっきまで私たちのことなんて目もくれてなかったじゃないですか……」

ダフニーが信じがたい光景を前につぶやく。

その答えはテオバルトの側の少女から聞こえてきた。

「テオバルト様……竜が目標をそれましたが」

テオバルトが杖で少女を殴りつけた。

少年を食い殺すべく創造された竜が、少年を無視して防衛軍を襲っただけのことだった。

クリストフは竜へと駆けだした。

この状況で少年を気遣ってはいられない。このままでは防衛軍が全滅するのは時間の問題だった。

◇　◇

状況は大して変わっていない。アルはこの好機を活かすことができなかった。

囲みが破られた時に逃げようとしたが、思った以上のダメージに動くことができなかったのだ。

眼の前で死体が組み上がり、巨大な蜥蜴になる間も黙って見ていることしかできなかった。

その蜥蜴が自分には見向きもせず、兵士たちに向かったのはただの偶然だ。アルが狙われていれば、ただ食われるしかなかった。

――手詰まりか。軍が来たみたいだけど、僕への加勢は無理なようだ。

加勢があったところでこの局面が好転するとは思えなかったが、時間を稼げたかもしれない。

――僕は馬鹿か。時間を稼いでどうなる。……いや、回復できればあるいは……。

今まで意識したことはなかったが目の前の少女は自分のことを貴族だと言っていた。

あの馬鹿力で殴られて生きていたのだから確かにそうなのだろう。

ならば回復は可能なはずだ。貴族は戦闘に特化した頑健な肉体を持っている。戦闘中の負傷を物ともせず、死ぬまで戦い続けると聞いたことがあった。

アルは回復できるはずだと信じて負傷した脇腹に意識を集中した。

すると体の中で何かが蠢いた。内臓が元の形に戻ろうと蠕動を始めたのが感じられる。

アルは回復に全力を費やした。テオバルトが次にいつ何をしてくるのかわからない以上、今できることをするだけだ。

「私が殺しましょうか？」

少女がテオバルトに問う。

「そうだな。竜などと戯れが過ぎた。お前がやれ」

少女がゆっくりと近づいてくる。

アルはギリギリまで回復に努めることにした。こいつらがその気になればいつでも殺せるのだろう。遊んでいるのならそれは最大限に利用するまでだ。

少女が拳を大きく引いて顔の横まで持っていく。あからさまな構えだ。

ならばその拳よりも早く中段突きを食らわせる。アルはそれだけを考えた。

少女がアルの間合いの一歩手前で止まった。

体の大きさが違うため、単純に殴り合えばアルの攻撃が先に届く。流石にそこまでは油断していないようだった。

少女の目が赤く光っている。覗き込むような目は何かを探っているようだった。

「なるほど。私が相手でなければうまくいったかもしれないですね」

少女は振り向くとリーリアの拳をその両手で受け止めた。

アルの失策はこの少女の能力を推し量ろうとしなかったことだ。

少女の赤い瞳は相手の能力を読み取る。アルが何者かを操作していることまで完全に把握されてしまっていた。

そして少女の誤算はリーリアとアルの力を見誤ったことだ。

少女の両腕がはね飛ばされた。

それは突きではあるが実質は体当たりに近い。足元から生み出された力は余すところなく前方への突進力へと変換される。完璧な構えが創り出す構造は突きの反動すら再利用しさらなる威力を加えた。

リーリアの拳は軌道を変えることなく少女の心臓に叩き込まれた。

少女は崩れ落ちそうになる足元に力をいれ必死に踏みとどまった。反撃を考えたのだろう。

だがそれは悪手だった。素直に吹き飛ばされていれば次の攻撃を食らうことは無かったのだ。

リーリアが更に右足で踏み込む。腰を落とし、体を開き、右肘を繰り出す。それは少女の中心に突き刺さった。

少女はアルの後方へと吹き飛んでいった。

だがアルはそんなことはどうでもいいとばかりに、リーリアを睨みつけて大声で叫んだ。

「馬鹿か！　何しに来たんだ！　隠れてろと言っただろう！」

「だ、だって！　絶対おかしかったよ！　何かあるって思うよ！　それに助かったでしょ？」

「何にも状況は変わってないよ！」

リーリアの性格を考えていなかった。

ただ来るなと言ったところで様子のおかしいアルを見捨てるわけがないのだ。冷静に、論理的に説得するべきだった。

広場に駆け込んできたリーリアを見たとき、アルは咄嗟に同調を開始しそのまま突っ込ませた。

それがこの局面で二人が生き残る方法だと考えたのだ。

少女は倒した。確かな手応えがあった。

だが状況は大して変わっていない。テオバルトには何の痛痒も与えていないからだ。

そのテオバルトはアルの目前から忽然と消え失せていた。

「なに!?」

目を離したつもりはない。常に意識の片隅でテオバルトを捉えていたのだ。なのにいなくなっている。

「え？」

リーリアが何かに驚き、アルは振り向いた。

無様に倒れている少女の隣にテオバルトが立っていた。

「ア、アルくん、あの人、急にぱって出てきたんだけど……」

アルの目前から消え、リーリアが見ている前に突然現れる。アルは戦慄を覚えた。

瞬間移動。

そんなことができる相手に立ち向かう方法などすぐに思いつかない。

アルはテオバルトに最大限の注意を払いながらリーリアのいる場所まで後ずさった。

「テオバルト様……申し訳……ありません……」

少女がテオバルトを見上げ、切れ切れの声を振り絞って謝罪した。

「あれは面白いな。ところでお前はどうなった？」

テオバルトがリーリアを見ながら、あまり関心のないそぶりで少女に訊ねる。

「心臓に致命的な障害が発生しました。余命は五分もありません」

「そうか」

どうでもいいようだった。少女に対する興味を失ったテオバルトはリーリアを見続けていた。

「それはもらっていこう」

アルはテオバルトの動きに全神経を集中させた。

瞬間移動などという馬鹿げた力でもそれが魔法なら、魔器を通して発動する必要がある。予備動作があるはずだ。

だがその期待はあっけなく裏切られた。

次の瞬間、テオバルトの足元にリーリアは横たわっていた。

リーリアの体には死者の骨で作られたと思しき拘束具が絡みついている。人間一人を完全に拘束する骨でできた牢獄だ。

「な！」

驚きのあまりアルは声を漏らした。

わけがわからない。テオバルトは一切何もしていない。そして瞬間移動だとしてもここまであっさりとリーリアを奪われてしまうというのが理解できない。

アルはリーリアの体を操作したが全く身動きが取れなかった。拘束具は全身に絡みつき可動箇所を完全に押さえつけている。これでは力が発揮できなかった。

「お前はもういい」

テオバルトが初めてアルの目を真っすぐに見た。虫けらを見るような目だ。

アルはテオバルトへ向かって一直線に駆け出した。

冷静さは欠片もない。今のアルにはリーリアを取り戻す、それしか頭になかった。

ただ突っ込んで一撃を喰らわせ、リーリアを手に離脱する。それ以外は全て意識の外へ追いやられた。

回復はある程度できていた。貴族の力を意識したアルの一撃が当たれば効果はあるはずだ。

「死ね」

ただ一言。つぶやくようなテオバルトの言葉はアルの体に劇的な変化をもたらした。

駆け出した足がすぐに止まった。

力が入らない。足元がぐらつき、目の前が暗くなる。

激しく打ちつける雨の音が段々と小さくなっていった。
――なんだこれは？　なにが起こっている？
そう思ったのも束の間、アルの心臓が止まった。

十一章　覚醒

心臓が止まり、アルは全身を氷漬けにでもされたような感覚に陥った。

実際に体温がこれから下がっていくのだろう。今この瞬間からそれは始まっている。

だがすぐには死なない。死ぬつもりもない。リーリアを取り戻す。思考はその一点に集約された。

体は何とか生きようともがいている。心臓は強引にでも血液を送り出そうと震えるが、何かに摑まれたかのようでそれ以上は動かない。

貴族の体はそれでも生き長らえようと、全身の筋肉を収縮させ無理やり血液を押し流す。それにより辛うじて脳の機能を維持されていた。

——どうすればいい。このままでは遠からず全身の機能が止まる。死ぬ。

死を意識した瞬間に思考が加速した。この状況を打破すべく記憶を洗いざらいひっくり返す。

——何かあったはずだ。何のために魔法使いになりたいなんて思っていたんだ。こんな時のためだろう！

「人は誰でも魔力を持ちそれで生命が保たれている。なので元々他者の魔法に対しては抵抗力があるんだ。だから最後に物を言うのは根性だ。魔法に対抗するには気合いだよ。直接魔法をかけられたとしても強力な自我を保っていれば何とかなる場合がある」

聞いたときは何を馬鹿なと思ったカサンドラの言葉だ。だが今はこんなものにでもすがるしかない。気合い、根性。だがどうすればいい？

――今更何か裏打ちのある自信でも用意しろというのか？　何でもいい、思い出せ！　自分を肯定できる何かを！　自負を！　誇りを！

そしてアルは幼い頃の記憶を無理矢理に思い出した。

――そうだ、本を読んだ。何度も何度も、すり切れるほど！　人間の子供と馬鹿にされ、罵られ、嘲られる、何もない森での生活で僕を支えたのは本だ。人、魔族、竜、妖精。様々な言葉で書かれた様々な本を読んだ。

そして武術について書かれた手書きの書物を見つけ、アルはたちまち魅了された。

――僕はその本に武の深奥を垣間見た。全てを一撃で屠る突きを。攻防一体の構えを。神速の歩法を！

飽きることもなく読みふけり、ほんの僅かな汚れも、虫の食った跡も全てを完全に記憶した。

その本には曖昧な言葉と稚拙な図しかなかったため、ただ読んだだけでは表面的なことしかわからない。それを推量し、検討し、自らの体を用いて再構成していった。

それを身に着けるべく練習を重ねた。同じ動作を何度も何度も繰り返した。

家の裏手は何度も踏みつけられて固められ、石のようになって今や雑草の一本も生えない。

同年代の魔族たちはそのうち手を出してこなくなった。

「アルはすごいわねぇ、何でも知ってるのねぇ」

母の言葉が聞こえる。本で読んだばかりの知識を母親に繰り返し聞かせた。

新たに知ったその知識を聞かせたくてたまらなかった。そのたびに母はそう言ってアルを褒めた。

それがとても嬉しかった。母による肯定はアルの自信の一部だった。

——他には？　もっと何か！

そう、野族を、勇者を圧倒的な力でぶち倒した。

本で読み、アルの中で再構成された武術は通用したのだ。それはただ膂力を振るうしか能のない
輩を、理と術で捩じ伏せた。

——そう、僕は強い。僕たちは強い！　僕とリーリアが力を合わせれば！

そしてリーリア。

「アルくんは度胸あるよね……」

何てことのない一言。これはいつのことか、アルの些細な言動に感嘆するリーリアが思い浮かぶ。

「そうかな？」

素っ気なく返したが、リーリアから寄せられる無条件の信頼が心地良かった。

いつからだろう。リーリアの隣がこんなにも居心地がいいと感じるようになったのは。

こんなどこの誰ともわからないような奴をよく信用できるものだと呆れもしたが、いつの間にか
一緒にいるのが当たり前になっていた。

——だけど、駄目だ！　リーリアから向けられる想いを力にはできない。してはならない！　あ

れが歪められた気持ちでないとどうして言える？

必死に否定する。

だがリーリアの無邪気で疑うことのない、アルにだけ見せてくれた笑顔を思ったとき、心臓は応えた。ドクン！　と一度脈打つ。

右手が無意識に動いて胸を押さえた。

一度だけだった。心臓はそれ以上ピクリとも動かない。

だが僅かなチャンスを無駄にしたとは思わない。これには意味がある。

アルは生きようと喘ぎのたうつ体を抑えつけると死をそのまま受け入れることにした。

意識が急速に薄れていく。これは賭けだ。

——心臓が止まった。ならば僕は死んでいる。そして……死んでいるのなら……。

アルは自らを死者と無理やり認識した上で能力を使用した。

死者の完全蘇生と強化と操作。

心臓を強引に動かす。抵抗はあったが強化した肉体はそれを打ち破る。血流が戻ることにより意識がはっきりとしてくる。

奇妙なものが見えた。煤の塊のような黒い人影だ。

小人のような真っ黒な影が、その手をアルの胸につき入れていた。

——お前か！

アルは左手の裏拳を影に叩きつけた。

影が凝り固まったそれはあっさりとその身を散らし、アルは身の自由を取り戻していた。

◇　◇

テオバルトは動かなくなったアルを観察していた。

心停止の魔法。対人では特に有効な魔法だ。複数に向けて同時に使えないぐらいしか欠点がない。

相手の魔力に干渉し、心臓を強制的に停止する。

よほど魔法に精通して、対抗可能な悪魔と契約でもしていなければまず助かる術はない。

だがアルはその場で立ち止まっていた。

血流の止まった体は生き長らえるため、全力で生命を維持しようとする。ただ立つだけに割く力などなくなってしまうはずだ。

テオバルトは少々訝しく思った。あまりにも時間が経ちすぎている。本来ならすぐにその場で倒れ込み、屍をさらしているはずだった。

アルの右手が動き胸を押さえた。

しかしそれも最後の足掻きかと、テオバルトはそのまま経緯をうかがう。

「シッ！」

息吹とともにアルの左手が勢い良く横に振られた。

まるで目の前にいる何かを殴りつけたようだ。

アルと目が合った。呼吸は大きく乱れているが、目は光を取り戻している。

どうやら抵抗に成功したらしいとテオバルトは判断した。

アルが一歩を踏み出した。完全に回復していないのか足取りが怪しい。

テオバルトの目が細められた。

それは踏みつぶして殺したはずの羽虫がぴくりと動いた程度のことだ。だが今までのゴミを見るような目からは変わりつつあった。

テオバルトは傍らで倒れている少女を蹴った。

「おい、あれはどうなっている？」

少女はもうほとんど意識を失っていたが、最後の力を振り絞って返事をした。

「はい……あれは……自己参照によりループバックか再帰が形成されています。それにより自我、魔力を安定させ、悪魔ミクトラを打破したようです。……それに関係あると思われますが魔力視覚野の拡張を感知しました」

「ほう、面白いな。眼球を奪えば使えるか？」

「いえ、魔力視覚野は脳の……機能です。そう単純には……」

「これなら造魔としてまだ期待できそうだな、何が原因だ？」

少女は答えなかった。

テオバルトは再度蹴りつけたが、少女がそれ以上口を開くことはなかった。

余命を使い尽くしたようだ。そう判断したテオバルトは邪魔になった少女を大きく蹴飛ばした。

見た目どおりの軽い体は、アルの前まで滑っていった。

「もう少し追い詰めてみるか」

テオバルトはアルへ杖を向けた。

世界がまるで違うように見える。

うすぼんやりとした紗幕（しゃまく）が目の前を覆っているようだった。

天を見れば巨人の影が駆けている。暴れまわるたびに雷が辺りを照らし、雷鳴を轟かせた。

死者たちには黒い影が取り巻いていた。ぼんやりとした影は死者たちの手を取り、足を取りその動きを操っている。

そしてテオバルト。その内から闇を溢れ出させ、あたりを覆いつくさんとしているように見えた。

アルの目には今までとは違う光景が広がっていた。

先ほどアルの心臓を鷲掴みにしていた黒い小人もこれらと同様の存在だろう。魔力や魔法現象が形となって見えているように思えた。

アルはテオバルトを睨みつけた。

同じ手は食わない。先ほどの小人ならもう怖くはなかった。あんなものを蹴散らすのはいまや造作もないことだ。

テオバルトが杖をアルへ向けた。

空から影が奔った。

とっさにアルは避けた。魔力らしき影が見えている。発動タイミングを読むのは容易い。

だがそれを避けたところで大した意味はなかった。影はアルの傍で一気に膨張し、あたりの大気を支配したからだ。

「ぐッ！」

激痛に声が漏れた。

アルの腕がみちみちと音を立ててねじれていく。強大な力の前に身動きがとれず、必死の抵抗もむなしく腕は肘からねじ切られた。

右腕がばしゃんと水溜まりに落ちる。大気に生じた気圧差が、あっさりとアルの右腕を奪っていったのだ。

苦痛は一瞬だった。貴族の体は戦闘を続行するため、痛みを抑え、血流の制御を行う。

しかし戦闘が継続できたからどうだというのか。

アルは絶望的な気分でテオバルトを見つめた。

弄ばれている。大気を操れるのなら吹っ飛ばそうが、押しつぶそうが、窒息させようが自由自在だ。そんなもの魔力が見えようがかわしようもない。

「見えているようだな。だが対抗手段がないか。これでは追い詰めるどころかあっさり死んでしまいそうだな」

テオバルトの目は冷徹だった。実験動物でも観察しているかのようだ。

不意に剣が現れた。

目の前だ。拳ひとつ分も離れていない。慌てて首を傾けかわす。剣はアルの頬を掠めて飛んでいき、石畳の上にカランと転がった。

大した威力ではない。だが突然現れた。ありえないことだった。アルはそれが投げられた瞬間を見ていないのだ。

次に三本の剣が同時に目の前へ現れ、その疑問はより色濃くなった。

——まさか、時間を止めているとでもいうのか!?

リーリアを奪われたときもそうだった。テオバルトの動きを全く知覚できない。

アルは左腕を顔の前に上げかばう。剣は腕と肩と脇腹を傷つけて後方へと飛び去った。

「うっ！」

突如、太ももに生じた痛みに動きが止まる。

背後からやってきたそれをアルは全く感知できなかった。短剣が後ろから左脚に突き刺さっている。

全方位からの突然の攻撃に為す術がない。

「くそっ！」

アルは刺さった短剣を抜き取り捨てた。一瞬使うかどうか迷ったが、今更使い慣れていない武器に頼っている場合ではない。

「アルくん、逃げて！」

めまぐるしく変わる状況に呆然としていたリーリアが叫んだ。

アルは石畳に横たわり雨に打たれ続けているリーリアを見た。泣いているように見えた。

怪我をしたアルの身を案じて悲しみに顔を歪めている。

――大丈夫、助けるから。それが身勝手に生き返らせたりした僕の義務だから。

一歩近づく。

テオバルトは動かない。近づいて何ができるかはわからないが、他に手段はなかった。

足が銀髪の少女に触れた。ぴくりとも動かず事切れているのがわかる。

罪悪感はない。ただやり返しただけだ。相手が幼い少女だろうと関係はなかった。

リーリアを見る。拘束されているため全く身動きが取れない状態だ。

だが左手が動いているように見えた。必死に左手を開け閉めしている。合図だった。それに気付いたアルはリーリアとの同調を開始した。

『アルくん、作戦があるの』

「何を言ってるんだ？」

アルは訝しんだ。その言葉には悲壮な決意が含まれている。嫌な予感が膨れあがっていく。

リーリアは口だけを動かし、アルにその作戦を伝えた。

「ふざけるな！　そんなことができるか！」

『ほんとにいいの。だって私は本当ならとっくに死んじゃってるんだから。今はただ何かのおまけみたいに生きてるだけなの。いつかこうなるって覚悟はできてた。アルくんが死ぬ必要なんて全然ない！　アルくんは生きて！　だから……さよなら』

リーリアの作戦を聞いてしまえば、もうそれ以外のことを思いつけなくなった。

戦って倒すか、倒せずとも何とか隙を作らなくてはこの場を切り抜けることができない。

リーリアは覚悟を決めてぎゅっと目をつぶっていた。

震えている。それ以上何もしゃべるつもりはないらしい。

——二人とも死ぬ意味はない。それは分かる。けど、その作戦にしても非常に危うい。成功した所で意味がないかもしれない。

「これ以上の変化がないならやはりお前には意味がなかったな。終わりにするとしよう」

アルは覚悟を決めた。

傷ついていない右足に力を込め全力で踏み切る。リーリアがいる反対側、テオバルトの右側へと一気に飛んだ。

後半歩の間合い。アルはなくなった右腕を前へと構える。左手を引いて腰だめにし、左足は前へ、体重を落とす。呼吸を整える。

テオバルトは一瞬遅れてアルの方を見た。反応は大したことがない。アルを見失っていたのだ。

だが、テオバルトに焦る気配はない。ここまで肉薄されても何の問題もないのだろう。

——喰らえ！

銀髪の少女の一撃が、テオバルトの腹部に襲いかかった。

右足で踏み込み、左拳の縦拳を叩きこむ。

リーリアの作戦は単純なことだった。

リーリアとのリンクを解除し、足元で死んでいる銀髪の少女を操り攻撃する。リーリアが動けない以上、それが最大の攻撃手段だった。

これが成功する確証はなかった。

能力を解除して足で触れて蘇生。強化し、操作する。リーリア以外の人間を操作できるかはやってみるまでわからなかった。

アルの構えはフェイントだ。

構えを取った状態でテオバルトの注意を引き、後は銀髪の少女に任せた。

攻撃は成功した。

だが、そこまでだった。

銀髪の少女の左腕がぐちゃりとひしゃげる。

最大限の力が込められた攻撃に少女の腕は耐えられなかった。拳はテオバルトの腹部に触れることすらできていない。何かに遮られていた。

一拍おいて少女は吹き飛んだ。更に一拍後、遠くで激突音がする。

全てを込めた全力の一撃が、そっくりそのまま跳ね返され少女を打ち据えていた。

アルはそれでも自ら一撃を繰り出した。半歩右足を踏み込み、左拳を叩きこむ。

ガツン、と壁のようなものにぶつかった。

微動だにしない大地を殴りつけたような感触。

テオバルトまでの、指一本分程度の距離が絶望的なまでに遠く感じられる。

——ふざけるな！　これで終わってたまるか！

防御障壁、あるいは反射障壁とでもいうものか。それがテオバルトの全身を包んでいた。

みちり、と音がする。左腕が軋みを上げていた。加えられた力に耐えきれず拳が砕けそうになっている。

——構うか！　腕の一本や二本くれてやる！

リーリアを犠牲にしてまで作り上げたチャンスだ。これを逃しては二度とテオバルトには届かない。

左足で大地を踏みつける。生じた力を不足なく拳へと伝えていく。使える力を総動員し力を重ねていく。

それは最初に習う技でありながら、全ての要素を含んでいる到達点でもある。アルはこの時、奥義に手が届いたのかもしれない。

それはテオバルトの障壁を貫く。それは魔法によらない奇跡のようなものだ。

テオバルトは少しだけ表情を変えた。

そこにどんな感情が含まれていたのかはわからない。

アルの拳がテオバルトに触れる。

感触でわかる。こいつは貴族ですらないただの人間だ。この一撃を食らわせれば終わる。

パキィィ

途端にテオバルトから闇が噴き出した。

手応えが、なくなる。

何が起こったのかアルにはわからなかった。

闇に包まれた途端に、アルの意識は消し飛ばされていた。


雨は弱まりつつあった。

テオバルトが離れたからか、それとも魔法の効果が切れつつあるのか。

アルはゆっくりと目を開いた。

あたりは暗い。既に太陽は沈み、雲の切れ間から見える龍の月があたりを照らしていた。

夜空を彩る星以外の天体は、月と呼ばれていた。

それらは巨大な生き物の姿をしており、一晩かけてゆっくりと天を移動する。種類は様々だが、同じ月があらわれる期間が一月とされていた。

アルは全身を砕かれたように感じていた。

右腕を失い、左拳は砕けている。

もう動けない。体はいずれ回復するだろうが心が折れた。あんなものにかなうわけがない。

大気を操り、時間を止め、全ての攻撃を跳ね返す。

大量の死体を操り、死竜を作り上げ、心臓を直接止める。

障壁を破っても、謎の攻撃の前に為す術がなかった。

勝てるビジョンが全く思い浮かばない。しかもあれは全力ではないのだ。

本気を出されればどれほどのことができるのか。アルの心を諦めが支配した。

自分が死んでいない理由はわからなかった。死んだと思われたのか、殺すまでもないと思われたのか。

アルは仰向けのまま天を見ている。

視界の端に短剣が映った。少し頭を起こして胸を確認すれば、そこに短剣が突き立っている。

――止めを刺したつもりだったか。

短剣はゆっくりと筋肉の収縮で押し戻されていき、やがてカランと音を立てて転がった。

短剣を突き刺し、殺したと思ったテオバルトは去ったのだろう。

だが、短剣は心臓に達していなかった。

――適当な奴だ。しかし、僕はどんどん人間離れしていくな。この程度では死なないのか。

自嘲する。大した能力だとは思うが、テオバルトを前にこんなもの何の役にも立たない。

首を動かしあたりを見回した。

月に照らされた広場には誰もいない。あるのは死体の山だけだ。

用済みとなった屍は広場に打ち捨てられていた。死体でできた龍は、修理しかけの噴水に倒れかかって動かなくなっている。兵士たちがどうにかしたのだろう。

テオバルトも兵士たちもどこかに行ってしまった。リーリアの姿もない。

アルは生きていた。

だが、リーリアは再び死に、その骸も奪われた。

自分はこのまま生き続けていていいのかとぼんやりと思う。

復讐。何を考えていたのかと思う。

あんな化け物に復讐。笑えてくる。

何もわかっていなかった。あんなものを想定できるわけがない。

絶対に手を出してはいけない存在だ。それが身に染みてわかった。

だが復讐をあきらめ、リーリアも死に、自分には何が残るというのか？

今更のんびりと人間の世界を見て回りたいなどとほざくというのか？

何も考えられなくなっていく。アルの心を虚無が埋め尽くそうとする。

アルは自分がゆっくりと壊れていくのを自覚した。

「何を呆けている！」

アルは声の方へゆっくりと目をやった。

血まみれの狼がいた。

血は雨に流され足元を真っ赤に染めている。

元は灰色だったが、赤ばかりが目についた。その目は月の光を反射して爛々（らんらん）と輝いている。

まさか、と思う。だが狼以外には誰もいない。

その狼は足元に落ちていたアルの右腕を咥えると、足をひきずりながら近づいてきた。そばまでやってくると首を振り、アルにぶつけるように放り投げる。

「お前……どこから……」

「ベアくまと呼べ！　リーリア様から頂いた名だ！　お前などと軽々しく言われたくないわ！」

「いや……お前、喋れたのか？」

「喋れないなどと言った覚えはない！」

「それはそうだけど……」

アルはますます呆然とした。

考えがまとまらない。なぜここにあの狼がいる？

この狼とは街に入る直前で別れた。リーリアには悪いが、もう関係ないとばかり思っていたのだ。

「わざわざ持ってきてやったのだ！　さっさとくっ付けて立ち上がれ！　リーリア様を取り戻しに行くぞ！」

「お前どうしたんだ？　怪我をしてるのか？」

胴から血を垂れ流し、足が折れたのか引きずっている。聞くまでもなく重傷だった。

「あの魔導師にやられたのだ！　貴様と同じくな！」

「さっきから、何で怒鳴りっぱなしなんだよ……」

「不甲斐ない貴様に活を入れてやっているのであろうが！」

「どうしろって言うんだ？　お前も戦ったのならわかっただろう？　あれはどうしようもない」

「貴様！」

狼が牙をむき出しにして唸る。

「それに今更リーリアを取り戻してどうするんだ。また生き返らせるのか？　本人の意思を無視して。自分の都合のいい用に想いをねじ曲げて」

アルは力なく答えた。

唸りを上げる狼を前にしても恐れを抱くこともできなかった。感情が麻痺している。狼が何を言おうと今更関係がないと思えた。

「なるほどな。貴様のおかしな態度はそれが原因か。道中おかしいと思っていたのだ、いいだろう。貴様のその腐れた性根を叩き直してくれるわ！」

そう吼えると狼はアルの肩口に嚙み付いた。鎖骨のあたりに牙を突き立てる。

身動きの取れないアルは苦痛に顔を歪めた。

「何だよ！」

「まだわからんのか！　私は貴様の支配下になどないということだ！　いつでも貴様の寝首を掻くことができるぞ！　リーリア様も同じことだ！　お前に支配されてなどいない！　あの方の想いはあの方だけのものだ！　断じて貴様などがいいようにしたものではないわ！」

狼はアルに嚙み付きながら叫んでいた。器用なことだが、元々狼の口で人の言葉が話せるとも思えない。発声器官以外の何かで会話をしているのだろう。

アルはただ黙って狼の言葉を聞いていた。

意味がよくわからなかった。そんなはずはない。蘇った者はアルに忠誠を誓い、都合のいいように支配されるはずだった。

「……なら何故、お前は僕に従っていた」

「魔獣は元々魔力を操る術を持っている。ゆえに蘇生され自らの魔力が主により置き換えられていることを自然と悟る。主が死ねば自分も死ぬのだ。そんな状態で逆らうような者がいると思うのか？　だが人間であるリーリア様は魔力など全く感じておられない！　ゆえに貴様の都合や、邪な想いなど一切がリーリア様に関係がないのだ！」

「そんなわけがあるか……僕が試した動物たちは……いや、まさか……」

「あの森にいるのはほとんどが魔獣よ！　そこらの脆弱な生き物と一緒にするでないわ！」

狼がアルの肩から顎を放し、アルを見下ろす。

まだごちゃごちゃ言うようなら今度は首筋にかぶりつく。そう言いたげだった。

アルは左手を顔に持って行くと両目を覆った。

「あはははは、そうか、そういうことか、僕は馬鹿だな、少しは賢いつもりでいたんだけど……馬鹿丸出しだな」

「貴様が馬鹿なのは最初からわかっておるわ！」

「……僕はリーリアを侮辱していたんだな……ちゃんと謝らないとな……」

リーリアがアルのことを満更でもなく思っていることはわかっていた。

だが、それは能力の支配下にあるため、自然とそのような感情が発生しているものだとばかり思っていたのだ。

自作自演の感情になど意味はない。能力を使用して美少女をかしずかせ、好意を向けさせる。こんなに惨めなことはないと思っていた。

だから距離をおいた。それに流されてしまえば歯止めが利かなくなる。支配者と被支配者の関係などまっぴら御免だと思っていた。

リーリアの顔を思い浮かべる。

とても綺麗だ。蘇生して初めて見たときからそう思っていた。蘇生時に自らの願望が入り混じったのかと思ったぐらいだ。

その碧い大きな瞳で真っすぐにアルを見て、楽しそうに笑っていたのを思い出す。

だが、その純粋な眼差しは自らの邪な想いが創り上げた。そう思い、己の低劣さにたまらなく嫌気が差していたのだ。

だが、そうではないと狼は言う。あれがリーリア自身の素直な感情の表れだというなら、とても幸せな想いに浸ることができた。

「やる気が出てきたよ」

「ふん！　雄は現金だな！　リーリア様の想いがわかればそれか！」

「どうとでもいえ」

まずは回復だ。

左手を開け閉めする。砕けてはいるがまだ動かせた。それに貴族としての回復力が発揮されているのか、治りつつもあるようだ。

アルは石畳に転がる自分の右腕を見る。これは死体だ。そう思いながら左手を向ける。左手から黒い影が伸びた。アルの目にはそう見える。何らかの魔力現象が黒い影のように見えていた。

影は右腕を包み込んだ。これまでは対象となる死体に触れる必要があったが、少し離れた距離ぐらいなら問題なく能力を行使できるようになっていた。

右腕がぴくりと動く。右腕は指を器用に動かして這いよってきた。

左手で右腕を掴み右肘に押し付ける。死体に対しての蘇生を行った。

切断部の接合が行われ、その腕が死体ではなくなったとアルが認識した時点で能力の効果は切れた。

右手を軽く握り、開く。こちらも問題ない。

上体を起こす。

全身を鈍痛が包んでいた。だが動ける。先ほどまで動けなかったのは精神的な問題だ。

「おい！　私も回復させろ！」

「えらそうだな」

アルは治ったばかりの右腕で狼の頭に触れた。

出血箇所が複数。それと足を痛めているようだったが、その程度はすぐに修復ができた。

「じゃあ死にに行くか。ベアくま、お前も付き合え」

「無論！」

勝ち目はない。戦えば確実に死ぬ。

だが、勝てないことは戦わない理由にはならない。

死ぬから戦わないなどということはありえなかった。ここで生き長らえて、のうのうと余生を送るなどできるわけがない。

リーリアのために死のうと自然に思えた。

「死ぬにしても何か手はないか？」

犬死にでも構わない。だが一矢報いる手があればとも思う。

「知るか！　この牙を突き立てるだけよ！」

「そんなことだろうと思ったよ、お前、直情っぽいからな」

片膝を立ててから、ゆっくりと力を入れて立ち上がる。

空を見上げた。月の光と、弱くなった雨が降り注いでいる。

立ち上がったアルは何か手がないかと周囲を見回した。

——この死体の山を利用するか？

そう考えもしたが、銀髪の少女以上に強いとは思えずすぐにあきらめた。

——これに似た状況を見たな……死体の山と龍の月。あの儀式だ。他には何がいるのか、地面に描いてあった図がいるのか？

アルは夢で見た情景を思い出していた。悪魔召喚の儀式。だが、地面に描かれていた円陣の詳細までは覚えていなかった。

天を見上げる。龍がこちらを見ている気がした。

アルは大声で叫んだ。

「おい！　見ているのか！　悪魔でも何でもいい！　出てこい！　どんな代償でも払ってやる！」

「貴様！　おかしくなったのか？　何をほざいている！」

「試してみただけだよ。もしかしたら悪魔に伝わるかもしれない」

「そんなもので呼べれば苦労はないわ！」


「呼びましたか？」


そんな声が背後から聞こえてきた。アルと狼はそろって振り向いた。

黒衣の少女が穏やかな笑みを浮かべて佇んでいた。


悪魔だと言われても信じるしかない。月の明かりに照らされた大魔王は人間離れした美しさだった。

いつからそこにいたのかはわからない。大魔王はアルたちのすぐそばに立っていた。

「こんばんは、いい天気ですね」

いつもの大魔王だった。穏やかな口調だ。実際の天気などまるで頓着していない。

大魔王はこの雨の中にあってまるで濡れていなかった。

アルは雨粒が大魔王に当たる直前に軌道を変えてしまう所を目の当たりにした。まるで雨粒に意思があり、大魔王を濡らすのを恐れているかのようだ。

「大魔王……何しに来た？」

「む？　先ほど呼ばれた気がしたのですが？」

「悪魔なのか？」

「大魔王ですから、悪魔みたいなものではないですか？」

大魔王が可愛く小首を傾げる。いつも通り過ぎて調子が狂いそうだった。

「……まぁいい、力を貸してくれるのか？」

「お父さんは常々、男は死ね！　女は助ける！　と言っている人だったのです。それに従うならリーリアさんが連れて行かれた以上助けないわけには行きませんね」

「なぜ、リーリアが連れて行かれたことを知っている？」

「見ていましたから」

「何？」

「あなたが戦っている所を最初から見ていましたよ」

当たり前のように言われて、アルは頭に血が上りそうになった。

だが抑えた。大魔王にはアルに助力する義理などない。怒るのは筋違いだ。

「あぁ！　何か誤解されているようですから、言っておきますが、私はリーリアさんとアルさんを

お友達だと思っています。ただ、戦いに横入りしないというのが私のポリシーなのです」

「何だよそれは。それもお父さんが言ってたのか？」

「はい。子供はお父さんの言うことはよく聞くべきです。ですから私はそれに従っています」

「今なら助けてくれるのか？」

「えぇ、戦いは終わりましたからね。それにリーリアさんをあんな男にいいようにされるわけには行きません！　きっとおっぱいが気にいったのですね！　あんなのに触られたらリーリアさんのおっぱいが減ってしまいます。それは許せません！」

妙な所に力点が置かれている気がしたが、アルは無視することにした。

「しかしリーリアは死んでるんだ。それでも助けてくれるのか？」

「死んでませんよ」

「何？」

「よく目を凝らして左手を見てください、うっすらと線のようなものが見えませんか？」

そう言われてもよくわからない。アルは言われたように左手をじっくりと見てみた。

とても薄い墨で引かれたような、頼りない線が左手の指先から空中に伸びている。

その線はそのまま広場の端、北門へと続く大通りへと伸びていた。

「……これは？」

「魔力肢と呼ばれるものですね。それがリーリアさんに繋がっています。ですのでリーリアさんとの絆はまだ切れていませんよ、ふふっ、愛の力でしょうか」

「恥ずかしいんだよ、大魔王」

「それとおめでとうございます」

「何が？」

「それが見えるということは魔力知覚ができているということです。魔力を見るのは、魔人への第一歩です。その調子でがんばってください」

のんびりした大魔王の言葉を聞いているとやはりおかしな調子になってくる。

だがこんなことをしている場合ではなかった。

リーリアがどこに行ったかを知ることができたのだ。ならば速やかに追うべきだった。

「代償はどうする？　大魔王に頼みごとをするには何が必要だ？」

自分の力ではどうにもならない。リーリアを助けられるならどんな代償を支払ってもよかった。

「これは借りということにしてくださいませんか？」

「借り？　貸しじゃないのか？」

「ええ、私がアルさんから借りるのです。アルさんの敵と復讐の機会を私の都合で取ってしまうわけですからね」

「都合？」

「ええ、リーリアさんのおっぱいが減ってしまうと困るというのは私の都合です」

「ははは、何だそれ！　優しすぎるんじゃないのか？　大魔王！」

「そうですか？　私は私のやりたいようにやっているだけですよ」

大魔王が目を逸らしとぼけるように言う。素直じゃないとアルは思った。

友達だと言ったのは本心だったのだろう。

アルが勝てないのは大魔王もわかっているのだ。でもそうは言わなかった。

代わりにやってやるとも言わない。借りなのだと、アルには不本意だろうが自分がその機会を奪うのだと言う。

「この貸しを僕はどうやって返してもらえばいいんだ?」

これではただ助けられるだけだ。借りだとは言うが実質は貸しでしかない。

「そうですね。では私でも敵わないような凄い敵が現れたら、それを代わりに差し上げます。それで貸し借りなしです」

「大魔王の敵ってなんだよ」

「それはもう、物凄い敵ですよ」

「ははっ、わかったよ。それでいい」

アルは即答した。

もしそれがとんでもない敵だとしてもその時は大魔王の代わりに死ねばいい。そう思った。

「では、行きましょうか。あまりのんびりしていると、リーリアさんのおっぱいが減ってしまいます!」

「のんびりしてるのは大魔王のせいだと思うけど」

「少し急いでいきましょうか。移動に力を使うのはポリシーから外れるのですが、今回はやむを得ませんね」

そう言うとアルの腰を左手で抱いた。右手は猫の子でも掴むように狼の首根っこを持っている。

大魔王に密着されアルは少し心拍数が上がった。大魔王の柔らかい感触に顔を赤くする。

「さぁ！　私のおっぱいを取り返しに行きますよ！」

「あれは僕のだ、お前のじゃない！」

「むぅ、仕方ないですね……たまには貸してください」

「考えておくよ」

そんな軽口を叩いていたかと思うと、次の瞬間には二人と一匹の姿は広場から消えていた。

雨の止んだ広場には死体の山だけが残っていた。

十二章　対決

ゴミの中に、ゴミと見紛うようなバラックが立ち並んでいる。この一帯は夜になっても何かしらの人が蠢いていた。

そこかしこで篝火が焚かれている。

何かを焼いて食す者や、ただふらふらと歩きまわる者、乱闘を繰り返す者などそこでは様々なことが繰り広げられていた。

ここはベイヤーの北門外、貧民街と化したゴミ捨て場だ。

そのゴミの中、雨でぬかるんだ大地を異形の集団が行進していた。

体が腐り、ゆがみ、欠損した死者たちが歩いて行く。

その死者たちは一人の少女を数人がかりで掲げていた。

絹のようになめらかな金髪が垂れ下がり、行進に合わせてさらさらと揺れている。

その肌は青白くとても綺麗に見えたが生きているようには見えなかった。少女は全身を骨でできた拘束具に囚われていたが、それがなくとも動くことはないだろう。

その集団の先頭には黒衣の魔導師、テオバルトがいた。

ここで移動手段を確保するつもりだ。

高速移動魔法を使用してもよかったが、それは一度使用するたびに再契約が必要となる面倒なものだった。それよりも、北門の外でうろうろしている人間を材料に乗騎を作成する方がまだ簡単だとテオバルトは考えた。

テオバルトは拘束されたままの少女を見た。

興味深いと思った。従者を倒した一撃は、数千年を生きたこの男でも見惚れるようなものだった。操っていたのはあの失敗作だが、この少女の美しさとは関係がない。

自分が手を加えればさらなる芸術品として美しさを増すだろう。

周囲では死んだような目をしたスラムの住人たちが、遠巻きに見ていた。

あからさまに怪しい集団を見ても逃げようとはしない。どうでもいいという様子だ。ただそこにいられるのが邪魔なのだろう。

テオバルトが貧民を利用して竜を作ることを考えていると、不意に突風が吹き荒れた。

妙な風だった。それは上空から大地へと吹き下ろしている。

その不自然さに気付いた者たちが天を見上げた。

何かがやって来る。確認しようとしたときにそれは起きた。

大爆発だ。

テオバルトは、天から地にめがけて放たれる巨大な槌を幻視した。

そのようなものでしかこの有様はありえない。辻褄が合わないのだ。

耳をつんざくような爆発音とともにそれはバラックを、ゴミの山を根こそぎ吹き飛ばし、大地を抉った。

土と泥が柱のように上方へと吹き上げられ、土砂が雨のように降り注ぐ。

爆発の中心には何かが立っていた。

それは抉られ、すり鉢状になった穴の底からゆっくりと上がってくる。

それは少年と狼を抱えた、黒衣の少女だった。

「大丈夫ですか？」

大魔王は、少年と狼を適当に放り出した。べしゃっとぬかるみに落ちる。一人と一匹は不快さに顔をしかめ猛烈に抗議した。

「死ぬかと思ったよ！　何だあれは！」

「貴様！　殺す気か！」

「走ってみたのですが？」

「走ってない！　一歩でここまで飛んでくるのを走るとは言わない！」

「走ると歩くの違いをご存知ですか？　両足が地面から離れることがあるのを走ると言うのですよ？」

「それぐらい知ってるよ！　その説明からは両足で交互に地面を蹴るってのが抜けてるよね！」

アルと狼は何が何だかわからないうちに瞬時に北門外までやってきていた。

ただの人間と狼なら死んでいただろうという急激な負荷をかけられての高速移動だ。

だがアルにはそんなことにこだわっている暇はなかった。

「リーリア！」

アルがリーリアを見つけて叫ぶ。

「そうです、そうです、まずはリーリアさんですね」

大魔王がふわりと浮いた。

軽く跳躍したのだ。リーリアを担いでいる死者の頭部に降り立つと、リーリアをその手に抱いた。

死者は抵抗の様子を見せたが、その腐りかけた腕は簡単に引きちぎられる。

リーリアを横抱きにした大魔王は、死者の頭を蹴って飛び立ち、すぐにアルの元へ戻ってきた。

あっさりとリーリアを奪還してきた大魔王は、彼女をそっとぬかるんだ地面に横たえた。

「これは……ただのおっぱい好きの男かと思っていたのですが、なかなかいい趣味をしていますね」

大魔王がリーリアを見ている。

骨でできた拘束具は全身を搦めとり、その隙間からは胸が押し出されるように強調されていた。

アルはリーリアの傍らにしゃがみ込んだ。骨の拘束具を外そうと力を込めて引っ張る。だが拘束具はただの骨とは思えない強度でびくともしなかった。

「おい！　これは何とかできないのか？」

「少々惜しいですが、仕方ないですね」

そう言うと大魔王はあっさりと拘束具を引きちぎった。ぶちぶちと数か所をちぎり取ると拘束具はぼろぼろと崩れ去る。

アルは呆然と大魔王を見上げた。まるで紙をちぎるかのようだ。力をこめているとはまったく思えなかった。

「お前……何者だよ」

「大魔王です！」

大魔王が手を腰に当てて胸を張る。妙に子供っぽいしぐさだ。

「あぁ、そうだったな。聞いた僕が馬鹿だった」

「ではリーリアさんはお任せしますね。私はあちらのお馬鹿さんにお仕置きです。それとも一緒に戦いますか？」

少し考えこんでからアルは言った。

「いや、これはもう大魔王、あんたに貸した戦いだ。任せる」

どちらにしろアルでは役に立たない。足手まといになるだけだ。

「任されました」

大魔王はテオバルトの方へとゆっくりと歩き出した。

「おい、リーリア！」

いつもより青白い顔をしたリーリアを見てアルは焦った。

首筋に手を当てて鼓動を確かめる。微かに脈動を感じた。口の前に手をやると呼吸が感じられる。

アルは胸をなでおろした。

ベアくまがリーリアの頬をぺろぺろと慈しむように舐めている。アルに対しての威勢のいい態度とは違い、とても優しげな態度だった。

アルはリーリアの首の後ろに手をやりそっと上体を持ち上げ、頭を自分の太ももの上に置いた。

泥だらけの地面に横たえたままでは可哀想だ。

額に手をやりそっと撫でる。冷たかった。

触れて直接能力を行使する。これで大丈夫なはずだ。

「う……」

リーリアが軽く呻いた。そしてゆっくりと目を開く。

「おい！　リーリア！　僕だ！　わかるか？」

「……え、アルくん？」

「そうだ、アルだよ！」

リーリアにおかしな様子はない。アルは安堵した。

「何か……大げさだね、あれ、ベアくまちゃん？」

「わん！」

「お前……今更、わん！　はないだろ？」

「黙れガキが！」

「え？　え？　ベアくまちゃん？　え？　夢？」

「こいつについては後で説明するよ。体の調子はどうだ？」

「う、うん、別に何ともない……と、思う」

「そうか、よかった」

「私……どうなったの？」

「あの男に連れていかれそうになったのを、大魔王が助けてくれた」

「え、パエリアさん？」

「そうだよ」

「そっか……そうだね、大魔王だもんね」

リーリアはそれだけで納得したようだ。

「あぁ……その、すまなかった」

逡巡した末にアルは謝った。

どう切り出していいのかわからなかった。リーリアの想いとアルの想い。どうまとめればいいのかがわからず、とりあえず謝った。

「え、何が？」

「リーリアを見捨てるような真似をした」

「いいよ、そんな、私なんてもういつ死んだって……」

「そんなことはもう二度と言うな！」

「だ、だって……私アルくんに迷惑ばかりかけてるじゃない……私がいなかったらアルくんだってもっと自由に……」

「でも……それはアルくんが責任を感じて……」

「迷惑なんかじゃない、いつまでだってリーリアと一緒にいる。そう言っただろう?」

そうじゃない。そう言って思いの丈をぶつけてしまうのは簡単だったがそれは躊躇われた。

今ここで言い訳のように言う言葉にどれだけの価値があるというのか。

それはこれからの行動で示すべきだとアルは思った。

アルは真っすぐにリーリアを見つめた。

リーリアの心臓が早鐘を打ちはじめるのがわかる。

顔はいつの間にか真っ赤になっていた。そしてアルが口を開くのを今かと待ち構えている。

「リーリア、いつか必ず君を生き返らせる。大魔王だとか、大魔導師だとか馬鹿げた連中がいるんだ。どこかにそんな手段もきっとある！　だから……それまではずっと一緒だ」

アルは真摯にそう言ったつもりだった。全てはリーリアが元に戻ってから。そこから先、一緒にいられるかはリーリア次第だ。

「……何かビミョー……」

だがそれはリーリアの期待したものとは違ったようだ。落胆に目を細めている。

「え？」

「もっと情熱的な……まぁいいや！　わかったよ、ちゃんと生き返らせてね！　それまではずっと一緒なんでしょ？」

「あぁ」

「だったら今はそれでいいや！　これからもよろしくね！」

リーリアが微笑んで手を伸ばす。アルはその手を取って握りしめた。

先ほど変な顔をされた意味がアルにはよくわからなかった。

だが今は嬉しそうにしている。ならそれでいいかとアルは考えた。

◇　◇

黒衣の少女がリーリアを奪い返すのを、テオバルトは黙って見ていたわけではなかった。

狂嵐の悪魔ゼトによる気圧操作攻撃を行っていたのだ。

だがそれは少女に何らダメージを与えてはいなかった。

テオバルトはさして驚きはしなかった。

空気を操る魔法は常套手段だ。対抗手段も無数に考案されている。相手がそれなりの魔法使いなら通用しないことを知っていた。

「直接挑戦された訳でもないですし、ふだんならあなた程度は無視すると思うのですが、今回はアルさんとリーリアさんのことがありますからね。申し訳ありませんが少しお付き合いください」

少女はテオバルトの前にやってきてそう言った。

テオバルトは目の前の敵を推し量る。

テオバルトは少女をそれなりの魔法使いだと認識した。少なくとも気圧操作は無効にできる程度の実力はある。それならばそこにいる失敗作よりは警戒する必要がある。

多少の警戒。それだけのことだ。魔法使いとしての実力で自分に敵う者などいない。それをテオバルトは数千年の生で確信している。

少々思い上がっている小娘に実力差を見せつける。そう思い軽く手を振った。

まずは小手調べだ。

テオバルトの前に炎弾が現れ、高速で少女に放たれた。

拳大の炎の塊だ。少女はそれをなんなく右手で受け止めた。

「これは何がしたいのでしょうか？　意味がわからないです。これは燐（りん）のようなものを地中から集めて発火させ、投げつけたということだと思うんですが？」

少女は手の中の炎を不思議そうに見つめる。しげしげと見た後軽く握りつぶすと納得の顔をした。

「あぁ、もしかして私を燃やそうとしたのですか？　でもそれならこんな回りくどいことをしなくてもいいんじゃないですか？　こうすればいいだけでしょう？」

少女がそう言ったのと、テオバルトの黒衣が炎を上げて燃え始めたのは同時だった。

テオバルトは冷静だった。警戒レベルを少し上げる。思った以上の実力者らしい。

まず発動の瞬間が見えない。

これは自分と同じような仕掛けを使用していると推測した。

テオバルトは魔器を体内に内蔵し、発動手順が外部に悟られないようにしていた。

具体的には眼球を魔器と入れ替えている。眼の筋肉の力で魔器を操作し、契約悪魔への指示を出していた。

他にも幾つか体内に予備の魔器も仕込んでいる。

なので発動が見えないこと自体はテオバルトに取っては意外ではなかった。この発想にいたる者が少数ながらもいることは知っている。

それよりも厄介なのは魔術防御を全てすり抜けられたことだ。

テオバルトは常時様々な防御魔法を使用し続けている。それらが全く用をなしていなかった。

幾重にも重ねられたそれぞれの魔法を識別し、対抗手段を取ることで可能ではあるが、これは相当高度な技術だ。

テオバルトは黒衣の炎を消火した。特殊な炎ではないので、単純な延焼制御でそれは可能だった。

「あなた……もしかして今何故燃やされたのかわかってないんじゃないですか?」

少女は呆れたように言った。

テオバルトは少女の言葉をハッタリと決めつけた。炎を司る悪魔はそれこそ無数に存在する。

テオバルトが知らない者もいるだろう、ただ燃やされただけでそこまで警戒する必要はないと考えた。対処できるなら問題ない。

「その様子だと私から攻撃するとすぐに終わってしまいそうですね、いいですよ。お好きなようにやってみてください」

これまでの人生でテオバルトに対し、ここまで見下すような物言いをした者は数少ない。契約悪魔数が千を超えてからの千年では皆無といっていい。

その言葉はテオバルトの逆鱗に触れた。

いたぶり殺す。そうテオバルトは決意した。

まずは全く抵抗できないまま為す術もなく襲われる恐怖を与える。それから数千年練り上げた魔の真髄というものを見せつけてやろうと考えた。

時を司る悪魔テテス、その力を行使する。

テオバルトの主観において全てが停止した。

時間を止める。その効果は劇的だ。

どんな強者であろうと、この魔法には太刀打ちできない。

テオバルトは動きを止めた少女へゆっくりと近づいた。制限時間は無いため焦る必要はない。

少女の前にやってきたテオバルトはじっくりとその美しい顔を眺めた。「い」と言った状態で口が開いたまま止まっている。そんな一瞬でさえ美しいというのは驚嘆に値した。

このふざけた小娘をどうするかをテオバルトは考える。この状態で殺すのは簡単だがそれでは気が済まなかった。たっぷりと恐怖をその身に刻み込まねばならない。

手足をもぐか、眼球を抉るか、内臓を引きずりだすか。

それでは単純すぎると考えたテオバルトはまず辱めを与えることにした。

ゆっくりと己の愚かしさを、染みいるように教え込みたい。肉体に損傷を与えるのは後回しだ。

まず服を剝ぐ。そう決めたテオバルトは少女の胸元に手を伸ばした。

「やっぱりおっぱいが好きなのですか？」

テオバルトの手が止まった。

何が起こったのかわからない。これまでの人生で最大の衝撃を覚えていた。

ありえない現象を目の当たりにし、テオバルトの顔が驚きに歪んだ。

「何だと？」

そんな単純な一言しか出てこない。

「私の支配した時の止まった世界で何故貴様が動ける！」

声を荒らげたことなど記憶の彼方だ。ここまで取り乱す自分をテオバルトは信じられなかった。

「そう言われましても……時間が止まるなんてあるわけないですよ？」

「ふざけるな！」

激昂した。ただ怒りのままに叫んだ。

「テテスさんもお茶目ですよね。あなたの魔法は、高速思考制御、流体制御、肉体強化、高速移動による衝撃の中和。それらの合わせ技でしかないです。そもそも時間が止まった中であなただけが動けるというのはどんな理屈なんでしょう？」

テオバルトは声を失った。理屈を考えたことなどない。それはそういうものだと思っていた。

「私は今、あなたの速度に合わせて動いているだけです。時が止まったふりというのもめんどくさいですね。間抜けな顔をしたままあなたが近づいてくるのを待つのは暇でした、こんな顔を見られたらファンが減ってしまうかもしれません。それにしてもテテスさんは時を司るなんて引っ込みが付かないことを言ってしまって、後に引けなくなったんでしょうか？」

テオバルトは一歩後ずさる。何も言う気になれない。

「では、そろそろこんな状態はやめにしましょうか。アルさんたちが見ていない前で決着がつくというのもつまらないでしょう？」

そして時が動き出した。

時が止まっているかのように見えた世界からテオバルトは解放された。

思わず膝を突く。そのままの姿勢で少女を見上げた。

「貴様！　何者だ！」

「そういえば名乗っていませんでしたか。大魔王をやっているパエリアと言います。以後お見知りおきを。まあ以後はないのですけど」

「大魔王がエルシアから出てくるなどありえん、それにここ千年以上代替わりなどしていない！」

魔族国家エルシアの大魔王の姿には見覚えがある。幾度か謁見の機会があったからだ。テオバルトの知る大魔王とは壮年の男だ。このような少女とは似ても似つかない。

「またその話ですか。めんどくさいです。そのうちそっちの大魔王さんとも話をつけないといけませんね。私が大魔王だと言ってるんですからそれでいいじゃないですか」

少女は拗ねたように言った。

この少女が何を言っているのか何もわからない。ことごとく己の常識に反していて、まるで理解不能だった。

ではどうするか？　理解が及ばない存在なら消してしまうしかない。自我を保つにはそうするしかなかった。

テオバルトは立ち上がり、狂嵐の悪魔ゼトに再度指示を出す。だが何も起こらない。

ここに至って気圧操作の魔法は防がれたわけではなく、ただ発動しなかったということに気付いた。

「なぜだ！」

己の支配下の悪魔が命令に逆らったことなど一度もない。何かがおかしかった。この少女が現れてから己の見ている世界が変質していくようだ。

「西方の方を使うのはやめておいた方がいいですよ。西方の方はまず私に逆らいませんし、こちらが引くぐらい従順です。先ほどのテテスさんのように南方系の方がいいと思います。南方の方はいまだに私に逆らって何かと喧嘩を売ってきますからね。喜んで戦ってくれるんじゃないですか？」

西方だとか南方だとか、悪魔をそのように分類する方法など聞いたこともなかった。

「何だかわからないって顔ですね。単純なことです。魔界では同じような気性の方が集まることが多いですからね。地方ごとに固まっているんです。西とか南とかはそのままです。魔界のどの方面にその方たちがおられるかということです」

テオバルトは悪魔との交渉過程で魔界についてもある程度の知識は得ていた。だがこの少女の言うことは知らないことばかりだ。

それは認めることにした。自分が最強に近い存在だと自負はしているが、絶対の存在であるとまで自惚れているわけでもない。

テオバルトは更に警戒度を上げた。

少女の実力は未知数だ。テオバルトはこれまで最強の存在だと仮定することに決めた。

この場で使用できる最大の魔法を考える。大規模な儀式や設備がいらず、即座に発動できる中で最強の魔法を思い出す。

星落とし。

天を彷徨う小さな星を引きずり落として敵にぶつける。

小さいとはいえそれは直径十キロメートルを超える質量の塊だ。サイズによって威力は増減するが、直撃すれば首都といえども壊滅は間違いなく、国ですら危うい。

テオバルトは即座にそれを発動した。人間の営みになど興味はない。この程度の国がどうなろうと知ったことではなかった。

テオバルトは少女を見た。つまらなそうにしている。暇を持て余しているようだった。

「やっぱり魔法なんてつまらないですよ。手が尽きたということなら終わらせますけどいいですか？」

「その余裕も終わりだ」

テオバルトが無表情に言い放つ。先ほどまでの混乱は鳴りを潜めていた。最強に類する魔法の発動により勝算を得たからだ。

発動してしまえば、後は大質量をぶつけるだけの攻撃だ。どれほど強力な魔法使いだろうとこの魔法を止めることはできない。それは発動したテオバルトにすら無理な話だ。

テオバルトの知る限り、この規模の物理攻撃を防ぐことのできる魔法は皆無だ。

少女が気配に気付いたのか空を見上げた。

龍の月と満天の星々。雨雲は既に去り、眩しいほどに輝いている。

そこに赤い点が一つ現れた。

赤熱化した、直径十キロメートルの鉱石の塊。小隕石。

それは真っすぐに少女を目掛けて降ってくる。

それは少女を仕留めるだけにとどまるものではない。周囲一帯が壊滅するのはもちろん、激突時に発生する土砂は大気中に巻き上げられ百年単位で空を覆うだろう。それは陽の光を遮り寒冷の時代をもたらす。

「何でこう面倒くさいことをするんでしょうか。人の迷惑を考えてほしいものです」

テオバルトは隕石が直撃する寸前に逃げ去るつもりだった。

この場にいてはテオバルトといえども無事ではいられない。直接攻撃を反射する魔法も大質量の直撃には耐えられないだろう。

少女はテオバルトなどどうでもいいとばかりにゴミの山を漁り始めた。ごそごそとやっていたかと思うと何かを引っ張り出す。

ずるりと引き出されたそれは金属の塊だった。

アイロンストーブと呼ばれるものだ。複数のアイロンを同時に熱するための設備で一抱えほどもある。

少女はそれを空めがけて投げた。下手投げだ。

無造作に引きずるように持っていたアイロンストーブを軽くぶん投げた。

一切の重さを感じさせない動きで、重量や硬度に関する感覚が狂ってくるようだった。

テオバルトは無意識にそれを目で追ってしまっていた。

目視できるほどの大きさになっていた赤熱化した塊は、テオバルトが見ている前で、ふっとその姿を消した。

砕かれたのか、弾かれたのか。それはわからなかった。

「大体ですね。人の力を使って何かしようというのがいただけません。魔法使いなんて言っても自分で何もしていないじゃないですか」

少女は何事もなかったかのようにテオバルトに語りかけてきた。

「一々対応するのもめんどくさいので、周りを巻き込むような攻撃はやめてもらいたいです。他に私だけに効くような攻撃はないんですか？」

大魔王は本当に面倒くさそうにそう言った。

テオバルトは空の彼方を見たままだった。

その衝撃は時の止まった世界で話しかけられたとき以上だ。あれはまだわかる。相手も同じ魔法を使えば相対速度は変わらない。無効化もできるだろう。

少女の悪戯に驚愕はしたが、今考えれば同じ程度の実力者同士であればありえたのだ。

だが今の少女の行いをどう考えればいいのか？　星を砕いたにせよ、弾いたにせよそれは小隕石の質量に打ち勝ったということだ。

それほどの魔法が果たして存在するのか？　心当たりはある。星落としが最強の魔法ではないのだ。しかしさらに強力な魔法を使うには儀式や設備が必要だった。より強力な悪魔を使役する為の準備が不可欠なのだ。

だが少女は特に何をしたようにも見えなかった。魔法を使ったようにも見えない。ただ何かの塊を投げつけただけだった。

テオバルトにもようやくわかった。この少女は常識の埒外、とても今のままで敵う相手ではないということがだ。

そう、今のままでは。

諦めたわけではない。負けを認めることなどできはしない。

準備が必要だ。それには一旦仕切り直す必要がある。

テオバルトは少女を睨み付けた。憤怒の形相。ここまで荒ぶったことはかつてない。必ずこの少女を蹂躙し、跪かせると心に誓った。

「いいだろう、この場は退いてやる」

忸怩(じくじ)たる思いだ。ここまで打ちのめされ、無様な気分になったのはいつ以来か。

彼とて最初から最強の大魔導師として君臨していたわけではない。魔法使いとして歩み出してすぐの頃は何度も死にそうな目にあい、それを乗り越えてきた。

久しぶりのこの感覚をテオバルトは必要なものだと考えた。最近の退屈とすらいえる日常を思えば気概すら湧いてこようというものだ。

テオバルトの姿が掻き消えた。

使用回数制限があるため使いあぐねていた高速移動魔法を使用したのだった。


そこは第一魔族領と呼ばれる地域のすぐ側だ。

巨大な城がある。

第一魔族領の発生とともに廃棄された元王城だ。

テオバルトは廃棄されたこの城を居城として使用していた。

元々は大した城でもなかったが、幾重にも重ねられた魔導的改良により異形の城と化している。

無秩序に増築された城は、今では歪な形となっていた。

テオバルトは城の門前に現れた。

高速移動魔法は空間転移ではない。建物内には入れなかった。

自らの居城を見上げる。

数千年をかけて改良に改良を重ねた伏魔殿。久々にその全機能を稼働させようと考えた。

「面白いですね。こういうお城も好きです。あなたを倒したら私のものということでいいですよね？」

まさか、という思いとやはりという思いが半々だ。

今日何度目の衝撃か。テオバルトはゆっくりと振り向いた。

黒衣の少女が城を見上げている。

天高くそびえる尖塔を追うように見上げ、そり返りそうになっていた。どこか楽しげだ。

「貴様……どうやってここに……」

思ったことがそのまま口に出た。取り繕うこともできない。

「知らなかったんですか？　大魔王からは逃げられないんですよ？」

大魔王は当たり前のようにそう言った。

十三章　光

「逃げられて追いかけてきたというのが正確な所ですが、場所を替えていただけるなら有り難いと思いまして便乗してみました。でも、本当に逃さないでおこうと思ったらできたんですよ？」

テオバルトの形容し難い表情を非難と捉えたのか、少し言い訳がましく大魔王が言った。

二人は城門と城壁の間にある庭園にいた。

そこは異様な庭園だった。

草花の類はあまりないがそれなりに手入れが行われている様子が見受けられる。

異様なのは庭園の各所に設置された彫像だ。

月の光が、苦悶の表情を浮かべる彫像を照らし出していた。まるで、生きた人間をそのまま固めたかのような生々しいオブジェだ。

正面から乗り込んできたものはこの異様な雰囲気に恐れをなすことだろう。

大魔王は見上げるのには飽きたのか庭園を見回していた。

テオバルトは少しずつ後ずさり距離を取ろうとしている。

テオバルトの帰還を察知したのか城が動きを見せた。

この城の土台となっている部分は、古い時代の物で石造りの砦のような武骨なものだ。

その上に無秩序に増築された部分が載っているが、そこから何かが飛んできた。

人と蝙蝠を混ぜあわせたような、醜悪な容姿の怪物。ガーゴイルと呼ばれる魔導人形だ。それらは一斉に飛び立つと、テオバルトと大魔王の間に降り立った。

それに呼応するかのように重厚な城門も内側へと開き、中からは全身を甲冑で固めた兵士たちが現れた。それはテオバルトを守るように周囲に布陣する。

ガーゴイルの一体が大魔王に襲いかかる。突進し、鋭い鉤爪を大魔王の顔目掛けて振り下ろした。

大魔王はその鉤爪を受け止めると、ガーゴイルをつかんだまま水平になぎ払った。

石が砕け散る音が連続して発生し、ほとんどのガーゴイルが破壊されていた。大魔王の右手には、ガーゴイルの肘から先だけが残っている。

ガーゴイルの破砕で発生した破片は、まわりの彫像も巻き込んで庭園を瓦礫の山へと変えた。

テオバルトはその一瞬の隙に城内へと逃げ去っていた。大魔王はそれをあえて見逃した。

大魔王は好奇心が旺盛だ。何をするつもりか見たくなったのだろう。

大魔王はガーゴイルの腕を捨て、城門へゆっくりと歩き出した。

「ちょっと、ちょっと！」

若い女の声が聞こえてきて、大魔王は声の方を見た。

城門手前にある一体の彫像からその声はしていた。

女の彫像だ。

他と比べると穏やかな顔をしている。三角帽子にマントといったおとぎ話に出てくる魔女のような姿だった。

「こんばんは」

大魔王は丁寧に挨拶をした。

「はい、こんばんは。っていやぁ、人と会ったの何年ぶり？　百年以上ここにいると思うけど滅多に人が来ないからねぇ」

「ここで何をされているんですか？」

「見てわかんない？」

「修行ですか？」

「どんな苦行よ、それ。何で百年以上ここに突っ立ってなきゃいけないのよ。あいつよ、あいつ。テオバルトに石にされたの」

「石になりたいとは変わった趣味ですね」

「だから、好きでやってんじゃないって。あいつがたまに襲ってくるやつらを石に変えてこの庭に放置してんのよ。悪趣味だよねぇ」

「あぁ。ではここの彫像のみなさんはそういう方ですか？　だとしたら悪いことをしましたね。大半壊してしまいましたが」

大魔王はあたりを見回した。ガーゴイルをなぎはらった際にあたりの彫像も巻き添えを食らって半壊している。

「大丈夫、大丈夫。みんな死んでるから。私は魔女だからね。こうやって何とか意識も保ってるし話ぐらいはできるってわけ」

「そうでしたか。それは退屈そうですね」

「もう死ぬほど退屈だって！　それはそうと何しに来たの？　もしかしてテオバルトをやっつけに来た？」

「多分そうですね」

大魔王は曖昧に答えた。殺すかどうかは決めていないのかもしれない。

「そっかぁ、でもやめといた方がいいと思うよ？　私ら魔女七人がかりでも駄目だったし。そりゃ倒してくれるなら私も元に戻れるし嬉しいけどさぁ」

「戻りたいんですか？」

「そりゃそうでしょ！　何でこんなとこでずっと固まってなきゃいけないのよ！」

「じゃあ戻しましょう！」

べたん、と魔女が転けた。

「はぁ？」

いきなり地面に顔をぶつけた魔女は何が何だかわからない様子だ。

灰色だった魔女の体が色を取り戻している。体を起こし、その場にへたり込み、呆然と大魔王を見上げた。

魔女は確認するように手を開け閉めし、肩を回している。問題なく動いていた。

「え？　え？　何が起こったん？」

「石化していた方とあなたのリンクを切断しました」

「うそ！　そんなんできるの？」

「うそじゃないですよ」

魔女は信じられないという顔をしながら立ち上がった。

大魔王より頭一つ分背が低い。黒い三角帽子に、黒いマント。本人の申告がなくとも魔女のイメージだ。

「えーと、ありがとう」

「いえいえ、大したことはしていませんよ」

魔女は手を差し出した。大魔王はそれを握り返して握手する。

「あんたも魔女？　私が石になってる間に増えた？」

「大魔王ですよ」

「うわぁ、大きく出たねぇ。それがあんたの二つ名？　まぁ、私の妖炎(ようえん)の美姫(びき)ってのもひどいと思うけどさぁ。あ、私はロベルティーネって言うの。よろしくね」

「はい、私はパエリアと言います」

「でさ、テオバルトをやるってマジ？」

「マジ、ですよ」

マジという言い方が気に入ったのか、大魔王はそこに特に力を入れて言った。

「そっかぁ、石化解除とかできちゃうんだから行けるのかもねぇ。……よし！　私も一緒に行くよ！　中を案内したげる！」

「中をご存じなんですか？」

「まあね。元々この城は三階建てなんだけど、その上に十階が増築されてて全部で十三階。十階ぐらいまでは攻め込んだかな」

「そういえば七人おられるとかおっしゃってましたけど」

「そうそう、七人。何回も襲撃かけたんだけどね。何百年前だったかにかなり本気で攻め込んだのよ。そのときに十階まで行ったんだけどさ、三人やられちゃったの。で、三人はそれ見て逃げちゃった。で！　私はそれでもやられた三人を見捨てられなくて、孤軍奮闘、獅子奮迅の活躍を……って、おーい、一人で勝手に行くなぁ。あんたが聞いたんだろうが！」

大魔王は一人、城門へと歩いていた。

ロベルティーネがその後を慌てて追う。

「あぁ、話が長そうでしたので」

「いやいや、ちゃんと聞いてよ」

「それでそのやられた三人の方はどうされたんですか？　この庭におられるんですか？」

「さぁねぇ。ここにはいないみたい。まぁ、あいつらは、むちむちっ！　って感じだったし、何かエロいことでもされてんじゃないの？」

大魔王がロベルティーネを見る。

平坦な体だ。大魔王は憐れみの表情を浮かべ、そっとロベルティーネの肩に手を置いた。

「大丈夫です。そのうちあなたもエロいことをされるようになります」

「されたくないって！　つか、私の体はずっとこんな感じだよ！　憐れむな！　同情すんな！」

そんな会話を繰り広げながら二人は城内へと足を踏み入れた。

◇　◇

ロベルティーネが言ったように、三階までは何の変哲も無い石造りの城だ。

特に何事も無く、四階への階段の前に二人はやってきた。

「こっからが本番てわけよ。あいつの悪趣味なテーマパークってやつ？」

この城がこうなったのはロベルティーネたち魔女の襲撃が原因だ。テオバルトは防衛のために城を強化し続けたのだ。

そんな説明を聞いているのかいないのか、大魔王はあっさりと四階に上っていった。

四階からは周囲の雰囲気が一変している。床や壁が黒く艶やかだ。天井も高く通路も広い。

「この階はここを真っすぐ行くと広間になってるぐらいかな。そこに敵さんがわんさかいるって感じ」

「そうですか。では行きましょうか」

二人は長い通路を歩き出した。通路には一定間隔で明かりが灯っている。窓は無いがそれなりの明るさが保たれていた。

やがて広間に出る。そこにいたのは巨人だった。

巨大な金属の塊だ。二階建ての民家ぐらいの背丈がある。十体以上のそれが広間を埋め尽くしていた。

「こりゃ凄いねぇ。あいつも本気じゃん。アイアンゴーレム？　いや鉄じゃないのかな？　光沢があるような」

「この方たちはずっとここにいるのでしょうか？　あんなにいると立ったりしゃがんだりぐらいしかできないんじゃないですか？」

「別に意思とかはないんじゃないの？　入ってきた敵に襲いかかるぐらいで、って勝手に入って行かないで！」

大魔王が広間に足を踏み入れた途端、巨大な拳が振り下ろされた。

その影は大魔王をすっかり覆うほどの大きさだ。ロベルティーネは惨劇の予感に思わず目を閉じた。

だがその後に訪れるはずの床を打つ轟音は聞こえてこない。ロベルティーネはおそるおそる目を開けた。

そこには巨大な拳を支えている大魔王の姿があった。

「へ？」

ロベルティーネは間抜けな声を上げた。

だがただ驚いているだけでは案内を買って出た意味もない。ロベルティーネは叫んだ。

「ゴーレムの弱点は額の文字！　それを削るの！」

「そうですか」

大魔王の手がゴーレムの中指にみしりとめり込む。

摑むには巨大だったので、適当に持ち手を作った状態だ。そしてそれをそのまま振り回した。

庭園でガーゴイルに対してやったのと同じだ。ただ今回は規模が違う。

鉱石でできたゴーレムたちが次々と黒光りする壁に激突する。城が揺れる。

それは壁とゴーレム双方にダメージを与えた。ゴーレムは半壊し、壁は砕けて外の光景が見えた。

大魔王は倒れ動かなくなったゴーレムの頭へ近づき額の文字を確認する。

掌を当て真下へと力を込めた。ゴーレムの頭部が粉微塵になり完全に停止する。

「おぉ！　確かに止まりましたよ！　面白いですね！」

大魔王がはしゃいでいる。ロベルティーネは呆れたようにそれを見つつ言った。

「いや、それ削るとかじゃなくてただ壊してるだけだと思う……」

その後もただ大魔王がゴーレムを壊していくのをロベルティーネは見続けた。

人形遊び。そう思えた。それもままごとに乱入してきた弟のような所業だ。

一通り壊し終えた大魔王は広間の奥に向かい、五階への階段を上り始める。ロベルティーネはその後を追った。

「五階以降は迷路って感じかな。て、おおぃ、勝手に先に進まないでよ、もう！」

大魔王はロベルティーネの話など聞かずに先にどんどん進んで行く。

少し進んだ先で大魔王は飛来する髑髏を蹴り返していた。

哀れな獲物の肉を噛み千切ろうとする異様な弾丸が大魔王の蹴りと手刀に粉砕されていく。幾つかはその軌道を変え、壁、床、天井に激突していた。

廊下の端にある砲台からそれは発射されていた。それを操るのは骸骨の兵士たち。自らの頭部を砲台に込め次々と発射していく。

やがて全弾を撃ち尽くした砲台は沈黙した。骸骨の兵士たちはそれ以外のことはできないのか、首のない状態で佇んでいる。

大魔王は前方を見た。

砲台のある通路の端までの間には十字路が数十ある。迷路になっているのだ。

大魔王は腕を組み、あごに手をやった。何かを考えているらしい。

少しして考えがまとまったのか、右の掌を天井へと向けた。

ロベルティーネは嫌な予感に叫んだ。

「ストーップ！　ねぇ！　何しようとしてんの!?」

「迷路とかめんどくさそうなので、もうここから上、全部吹き飛ばそうかと思いまして」

「やめてぇ！　それはやめて、お願い！」

ロベルティーネは大魔王にすがりついた。それはまずい。とても困る。

「そうですか。何かすごく必死な感じなのでやめようかとは思いますが、何か理由があるのですか？」

「神獣！　もふもふ！　私らがテオバルトと争ってたのは神獣のせいなの。それを奪い合ってんの！」

「なるほど。その方が上層階にいらっしゃると？」

「そう、そうなの！　だから全部吹っ飛ばすとかそーゆーのはやめて！　迷路の抜け方は知ってるから！　ちゃんと案内するから！」

「わかりました。もふもふにはあまり興味がないんですが、何か大事そうなのでやめておきます」

ロベルティーネはほっと胸をなで下ろした。止めていなければ上層階を吹き飛ばすぐらいはやってのけたはずだ。

「こっち。ついてきて」

ロベルティーネが先導する。

この城には何度も来ており構造は把握していた。幸い以前に来たときから大した変化はなく、最上階までは簡単に辿り着けた。

途中、敵は幾度か現れたのだが、鎧袖一触を文字通りに体現する大魔王の前には何の障害にもなっていない。

ただそんなことはテオバルトもわかっていたのだろう。

ロベルティーネはこれが時間稼ぎだとわかっていた。

何か大がかりな儀式を行っている。そんな気配をずっと感じていたのだ。

そしてテオバルトの目論見が達成されつつあることも、ロベルティーネにはわかっていた。

儀式は成功したようだった。


ロベルティーネは満天の星と龍の月の明るさに、屋外へ出てきたのかと目を疑った。

最上階はほとんど何もない巨大な空間だった。

空はよく見れば、微妙ながら星明かりが歪んでいる。ガラス状の物質で天井全体が覆われているのだ。

複雑な面で構成された天井は、星々と月の光を集め、巨大な円陣の中心を照らしていた。

その円陣の中心にテオバルトは立っていた。その一身に集めた光を浴びている。

テオバルトの表情には余裕がなく鬼気迫るものだった。

その右目は眼窩を晒している。魔器である眼球は抉り取られていた。

「気付かれたのですか？」

大魔王が床に捨てられた眼球を見て訊ねた。

他にも幾つか血糊のベッタリとついた塊が床に転がっている。これらは全て魔器だ。

「そうだ。貴様……魔器に接続できるのだな」

「はい。あなたを初めて見たときびっくりしました。ここまで脆弱性をむき出しにしてこれまで生きてこられたとは驚きです。そのままでしたら、自決してください、とでも命令するつもりでしたが」

魔器を通じて悪魔へ指示を出すのが魔法の基本だ。

悪魔は魔器に接続しその指示を受け取っている。当然それが防御魔法などで妨害されるわけがない。大魔王はその経路を通じ、易々とテオバルトに魔力を行使できた。

「……悪魔か。肉体をもったまま人間界に現れるなどとは……それとも傀儡か？」

「傀儡扱いは心外ですね。これは生身の私自身の体ですよ？」

テオバルトは杖を両手で構え前方へと突き出した。

魔法使いとして最初期から使い続けている最後に残された魔器だ。

詠唱が始まる。それは広大な空間に朗々と響き渡った。

「ち、ちょっとヤバイよ！　あれ止めないと！　てか私どうしたらいいの!?」

ロベルティーネは焦った。テオバルトの内蔵魔器は脅威ではないと大魔王に聞いていたが、これはまた別の脅威だ。

「なにもしなくてもいいのではないですか？」

大魔王が不思議そうに聞き返す。

「いやいや、そんなのんきにしてる場合じゃないって！　あの呪文はマズイよ!?　あれは魔界の三魔王、炎王ザミィ、蛇王バグラス、雷王ゾネの力を一気に解放するつもりなの！　魔王って言っても魔族領にいるような偽者じゃないよ？　魔界にいる本物の魔王の力！　あいつ、魔王と契約してんの！　マジ化け物なんだって！」

ロベルティーネは大魔王に食ってかかった。

「魔王ですか？」

「そう！　魔王と契約できたのは人間ではあいつだけ！　あんた一体何をやってあいつをあそこまで怒らせたの!?　一体の力でもここら一帯、更地になっちゃうよ！　三体同時なら大陸が消し飛ぶかも！」

「それは困りますね」

大魔王は確かに困っているのかもしれない。だがその表情が余りに場違いだったためロベルティーネは呆然とした。大魔王は恥じらいの表情を浮かべていたのだ。

「ちょ、ちょっと！　あんた何照れてんの！　何も褒めてないよ！」

「うーん、これは……あの方もなかなかやりますね。最後に私に一矢報いることができたということでしょうか？」

「はぁ？　意味わかんないんだけど！」

「まぁまぁ、もうすぐ終わるみたいですから」

テオバルトの詠唱が終わった。

何も起こらなかった。

大魔王以外の二人はその結果に言葉もでなかった。

ロベルティーネは魔女として研鑽を積んできている。魔女同士で知識の交換を行い、数々の呪文を研究してきた。それによれば呪文に使われる言葉は悪魔たちの言語の一部なのだ。未だに全ては解読できていないが、それでもロベルティーネは呪文を聞けばどんな魔法を使うかが大体わかる。

詠唱に間違いはなく、儀式の手順や円陣の構築にも不備は見られない。発動しないわけがなかった。

「なぜだ？」

テオバルトはその場にくずれ落ちた。膝をつき、俯いている。

そこに感情は見られなかった。ただつぶやいただけだ。

「褒め殺しというのはなかなか効きますね。何かむずがゆいものを感じました。さすが、こんなお城を持っているだけのことはあります。あなたのお名前は何と言いましたっけ？」

テオバルトは答えない。応じる気配がなかったためか、大魔王はロベルティーネを見た。

「え？　あんたこいつの名前知らなかったの？　テオバルトってんだけど」

「あぁ！　確かにそう呼ばれていましたね。さて、テオバルトさん。何か納得できないといった様子ですね」

テオバルトは答えない。いまだ自らの内に潜り込んでいる。

「先ほどパエリアと自己紹介させていただきましたが、本名はもっと長いんです。パエリア・グンネル・ガンボア・マカレナ・シェブローム・スタゴリア……と、全部言うのは大変ですので端折り（はしょ）ますが、前から五百十三番目がザミィで、六百三十四番目がバグラス、七百十三番目がゾネと言います……おわかりですか？」

大魔王はどこか自慢げだった。子供のようだとロベルティーネは思う。

テオバルトは答えない。聞こえてはいても、理解が及ばないのかも知れない。

「魔界の慣習なのですが、倒した相手の名前が後ろについていくんです。ですのであなたは先ほどから、私に魔法の使用許可を取っていたという次第です」

ロベルティーネはその意味を完全には理解できなかった。理解したくなかったのかもしれない。三魔王の名前があったことを聞き流したかったのかもしれない。

「私は見ての通り、とても美しいですし、褒め称えられることはよくあるのですが、それでも、おっぱいとお尻を集中的に褒められる経験はありませんでしたし、さすがに恥ずかしいのです」

大魔王はくねくねとしていた。照れているのかもしれないが、なぜそんなことになるのかロベルティーネにはさっぱりわからない。

「ゾネさんは、女は褒められて美しくなるとおっしゃってましたけど……さっきの呪文はゾネさんに教わったんですよね？」

テオバルトがのろのろと顔をあげ大魔王を見た。一気に老け込んだように見えた。

「ふだんは魔王への魔術行使依頼はそれぞれに委託しているので私は関係ないんですが、どういうわけか今回は面白がって私に中継してきました。あなたはやはりおっぱいに並々ならぬ愛情を注いでらっしゃるのでしょうか？　形状を様々な語彙で表して美しさを表現するですとか、これでもかと讃えた上に、私のおっぱいとお尻を崇拝すると言っておられましたが」

「この私が……四千年を生き、魔の真髄を究めたこの私の力が……貴様などに……」

ロベルティーネには信じられなかった。テオバルトが力なく、言い訳じみたことをぼそぼそとつぶやいている。傲岸不遜の大魔導師が、抜け殻のようになってしまっていた。

「私は十数年しか生きていませんが……あなたが四千年頑張ってこの程度ということでしたら随分と無駄な時をお過ごしになったんですね」

大魔王が優しく微笑む。ロベルティーネはそれを見て随分とえげつないと思った。さすがに大魔王を名乗るだけのことはある。

その言葉がテオバルトの心を砕き、止めをさしたのだとはっきりわかった。

「さて、これ以上何か出てくることはないですよね？　ではどうしましょうか。人間はあまり殺さないようにしているのですが、今後アルさんに何かされても困りますから……そうですね、呪いでもかけてみましょうか？　私は呪いも得意なのですよ」

「殺せ」

それはテオバルトの最後の矜持だった。

「ではそうしましょう」

大魔王はあっさりと答えた。

「……お前は……結局魔法らしい魔法を見せなかったな。ならば……」

もう見る影も無いテオバルトが最期に望みらしきことを言う。

「魔法が見たいのですか？　そうですね。では私のお気に入りの魔法をお見せしましょう」

大魔王がテオバルトのそばに寄ると襟元を掴んだ。

「ちょっと地上で使うには不向きなのでこんなやり方になりますが」

大魔王がテオバルトを真上に向けて投げた。

テオバルトが透明な天井を突き破り、はるか彼方へと飛んで行く。

砕かれた破片は月明かりを反射しキラキラと輝いていた。

ロベルティーネは今までの確執を忘れ、宙を行くテオバルトを美しいと思った。これから確実に訪れる悲劇の予感と合わさりとても幻想的に見える。

空を飛び続けたテオバルトは少しずつその速度を落としやがて静止する。そこから先は重力に引かれ下降に転じるのみだ。

大魔王が空を見上げ、右の掌を上に挙げる。

光輪があらわれた。

大魔王の右手を中心に、大きな光の輪が空中に描かれている。

何が起こっているかが見えるわけではない。だが、ロベルティーネには何かが凄まじい勢いで回転しているのだと漠然とわかった。

光輪が収束していく。

それは円周を狭めていき、やがて強烈な光を放つ輝点となった。

「光子魚雷(フォトン・トウピド)」

大魔王がつぶやくように言う。

光が立ち上った。

大魔王の掌から生じた光が天を駆ける。

その光は直線上のガラスを、大気を焼き尽くしついでのようにテオバルトを消滅させた。

ロベルティーネは空を見上げ、口をあんぐりとあけていた。

気のせいだとは思うが龍の月の腕が欠けているように見えた。龍が身をよじっているように見えるのは気のせいだと思いたい。

「名前がお気に入りなのです。トゥで入った気合いがピドで抜けるような感じがいいと思いませんか?」

「……えーと、大魔王……様?」

「はい、なんでしょう?」

「今のは一体……」

「もう少し派手な方がよかったでしょうか?　一キログラムほどの反物質を生成して、対消滅させるというお手軽な技だったんですが」

「ハンブッシツ?　ツイショウメツ?　それは魔界語でございますでしょうか、大魔王様」

ロベルティーネには知る由もないことだが、反物質を生成するのに必要なエネルギーは、対消滅で生じるエネルギーを凌駕する。つまりこの魔法は無駄が大きく実用性がない。大魔王の戯れでしかなかった。

大魔王は以前に兵器としての光子魚雷を喰らったことがある。その際に名前の響きを気に入り、その原理を応用した魔法を作り上げてそのまま名付けたのだ。

「魔界でも一部地方で使われる言葉ですね。ところで、何か話し方が違うような気がするのですが？」

大魔王が小首をかしげる。ロベルティーネは慌てて両手を前にだし振りながら答えた。

「いえいえ、めっそうもございません」

「そうですか？　ところでお仲間やもふもふの方は探さなくていいんですか？」

「あ！」

「この階には何もなさそうですから、下の階でしょうか」

二人は下層階に降りて、仲間を探すことにした。


テオバルトの消滅により、城は全機能を停止していた。

その為に探索は簡単だったが、魔女は見つからなかった。処分されてしまったか、容易には見つからない場所に隠されているのかもしれない。

「まぁ、魔女って言うとひとくくりにされがちだけどさ、別にそんなに連んでるってわけでもないの。ふだんはそんなに交流もないしね。でも、どういうわけかみんな神獣が好きみたいなのよ、だからテオバルトにさらわれた神獣を助けるために一致団結したってわけ。けど見つからないならそれはそれで仕方ないね」

結局ロベルティーネの話し方は元に戻っていた。

取り繕っていてもどうせすぐに地が出てしまう。なるようになれと開き直っていた。

「で、この子よ。この子」

ひよこだった。

ロベルティーネが見上げるぐらいに巨大なひよこだった。

「ぴよ！」

神獣は大きめの部屋を与えられていた。

そこで何不自由なく暮らしていたらしい。虐げられている様子はなく、ロベルティーネは安心した。

ロベルティーネはひよこに飛びついた。羽毛に顔をうずめ頰ずりする。ひよこもおとなしいものでされるがままになっていた。人なつっこい性格だ。

「美味しそうですね」

「ぎゃーやめてー！　この子は食べ物じゃないー！」

ロベルティーネは神獣の前に行き、両手を大きく開いて立ちはだかった。

「ふふっ、冗談です。ひよこは食べませんよ。……ところでこの方は、成長すると大きな鶏になるんでしょうか？」

ロベルティーネは大魔王の目を覗き込む。

――これは……鶏になったら食べたいなぁ、という目だ！

「ううん！　この子はずっとこのまんま！　神獣だからね！」

成長するとどうなるかを知ってはいたがでまかせを言った。

「そうですか」

大魔王が残念そうな表情を浮かべた。鶏ならともかくひよこは諦めたらしい。

「では私は帰ることにします。あなたはどうされるんですか？」

「うーん、とりあえずしばらくはここにいようかと思うんだけど……百年以上経っちゃってるし、今更うちに帰ってもねぇ。あ、ここって大魔王さんのものってことになるの？」

「そうなりますね。でも別にここにいてもらっても構いませんよ。ところで……ここからベイヤーに帰るにはどちらに行けばいいですか？」

ロベルティーネは大魔王が飛んでやってくるのを見ていたので、てっきり同じように飛んでいくのかと思ったが何かこだわりがあるらしい。

「それではさようならです」

大魔王がひよこの部屋を出て行く。

その後聞いた話によれば、大魔王は一週間以上をかけて街まで歩いて帰ったとのことだった。

十四章　その後

テオバルトの襲撃から十日ほどが過ぎ、街は平穏を取り戻していた。

アルたちはあれからひどいありさまでカサンドラ宅へ戻り、初めて会った時以上にカサンドラを驚かせた。

それから一週間をかけてカサンドラの家を隅々まで掃除した。

仕事は終わった。だがアルはそのままカサンドラの家で寝起きしている。

旅立つまでいていいと言われたのだ。宿泊費もばかにならないので、アルたちはカサンドラの厚意に甘えていた。

なのでアルは今日も、日課の練習をカサンドラ家の裏庭で行っていた。

「おはようございます」

するとと大魔王があらわれた。

「おはよう。ここでまた会えると思ってたよ」

アルが練習をやめ挨拶を返す。

「心配はしてくれなかったんですか？　もしかしたら二度と会えなくなっていたかもしれないんで

すよ?」

「ないだろ、それは。あいつはどうなった?」

「消滅しました」

予想通りの結末には何の感慨も感じることはなかった。大魔王に任せた時点でアルにとって全ては終わっていたのだ。

「ありがとう」

「お礼を言われるのはおかしいですよ?　借りだと言ったはずですが?」

「あぁ、そうだね。いつか返してもらうよ」

そんな時がくるのかと思い大魔王をじっと見る。この大魔王が苦戦するような敵が想像できなかった。

「体で返せとおっしゃるんですか?」

アルの視線をどうとらえたのか大魔王が自らを抱きしめ後ずさった。

冗談なのだろうが、アルは少しドキっとした。

——リーリアを見慣れたせいかそう思ってなかったけど意外に大魔王も胸はあるな……。

アルは周囲を見回した。こういうときにはいつもリーリアがやってくる。

「何かお探しですか?」

「いや、何でもない」

改めて大魔王を見た。

確かに美しいがそれほど強いようには見えない。だがテオバルトを終始圧倒していたし、ついには消滅させたという。

その底知れなさに寒気がするような思いもあるが、それならばと聞いてみた。

「なぁ大魔王。リーリアが不完全な状態で生きているのはわかってるだろ。何とか元に戻す方法はないか？」

大魔王は常識外の力を持っている。

ならば何か知っているかもしれないし、あわよくば大魔王の力で元に戻すことができるかもしれないとアルは思った。

「リーリアさんをですか？　……私では無理ですね。方法もわかりません。私の力は破壊一辺倒ですし、怪我を治せる方の心あたりならありますが、それも死んでしまっていると無理ですし」

「そうか。ならそれは自分で探すことにするよ」

「お役に立てず申し訳ありません」

――大魔王でも無理となると厳しいのか？

だが世の中は広い。何か手段はあるかもしれないと前向きに考えることにした。

旅に出てその何かを探すのがアルの当面の目標だ。

「大魔王、魔法を教えてくれないか？」

リーリアを元に戻す方法として考えた内の一つが能力の成長だ。

それにより死者の完全蘇生が可能になるかもしれない。だがどうすれば成長するのかはまるでわからなかった。

「私に魔法を教わる。それは正しいとも間違っているとも言えますね」

「どういう意味だ？」

「正しいというのは、私は魔界で最強ですから当然魔法も最強なのです。ですので私から教わるというのは最強へ近づくには良い手だと思います」

大魔王は臆面も無く最強と言ってのけ、アルはさすがだと思った。この強烈なまでの自信が大魔王の強さの一端なのかもしれない。

「間違いというのは、アルさんではまだ無理だということです」

「無理？」

「そうですね、実際にお見せしましょう」

大魔王の腕が肩口から一つ増えた。黒い腕だ。それはアルの魔力視覚野に映し出された。

「これが魔力肢です。今のアルさんには見えていると思いますが」

「あぁ」

その黒い腕が伸び、庭に落ちている石をひとつ取り上げた。はたから見れば、石が浮いているように見えるだろう。

「魔力肢は対象の構成要素を分析し状態を変化させます。このように」

石が崩れ落ち跡形もなくなった。

「アルさんもやってみてください」

「僕が？　まぁやってみるよ」

アルは素直に従った。

右手で落ちている石を拾い、左手から大魔王が言うところの魔力肢を出す。それ自体は一度できたことなので簡単だ。

だがそれは随分と貧弱なものに見えた。とても腕とは言えない、黒い糸のようなものだった。それを石に伸ばす。そこでアルはどうしていいかわからなくなった。

「どうです？　魔力肢が触れた物質の状態がわかりますか？」

「わからない……何かある。ぐらいしか」

「それが解像度、粒度の違いですね。物質のもっと細かい単位で操作できないと魔法は無理です。ですけど落ち込まないでくださいね。そのうちできるようになると思いますよ」

アルにはまるでイメージができなかったが、できるようになると言われたのでそういうものかと思った。

「それだけだと私が意地悪を言ってるだけみたいですね。ではいいことを教えてあげましょう！」

大魔王が両手を合わせて満面の笑みを浮かべる。

「今のアルさんには細かな魔力操作は無理です。ですが、それで敵の魔法を妨害することが可能ですよ」

「どういうことだ？」

「アルさんの魔力肢を敵の魔力にぶつけて適当に魔力を発動させればいいのです。細かな操作はいりません。相手の魔法をぐちゃぐちゃにしてしまえばいいのです。それだけで相手は魔法を使えなくなります」

「そんなことでいいのか？」

「ええ、人間で魔力肢を使える方は少ないでしょうから、魔法使いが相手なら無敵ですよ！　よかったですね！」

「なるほど、使い道はありそうだ。練習してみるよ」

「頑張ってください。熟練するには実践あるのみです」

大魔王はテオバルトの最期を伝えるのが目的だったのだろう。アルの質問が終わったとみると去っていった。

残されたアルは練習を再開した。


「あはははははっ」

カサンドラの笑い声が朝の食堂に響き渡る。

アルのしかめっ面がツボに嵌まったようだった。

「なぜお前らがここにいる！」

練習を終え朝食を摂りにアルは食堂にやってきた。ゴミの山は片付いたので食事は食堂でするようになったのだ。

アルは不機嫌な顔で食卓を見ている。

そこには、リーリア、狼、銀髪の少女、カサンドラが座っていた。

「何でしょうか、兄さん」

銀髪の少女が真面目な顔でアルをそう呼んだ。

「兄さん！　何だそれは？　いや、待て！　お前と僕は血縁関係にあったのか？」

「そんなわけないじゃないですか」

銀髪の少女が馬鹿にするような目になった。

「じゃあ、なんで兄さんなんだよ！」

「これはおかしなことを。兄さん、あなたは血縁関係どころか種族すら違う魔族の母親を母さんと呼んでいたのではありませんか？　それならば、テオバルト様の実験体であるあなたと私を兄妹ととらえることに何の問題があるというのでしょう？」

反論できず、アルは矛先を変えた。

「おい、ベアくま！　お前が何で椅子に座ってる！」

狼は椅子に座って、食卓の上に顔を出していた。そこに皿があり、リーリアたちと同じものを食べている。

ベアくまとはスラムで別れたのだ。一緒に連れて行く約束はしたが、街に入れるわけにはいかないので、旅立ちまで会うことはないと思っていた。

「私が主であるリーリア様のそばにいることの何がおかしい！」

「じゃなくて、床でいいだろ！　何で椅子に座ってご飯を食べてるんだ！」

「なぜ私がお前より、下で食事をせねばならんのだ！」

アルはリーリアを見た。リーリアも困り顔だった。

「えーと、この子もあの魔法使いに無理強いされてただけで悪い子じゃないと思うんだけど……。ベアくまちゃんも一人だと寂しいと思うし、ちゃんとおとなしくしてるし……」

「おとなしい？　これがか？　というか、リーリアが主というのはどういうことだ？　主は僕じゃないのか？」

「貴様、ふざけているのか！　私はリーリア様に名を頂いた。それゆえリーリア様が主だ。貴様などただの魔力の供給源にしか過ぎん！」

アルは途方にくれてカサンドラを見た。

「どういうことなんですか？」

「どういうこともなにも、アルくんの妹だという娘と、リーリアちゃんの下僕だという狼がやってきたんだ。歓待するだろう？」

「しなくていいですよ」

アルは憮然とした表情で食卓の席についた。

念の為に魔力視覚野を発動する。

左手の指先から三本の黒い線が伸びていた。向かう先はリーリア、銀髪の少女、狼だ。

思わずため息をつく。既に問題はリーリアだけのことではなくなっていた。

「お前どうやってここに来たんだ？」

アルが銀髪の少女にたずねた。

狼ならわかる。嗅覚が発達していそうだし匂いをたどってきたのだろう。

「兄さんは馬鹿なんですか？　私には魔力が見えるんですよ？　これを辿ってきたに決まっているでしょう？」

銀髪の少女の瞳が赤くなり、アルから伸びている頼りない魔力肢を指さした。

「何しに……いや、そもそも生きているとは思ってなかった」

だがリーリアとのリンクを切ったつもりでも繋がったままだった。能力が成長したためか、いつのまにか容量の配分を操作できるようになっている。

「これはこれは。兄を慕ってやってきた可愛い妹に対しての言いぐさとは思えませんね」

「言いすぎた。悪かったよ」

敵だったかもしれないが、直接の仇ではない。失言だと思ったアルは素直に謝った。

「私は兄さんに散々な目に遭わされてしばらく気を失っていました。目覚めた後はスラムに向かいましたが、辿り着いた頃にはテオバルト様は城へ帰還されていたのです。見捨てられた私はそこで力尽き、動けなくなりました。幸いこの格好です。仲間と思われたのかスラムの住人に介抱され、ようやく回復したのでこうしてやってきたわけです」

「それは……」

アルは銀髪の少女の姿を確認した。服はボロボロで黒ずんでいる。それは彼女の執念を窺わせた。

ろくに動けなかったはずだ。雨で濡れた大通りを、這いずるようにしてスラムに向かったのだろう。左腕は折れ砕けたままだった。ボロ布を巻き付けているが、歪んだ腕を隠し切れていない。痛々しい様子だった。

「城には帰らなかったのか？」

「はぁ……兄さん、あなたは私にもう一度死ねと、そうおっしゃるんですか？　私は兄さんから離れすぎると骸に戻るのですよ？　それにテオバルト様が死んだ今、戻ってどうしろと言うのです？」

そう言われると辛かった。

確かにあのときは敵対していたが、こうやって会話をすればただの幼い少女だ。罪悪感に襲われる。

「流石に子供服はなくてな。すぐに用意はできない。後で買ってきてやったらどうだ？」

少女への視線をどう思ったのかカサンドラが言った。

「髪は私が切ってあげるよ、これ自分で切ったの？」

少女の髪型は実に適当だったので、リーリアは気になったのだろう。

「余計なお世話です」

銀髪の少女はリーリアの申し出を一言で切って捨て、アルに向き直った。

「服は兄さんからならプレゼントされてあげてもいいです」

上から目線でたかる気満々だった。

「それはともかくとして、この左腕は修復してもらえるんでしょうか？　利き腕ではないとはいえ、さすがにこれでは不便ですし、これからの活動に支障を来すと思うのですが」

「えーっと……アルくーん？」

リーリアが情けない顔でアルを見た。

アルは諦めた。

受け入れるしかない。受け入れないならそれは殺すということだ。こうやって話をしてしまった上で今更それはできない。

アルは右手を少女の左腕にそっと添えた。しばらくすると少女の左腕は元に戻り、動くようになっていた。

「おぉ、こりゃすごい。信じていなかったわけじゃないが、目の当たりにするとな」

カサンドラがその様子を見て感嘆の声を上げた。

「お前、名前は？」

「ありませんよ」

「は？」

「テオバルト様には、お前としか呼ばれていません。あなたもさっきからそう呼んでいるんです。それでいいんじゃないですか？」

「あ、いや……それは悪かったよ。じゃあ何かないのか？　自分で付けるとか」

「そうですね、では……兄さんがアルですのでイルでいいです」

「適当すぎるだろ？」

「あ、だったら私が！」

リーリアが元気よく手を上げた。

「リーリア……君が付けるのだけは勘弁してくれ。幾らこんな奴でもそれは可哀想だ」

リーリアが憮然とした顔をした。納得できないらしい。

アルは一応聞いてみた。

「ちなみにどんな名前だ？」

「さるモンキー」

「幾ら何でもひどすぎる！」

アルとカサンドラが珍しく同時に突っ込んだ。

銀髪の少女も恐ろしいものを見る目でリーリアを見ている。ベアくまは特に疑問には思わなかったようで、ぺろぺろと水の入った皿をなめていた。

「こんなのん気な顔をしながら、さりげなく私を人間扱いしないとは……若干この方に対する認識をあらためないといけませんね……」

「あー、リーリアにそんなつもりは全くない。ネーミングセンスが壊滅的なだけだ」

「えー、そうかなー」

リーリアはやはり納得いかない様子だ。

「しかし何だな。人が多いと食事も楽しいもんだな」

カサンドラが楽しげに言う。

「全然楽しくないですよ！」

「そうか？　一人の食事など味けないものだぞ？」

「それはそうかもしれませんが……」

アルは口をにごした。それはその通りだろうと思う。

「しかしあれだな、ハーレムと言うやつだな」

「は？」

アルは聞きなれない言葉を耳にした。何だそれは？

「何だ気付いていないのか？　アルくん以外は全員女だ。果報者だな！」

「え……っと、こいつもか？」

アルはベアくまを見た。

「貴様！　私を雄だと思っていたのか！　ふざけおって！　噛み殺すぞ！」

「そんなこと言われても、狼の性別なんてわかるか！」

そんなことで非難されても困るとアルは思った。

ひっくり返して股間でも見ない限りはわからないし、わざわざ確認する理由もない。

「え、ごめん、私も男の子だと思って、ベアくまちゃんってつけちゃった……」

「ごめん、ベアくまが男の子の名前だってところからわからない」

やはりリーリアのセンスは謎だった。

「リーリア様……」

　銀髪の少女がしょんぼりとしているベアくまの頭をそっと撫でた。

　どことなく楽しそうなので、動物が好きなのかも知れない。ベアくまは素直に撫でられているが、アルがやれば噛みついてくるのだろう。

「話は戻りますが、ハーレムって何ですか？」

「定義にはいろいろあるだろうが、広義には一人の男が複数の女を囲うようなことを言うな」

「これが……そうなんですか？」

「あぁ、正統派美少女に、まだ幼さの残る美少女、毛並みのいい狼に、円熟した色香の美女。……よりどりみどりでやりたい放題だ！　こう言うとアルくんが凄い変態に聞こえるな！」

　カサンドラが凄い笑顔で言う。アルは全く笑えなかった。

「それは……私もテオバルト様には様々な虐待を受けてきましたが……そこまではされませんでした。しかし……命を盾にとられ、体の自由までも奪われてしまうような状況では逆らうことも……」

　銀髪の少女が椅子ごと後ろに下がる。不審者でも見たかのような態度だった。

「いや……それはお前……一応だな私にもつれ合いがいてだな、操を立てているのだが……貴様、獣か！　見境なしか！」

　ベアくまが困った末に吠えた。

「アルくん……」

リーリアが何か言いたげにアルを見ている。

「お前ら……カサンドラさんが勝手なこと言ってるだけだろ？　まに受けるなよ……」

アルは机に突っ伏した。

――なんなんだこの状況は。対処し難い……。

「まぁそれは半分冗談としてだな」

カサンドラの決まり文句のようだ。アルはそう思う。

「これからどうするんだ？　掃除はもう終わったし、給金も支払った。あぁ、いや別に出て行けと言っているわけじゃないぞ」

「そうですね。とりあえずはリーリアの実家のある街へと行こうと思うんですが」

「何だ？　娘さんを僕にください！　とか言いに行くのか？」

「そんなわけないでしょ」

即答するアルにリーリアが少し落胆したようだが、それには誰も気付かなかった。

「旅を続けるなら実家の許可もいるかもしれませんね。リーリアを人間に戻す方法を探しに行きますので、リーリアも一緒に来てもらう必要がありますし」

「人間に戻す……か。当てはあるのか？」

「それが全く。とりあえず旅をして各所で情報収集を行おうと思っていますが」

「当てならありますよ」

銀髪の少女が言う。

「何？」

「グラウシェル博士。テオバルト様と共同で研究を行っていました。君臨する者について造詣の深い方です」

「何だそれは？」

「詳しい話は端折りますが、君臨する者は五名。そのうちの一人があなたと同じような能力を持っていて、死者の軍団を形成しています。彼女の能力範囲に制限はないということですので、何かのヒントになる可能性はあります」

銀髪の少女に言われるまで、アルは同じ能力を持つ者がいる可能性を考えてもいなかった。

能力範囲に制限がない者がいるなら、参考になるかもしれない。

「兄さん、人間に戻れるというなら私も協力しましょう。幼い妹に欲情するような兄さんから離れることができないというのはお互いに不幸なことです」

「……いや……妹とか言ってるのはお前だけだし、変態だとかはカサンドラさんが勝手に言ってるだけなんだけど……」

アルは嫌な予感しかしなかった。これから先ずっとこんな感じでからかわれ続ける気がしてきたのだ。

「で、その博士はどこにいるんだ？」

「セプテム国とティアル国の間にある小国ビヘド。そこにおられます。レガリアを所持する七大王国には数えられていませんがなかなか発展している国ですね。レガリアに対抗するための魔導の研究が盛んです」

「なるほどな。ここから行くとしたらどうしたらいいんだ？」

「さぁ、私は地理には疎いので……」

偉そうに言っていた銀髪の少女が途端に口ごもる。

「リーリアはわかる？」

アルは駄目元でリーリアに聞いてみた。

「えーっと、私はマテウ国内でも怪しい感じなんだけど……」

アルは大体の位置関係ならわかっていたが、具体的な行き方までは知らなかった。

三人が悩んでいると、カサンドラが助け舟を出した。

「ビヘドへ行くなら大きくは二つだな。セプテム国経由か、ティアル国経由だ。セプテム国はマテウ国とは国交がない。バリバリの敵対国家だな。こっちへ行くなら無理やり押し通る必要がある。ティアル国はまぁ、比較的おだやかな国だから入国自体は問題ないが……こちらは経路が問題だ。第一魔族領を通る必要がある。ホルスとかいう冒険者が行路を開発していたはずだ。詳しくは知らんが調べればわかるだろう」

「セプテム国……ですか。あれはなかなか無茶な感じの国ですね」

「あぁ、そっちはお薦めしない。下手をすれば洗脳されて二度と出て来られなくなるな」

「そうですね。魔族領を通る方がまだ何とかなる気もします」

それなら何とかなる気がした。

だが少しアルは誤解している。魔族領と聞いて今まで自分が住んでいたような森だと思ってしまっていた。森なら隠れながら進めるが、第一魔族領はほぼ平原と捨てられた都市部で構成されている。

「えーっと、名前は本当にイルでいいのか？」

今更のようにアルが銀髪の少女に聞く。名前についてうやむやになっていた。

「はい、兄さんがそれでいいのなら」

「そのグラウシェル博士ってのはどんな奴だ？　テオバルトと共同研究していたって聞くと警戒心がわくんだけど」

「あの方はまともな方ですよ、テオバルト様に比べれば」

わざわざまともだと説明するのが逆に怪しく思える。会うときは気を付けようとアルは考えた。

アルは今後の計画を大雑把に心に描いた。ならば準備だ。

「今日から旅の準備をしようと思う。しばらくは買い物と情報収集だ。それからリーリアの街へ向かう。その後は第一魔族領を通ってティアル国を経由してビヘドだ。いいか？」

「わかりました」

イルが無表情で言う。

「ついていくしかなかろうが！　リーリア様もおられるしな！」

ベアくまが吼える。

「うん！」

リーリアが嬉しそうにうなずいた。

森を出ようとアルが決意した時には、こんなことになるとは想像もしていなかった。

これから先どうなるのかと、期待と不安がないまぜになった気持ちでアルは仲間たちを見る。

まだ出会ったばかりだ。仲間としては不安な点も多々あるし、アルの力によって結びついているというのは、純粋な仲間としては歪にも感じる。

だが全てはこれからだ。

アルは彼らの状態に責任がある。必ず元に戻すと決意をあらたにした。

◇　◇

一つの伝説がある。戦場に現れるという化け物の話だ。

それは死霊の王とも、魔法殺し、異能殺しとも呼ばれる五身一体の怪物だ。

それは五つの身を一つの体のように駆使して戦場を蹂躙する。

それは全てを食い散らかし、無残な骸のみを残したという。

それは千年を生きる大魔導師が創り上げ、魔界の大魔王が鍛えたとされている。

それは異能の王による三つ巴の戦いに介入し、その全てを滅ぼしたと言われている。

それは一人の少年と三人の少女、一匹の狼の姿をしていたと伝説にはうたわれていた。

幕間　脅威分析

男が一人そっとその部屋に入ってきた。

部屋には既に何人かの男が着座している。重厚で大きな机の上には資料が散乱していた。

諜報部のルーカスは一人だけ立ち、資料の説明を行っている。

侵入者は人差し指を口元に当てた。黙っていろということらしい。ルーカスは従うことにした。

侵入者は机の端の椅子を静かに引くと、気付かれないように腰掛けた。

「はいはい、では次にソードドラゴンの幼生についてです」

ルーカスは気を取り直し、説明を進めた。

「貴様！　さっきからその態度は何だ！」

セプテム国の軍服を着た男が言った。

着座している者は将軍たちだ。この中で諜報部のルーカスはかなりの格下になる。

「あー、さっきまでは頑張ってたんですけど、思わず地がでちゃいましたね。まぁいいじゃないですか、口の利き方ぐらい」

「なめているのか！　規律を何と心得る！」

「別に命令違反をしているわけでもないじゃないですか。死ねと言われりゃ死にますよ？　それが命令系統に従った正式な命令なら」

「まぁまぁ、ドルエン将軍。彼は態度に問題はあるが、言うなればそれだけだ。少々癪（しゃく）にさわるかもしれんが我々の忠実な部下だよ」

　一人の男がとりなし、ドルエンは口を閉ざした。それ以上些細なことにこだわっても器を疑われるだけだと思ったのかもしれない。

「で、ソードドラゴンの幼生なんですが、うちの第三王子様が殺してしまいました」

「な！」

「馬鹿な！」

「あの馬鹿王子め！　何を考えている！」

「いやー、馬鹿はないんじゃないかなぁ。仮にも一国の王子だよ？」

　その場にいたものが一斉に部屋の後方を見る。そこには侵入者、今話題となっていた第三王子が座っていた。

「い、いや、……何故ここに？」

「これは秘密会議です。あなたを呼んだ覚えはないのですが」

「そのソードドラゴンについて直々に説明してあげようと思ったんだよ」

　第三王子は隠れている必要がなくなったため、将軍たちの近くにやってきて座りなおした。

「国境を越えてやってきたソードドラゴンですが、当初の予定では餌などで誘導し追い返す計画でした」

「それをこの馬鹿が……」

「いやいや、面と向かって言われると僕もさすがに傷つくよ？」

だが傷ついているようにはまるで見えない。王子は美しい口の端を上げ、笑みを浮かべていた。

「で、これがソードドラゴンの角だよ」

そう言って王子は腰にさしていた剣を抜いた。

それが角なのだろう。薄い刃状で、ところどころが歪み、突起が飛び出していた。角は最初から刃状なので、それに柄を付けて剣としての形を整えたのだ。

この形状では通常の鞘に収めることができない。なので鞘は側面が開いた状態になっており、留め金でとめるようになっていた。

ソードドラゴンの特徴は額にある角だ。それは全てを切り裂くと言われている。

「くっ！　……お前！　これが欲しくて暴走したのか？」

「馬鹿とかお前とかひどいよね、みんな」

「ソードドラゴンの成体がやってくるぞ！　あれに勝てるとでもおもっているのか！」

「そうかな？　幼生であんなもんなら、成体でもたかがしれてると思うんだけどね」

王子に悪びれる様子は全くなかった。

「はいはい、脱線はそれぐらいにしておいてください。そういうことですので、ソードドラゴンの幼生の脅威度は〇に。その分ソードドラゴンの成体の脅威度が上がりました。三です」

ルーカスは議題を次に進めた。

「えーと次は、ちょっと変わってますね。異世界人だと主張する少年ですね」

「何だそれは？　ただの馬鹿じゃないのか？　それがなぜこの会議の議題にあがる？」

「まぁまぁ、それなりに理由があるんですよ。ね、ドルエン将軍？」

話題を振られたドルエンは苦虫を噛み潰したような顔になる。

「あぁ……うちの孫娘が拾ってきたのだ」

「資料を見てください。写真が付いてますね、この少年です。モノクロの写真ではよくわかりませんが、黒髪黒目の少年です」

「……何というか平凡な顔だな」

「ドルエン将軍のところのお孫さん。お名前はクラリーネさんですね。この方の庇護下にあります。クラリーネさんはドルエン将軍さんちの、馬鹿馬鹿しい儀式のために森へ出向いて出会ったそうです」

「貴様！　愚弄するか！」

ドルエンが憤(いきどお)った。

「えー？　馬鹿馬鹿しくないですか？　成人の儀式で魔獣の蔓延(はびこ)る森にある塔に登ってくるなんて。死んじゃったらどうするんですか？」

「武門の一族だ！　武を示せずしてどうする！」

「で、まぁ、そのクラリーネさんはその武を示しきれずに死にそうになるわけですが、そこにたまたま通りかかったこの少年。えーと、名前はコーイチですね。このコーイチに助けられたようです」

「まぁまぁドルエン将軍。そういきり立たずとも」

ルーカスは資料をめくると少年の脅威について語った。

「本人が言うには記憶喪失らしいですが、様々な魔法を使うようですね。他にも森の木を一撃で折ったり、その森の塔ですか？　その最上部まで飛び上がったりしています。クラリーネさんを助けた際には、子鬼の群れを返り討ちにしたそうです。後は、ロータス家の次男と決闘まがいの争いがあったようなんですが、その際には数百本の剣を召喚したとあります」

場がざわめく。途中まではそれほどのものではないと思っていたが、剣を数百本召喚というのはそれまでとは少し毛色が違った。

「幻術の類ではないのか？」

「その可能性は否定できません。結局次男の方はその剣に恐れをなして降伏してしまいましたので、それが使用されたわけではないようですね」

「支配の王笏による洗脳はしないのか？」

「それについては保留となっています。強力な個人に対しては王笏の副端末では対応できません。今のところクラリーネさんには従順なようですし。現在の脅威度は一。要観察ですね」

「ふーん、面白そうだね。ドルエン将軍のうちにいるのかい？　会いに行ってもいいかな？」

王子がこの少年に興味を示した。舌なめずりをせんばかりの様子だ。

「好きにしろ！　ただむやみに戦おうとするなよ！　何がおこるかわからんからな！」

ドルエンはコーイチの価値を測りかねているようで、複雑な表情を見せた。

「えー？　人を戦闘狂みたいに言わないでくれるかなぁ」

王子は心外だと言わんばかりだったが、その場にいる誰もが鼻白んだ。

「はい、次に行きます。皆殺しの一族に動きがありました。代替わりがあったようです。頭首が十二歳の少年になったと」

「ねぇ、ルーカス。僕はその皆殺しの一族というのはよく知らないんだけど……何が脅威だというんだい？」

「そうですね、何が脅威かわからないという点が脅威というところですか」

「へぇ？」

「何かの武術を伝承しているらしいんですが……どのように戦うのか見たものが誰もいないんですよね、これが」

ルーカスは王子に対しても特に口調を変えることはなかった。どこかなめたような口調だ。

「目撃者は必ず殺すらしいんですよ。ですので誰もこの一族がどのように戦うのか知らない。恐ろしいまでの秘密主義ってわけです」

「へぇ、それは強いのかい？」

「そうでしょうね。誰も知らないんですから、戦った相手は必ず殺されてるってわけです」

「それは……面白そうじゃないか！」

「馬鹿王子が！　少しは自重しろ！」

　ドルエン将軍が吠えた。

「しかしだ、そこまで秘密にできるものかね？　どこか遠くからでも見てしまうということはあるのではないか？」

「独自の諜報組織を持っているようですね。市井の噂レベルでもかぎつけて密かに始末していくということらしいです。それを執拗に繰り返すわけですね。いずれだれも皆殺しの一族について噂すらしなくなる……というわけです。ですのでこうやって議題に出るのもうちの諜報部の優秀さを示しているというわけですが……まぁ、褒めてくれとはいいませんよ。脅威度はこちらも一。要観察です」

「その皆殺しの一族ってのはどこにいるんだい？」

「聞いてどうする！」

　ドルエン将軍も年だ。怒りすぎていてはそのうち倒れてしまうのではとルーカスは思った。

「まぁまぁ、別にあちらさんも居場所までは隠しているわけではありませんしね。隠しているのは技だけです。住み処はマダー帝国の山間部ですね」

「そうか……まぁ他国なら仕方ないね」

　国内なら絶対に襲撃していると、ルーカスは確信した。

「さて次です。今一番ホットな話題ですね。大魔王です。これについては別資料が用意してあります。そちらをご覧ください」

資料の一ページ目には写真が何枚か貼り付けてあった。

「その写真の少女が今話題の大魔王です」

どこからともなく、ほう、と感嘆の声が漏れた。

「これは何というか目を見張るような美しさだな。孫にでもいればとても自慢できそうだ」

黒いドレスを着た少女が楽しそうに街を歩いている写真だった。

「とても信じられんな、この写真からでは何も脅威は感じられんが」

「これはどうやって撮ったのかね」

「マテウ国に潜入している諜報員が街を歩いている所を撮影したものです」

「これもか？」

その写真は大魔王を真正面から撮影したものだった。

「それは写真を撮らせてくれと頼んだようですね」

「馬鹿な！　危険ではないのか！」

「いえ、街の者は結構気軽に大魔王を撮影していますので、平民に偽装している諜報員が頼むのはごく自然なことです」

ドルエン将軍はろくに話も聞かずにその写真にただ見とれていた。

「では二ページ目を御覧ください。大魔王の足跡についてまとめてあります」

ぱらっ、というページをめくる音が間をおいて続く。そこにはこの場にいるものが初めて知る情報が記載されていた。

「これは……ツトモス平原の戦いに現れるまでのこともわかったのか？」

「はい、ではわかる範囲で最初から説明いたしますと、最初に大魔王を発見したのは、ジェルボー魔族領の監視任務に当たっていた兵士です。鶏の月の二十日に、魔族領から出てきた少女を目撃しています」

セプテム国では魔族領を領地の名称でそのまま呼んでいた。

「ほう、ということは大魔王は国内を通ってツトモス平原へ行ったのか」

「はい、その後国内で数件の目撃例がありますが、それらを総合しますとほぼまっすぐツトモス平原へ向かったようです」

「その最初に発見した兵士とやらは魔族領から現れた魔族と思しい存在を見逃したのかね？　それは君、問題だろう？　何のための監視だね」

「時を同じくして魔物の襲撃があったようですね。監視塔の人員は出払っていたようです。人員の増強等はこの会議の議題ではありませんのでそれについては場を改めてお願いします」

「まぁいい、続けたまえ」

「はい、大魔王はツトモス平原にある、ロクス村へ向かいました。ツトモス平原はマテウ国と我が国で領有を争っている中立地帯であるのはご存知かと思いますが、ロクス村はどちらの国にも属さず自治を標榜しています。ロクス村はその境遇から堅牢な防壁を村一帯に築いているのですが、大魔王はその防壁内には入らず、防壁から少し距離をおいた場所にある小さな小屋へ向かったようです」

「何のためにだ？」

「その小屋には村から追い出された母娘が二人で住んでいますがそちらを訪ねたようです。大魔王はそこで一月ほど暮らしていたようですね。この母娘と大魔王の関係についてはわかっていません。そして猫の月の二日目なのですが、マテウ国軍の一部隊が略奪のためロクス村に向かったようです。作戦行動の一環かと思われますが、中立地帯ゆえか防衛意識も高く防御も堅いロクス村に手を出しあぐねそのまま引き返したようです。その後、その部隊は消息を絶ちました。引き返す途中で大魔王の住む小屋に目をつけて全滅させられたと推測されます」

「にわかには信じ難いが……ツトモス平原での行動は聞いている。やれるのだろうな」

「はい、その二日後。ツトモス平原に大魔王は現れました」

「ツトモス平原か。別に大した土地でもないらしいじゃないか」

　王子がぼやくようにいう。手に入れた所で特に益するところはない土地だと聞いていた。

「マテウ国に取られるのはまずい。ということになっていてな。当初理由はあったはずなのだが、今ではそれももうわからん。お互いによくわからないまま小競り合いを続けているといった状態だ」

「現れた大魔王は魔法でその場にいた全員を攻撃しました。研究所からは今までに知られていない魔法だと報告を受けています」

「それはどのようなものだね？」

「資料の五ページ目を御覧ください。大魔王の戦闘能力についてまとめてあります。一番の項目です。上空に光の球を浮かべ、そこから雷を落とすという魔法です。被害状況から推定して射程は一キロメートルです。この戦闘では、両軍合わせて二千名が同時に攻撃を受けています」

室内が一気にざわめいた。

「何だ、それは！　ありえんだろう？　そんなもの戦いようがないぞ！」

「そしてここにも注目していただきたいのですが、大魔王は明確な魔術発現行動をしていません。最初に光の球を出す際も手を上げただけです。その後、詠唱や手印等それとわかる魔術発現行動を取っていませんが、雷の攻撃を発動させています」

「無詠唱自体はありえんことではないな、精霊魔法などはそうなんだろう？　精霊との意思の疎通だけで発動できるとも聞いたが」

「精霊魔法でこの規模の魔法がありえるのか？」

「他にも香を使うなど、わかりにくい発動方法はあるな」

ルーカスは話が落ち着くのをしばらく待ち、それから続きを説明する。

「では話を戻します。ツトモス平原での戦闘後、大魔王はマテウ国に向かいました。この時点から七日後にマテウ国にあらわれ、これは既に広く知られていますがレガリアの奪取に成功、大魔王の支配を宣言しています」

「しかし、マテウ国側に変化はないようだが」

「そうですね、マテウ国の体制は今まで通りです。我が国としても今まで通りの対応を継続しています」

「そう言えば、最初に住んでいた小屋というのはどうしたのだね、戻らなかったのか？」

「はい、レガリア奪取後は、首都ベイヤーに滞在しているようです。ロクス村の小屋も調べてみましたが母娘は健在でした」

「その母娘を人質に取るというのはどうだ？」

将軍の一人が考えなしに言う。

「やめておいたほうがいいでしょう。今回母娘の調査を行った部隊は一人を残して全滅しています」

「どういうことだ？」

「その一人もあえて残したとソレは言っています。ソレは今後この母娘に近寄るなと言いました。これ以上得られる情報もなさそうですし、素直に従うほうがいいでしょう」

「ソレとはなんだ！　はっきりしろ！」

「ああ、いえ、なんとなく言いたくなかったので適当にごまかしたかったんですが……ウサギのぬいぐるみです。娘がいつも肌身離さず持っているものですね。娘に話を聞きにいった際に襲いかかってきました。諜報部も戦闘訓練は受けているんですが、一瞬だったようです。どうも大魔王の置き土産のようですね。ご理解いただけたでしょうか？」

「ま、まあいい。では、首都へ向かった大魔王はわざわざマテウ国を支配し何をしているのかね？というかだな、大魔王という名称は何なのだ。ふざけているようにしか思えないが？」

「本人がそう言っていますね。大魔王という自称に何かの認定がいるわけではありませんし、わざわざ別の呼称を考える必要もありませんので、我々も大魔王と呼んでいます。では、次に大魔王の現状です。三ページ目にお戻りください。基本的に日中は街中をうろついていて、夜は適当な家や宿屋に泊まっています。王城に向かったことはこれまでありませんでしたので、政局には無関心のようです」

資料三、四ページには大魔王の行動パターンが記載されていた。地図上によく立ち寄る場所や、移動経路が書かれている。

「何がしたいのだ？」

「わかりません。大魔王の行動原理は謎です。戦闘も挑戦されれば受けて立つようですが、その場合も本気で戦っていないようです。相手の攻撃をわざわざ待ってみたり、隙だらけの相手を放置したりと自由気ままです」

資料の内容はここまでだった。

ルーカスが報告を終えると各自がてんでばらばらに話し始めた。およそ会議の体を成しているとは言えない状態になる。

「極めて不味い事態ではないか？」

「あぁ、その大魔王とやらが攻めてきた場合対抗する術がない」

「マテウ国とはお互い様子見とはいえ交戦中だ。いつ何が起きるかわからん」

「とにかくだ、今のところは下手に刺激しない方がいい」

「そうかなぁ、そう大したものでもないんじゃない？」

王子が疑念を呈する。今までの話からはそう大したものでもなさそうだと思っていた。

「何だと？」

「この世界には伝説的な存在なんて山のようにいるじゃないか！　カロン迷宮の殺戮機械、佳き者たち、昏き舞姫、古き巨人、魔獣王、封印されし邪神群。それらと比べてどうだい？」

「そんなおとぎばなしのような話を持ちだされましても……」

「じゃあ僕でもいいよ。今の報告の内容なら僕でも勝てそうだと思ったけど？」

全員が一斉に王子に注目した。

このいい加減な、だが常識はずれのこの男ならどうにかするのではないかと思ったのだろう。

「王子……はひとまず置いておくとしてだ。我が国に大魔王に対抗できそうなものは何かないのか？」

「幾つかは思いつくが国内でしか使えんし軍部から介入できんな」

「後は、我が国のレガリアだな、支配の王笏の本体。あれならば大魔王だか何だか知らんが支配下における」

「いや、余計な色気は出さん方がいい。確かに大魔王をこちらに引き入れられれば、この上ない戦力だが、下手をするともう一つレガリアを差し出すことになる。それに王族に、特にレガリアに関しては口出しできんぞ」

「そうだねぇ、お父様はうんと言わなそうだよねぇ」

王子がそれとなく口を挟んだ。王がレガリアの本体を持ち出すことは滅多にない。

「そういえば、魔族との関係はどうなのだ？」

「大魔王と連携して事を起こしている魔族は今のところいないようですね」

ルーカスは大魔王が常に単独で行動していることを説明した。諜報部としてもそれは念入りに調査したのだ。だが大魔王の周囲に魔族の影は見当たらなかった。

「今のところ情報が不十分だな。諜報活動を更に徹底させろ。大魔王の好物、性癖、趣味何でもいい、詳細に調べろ。研究所には対抗策を出させろ。可能性だけでもいい。話を聞く限り想像以上の化け物だ。出し惜しみするなと伝えろ。そして現状維持だ。下手にマテウ国を刺激するな」

発散している議論をドルエン将軍がまとめはじめる。

その様子を見ながらルーカスは考えた。

ルーカスは大魔王を直接見たことがある。その時の印象は特に危険はないというものだ。だからこれ以上調査などせずに放っておけばいいと思ったが、諜報部の一員としてそれを言うことはできなかった。

大魔王はこちらから手を出さない限り脅威ではない。だが一度手を出せば過去最悪の災厄と化してセプテム国を襲うだろう。

大魔王は毎日楽しそうにのんびりと暮らしている。このままならセプテム国に目を向けることはないはずだ。

だが、彼らは何もわかろうとはしない上に傲慢だ。そのうち情報を都合のいいように解釈して、大魔王など脅威では無いと勝手に結論づけるだろう。

いずれ彼らは何か余計なことをする。その際にどう身を振るべきなのか。
ルーカスはそんなことを漠然と考えていた。

逆さ人間

イルが自分の部屋に戻ると、大魔王がベッドで寝ていた。

自分の部屋と言うには多少の語弊があるが、ここはカサンドラ家の二階でイルに割り当てられた部屋だ。旅立ちまでの間は自由に使っていいと言われている。

これまで自分の部屋など持ったことのないイルだ。少しの間だけ借りている部屋だとしても、自分の空間を侵害されていることにいらつきを覚えた。

大魔王が大の字になって熟睡しているのもいらつきに拍車をかける。

──殺してしまいましょうか。

大魔王はまったくの無防備なので寝首をかくのは簡単だろう。その細い首をへし折ればあっさりと勝てそうだが、イルはそこまで無謀なことをしようとは思わなかった。

大魔王はテオバルトに勝ったのだ。そんな存在においそれと手が出せるわけがない。

イルは大魔王に近づいた。

覚悟を決めてそっと揺さぶる。

「……おはようございます？」

目覚めた大魔王が目をぱちくりとさせながら聞いてくるが、日は中天にさしかかる頃だろう。イルは情報収集のために街をうろついていたが、昼時になったので報告がてら戻ってきたのだ。

「ここは私のベッドなんですけど。なぜここで寝てるんですか？」

きつい口調でイルは問いただした。

「……？　なぜでしょう？」

寝ぼけているのか大魔王はぼんやりとした様子だった。

「あぁ、あなたに用事があったのです！　ですが、誰もおられなかったのでここで寝ていたのですよ」

思い出したのか、大魔王は両手をぽんと打ち合わせた。

確かについさっきまでこの家には誰もいなかった。カサンドラは魔法使いの会合に出かけていたし、イルは情報収集。リーリアとアルは買い出しに出ていたのだ。ベアくまは街をうろつくわけにもいかないので留守番だ。

昼に戻ることになっていたので、今はこの家にいるもの全員がそろっていた。

「勝手に入らないでもらえますか？」

不機嫌を隠そうともせずにイルは言うが、大魔王は気にした様子もなくベッドから下りた。

イルは大魔王を見上げる。先ほどまで寝ていたはずなのに、黒く美しいドレスはまるで乱れてはいなかった。

「それで用事とは？」

イルと大魔王の間には接点が無い。用事があると言われてもさっぱり心当たりがなかった。

「あなたにお渡ししたい物があるのですよ」

「わかりました。じゃあそれを渡してさっさと出て行って下さい」

「そう言われましても、今持っていません」

実に堂々と大魔王は言った。

「は？　じゃあ何しにきたんですか？」

理解が追いつかなかった。渡したい物があるのに、それを持っていないと言われても意味がわからない。

「それはとある場所に保管してありますので、一緒に取りに行こうかと思ったのです」

「それは私が一緒に行かないといけないんですか？」

「散歩の途中でふと思い出したのです！　これから取りに行くところですから、お誘いしようと思ったのです」

散歩の途中で何か渡すことを思い出し、人の家に勝手に上がり込んで、いないとなれば寝てしまい、いざ目的の人物に出会っても渡す物を持っていない。

テオバルトも何を考えているのかわからないことが多かったが、大魔王はそれに輪をかけて意味不明だった。

「あぁ！　でしたらアルさんたちも一緒に行きましょう！」

なにが「でしたら」なのかはさっぱりわからないが、それは大魔王の中ですでに決まっていることのようだった。イルたちが付いてくるのは当たり前だと思っているのだ。

大魔王が扉へと向かう。イルはその背中を見ながら考えた。やはりこの少女がテオバルトを倒せるほど強いとは思えなかった。

確かに人並み外れて美しい。だがそれだけなのだ。強者が自然と纏(まと)う雰囲気がない。真っ直ぐに軸をぶらさない歩き方からすると、武術の心得はあるのだろう。だが人が多少修練して身に付けられる程度の武術でテオバルトの魔法に勝つことなどできはしない。

イルは魔力視覚野を発動した。この少女が何者なのか見極めてやろうと思ったのだ。

イルの瞳が赤くなる。アルも魔力を見るようになったが、これはより情報解析に特化した能力だ。魔力を視覚的に捉えるだけではなく、その性質までも浮き彫りにする。

底知れぬ闇が、広がっていた。

イルは一瞬にして前後不覚に陥った。

どこまでも果てしない闇。茫漠とした星空に吸い込まれていくような、闇のただ中に一人いるような恐怖。

これは、人ではない。悪魔ですらない。人が想像だにできぬものだ。それはここにあってはならないものだった。

イルは恐怖に竦んだ。それが身動(みじろ)ぎしただけで、世界が崩壊する。誇張なしにそう思えた。

どれほどの時間が経ったのか、気付けばイルはへたりこんでいた。

目の前には大魔王の美しい顔がある。

大魔王は両手でむにむにとイルのほっぺたを伸ばして遊んでいた。

「あ、気付かれましたか？　これでも怖がられないように力は抑えているのですが」

「私は……」

何がどうなったのかがわからない。ただ自分が助かったのだということだけはわかっていた。

「はい。ちょっとだけ壊しました。すぐ元に戻るとは思いますが……それとも、完全に壊してしまいますか？」

そう言われてイルは、魔力が見えなくなっていることに気付いた。

「私は壊すのだけは得意なのですよ。自由自在なのです！」

大魔王はどこか得意げだ。

「いえ……この力は兄さんの役に立つはずですし……」

これから先、イルは存在価値を示さなければならない。それにはこの力が必要なはずだった。

「そうですか。では行きましょう」

そう言うと大魔王は立ち上がり、再び扉へ向かう。

イルはテオバルトが負けたことをようやく納得することができた。


大魔王が意気揚々と大通りを歩いている。

その後ろをイルたちは歩いていた。

大魔王は宣言通り、アルとリーリアを連れてカサンドラの家を出た。

アルも突然の誘いに驚いたようだが、断る理由もなかったのか素直に付いてくることにしたようだ。ベアくまは今回も留守番だ。

街は大勢の人で賑わっている。さすがに昼日中に街中をうろつくわけにはいかなかった。

アルはいまだに慣れていないようでおっかなびっくりという様子だ。それはイルも似たようなものだったが表には出さなかった。

――いったいどこに行くのでしょうか……。

大魔王はのんびりと歩いていた。しかも移り気ですぐに何かに目を留めて動かなくなるし、どう考えても適当に道を曲がっているようにしか思えない。

どこに向かっているのかはわからないが、辿りつくにはまだまだ時間がかかりそうだった。

「あれ？　ここに古着屋さんがあったよね？」

脳天気な声を出したのはリーリアだ。

「ん？　あぁ、そういえば……今日は休みなんじゃないのか？」

アルがリーリアの指差す先を見て言う。店は閉まっていた。以前アルたちが服を買った店のはずだった。

「ここはセプテムの息がかかっていた店の一つです。最近人さらいから逃れてきたと言う女性たちの情報で摘発が進められたようですね。ま、この国のセキュリティはザルですので焼け石に水かとは思いますが」

イルは街での情報収集による成果の一つを披露した。

「ん？」

リーリアが首をかしげる。少し経って何かに思い至ったのか大声を上げた。

「えぇぇ！　じゃ、じゃあ私が攫われたのって……」

「ええ。あの古着屋で目を付けられたということのようですね」

「……そういえば、あの店主、リーリアが貴族かどうかを気にしていたな……」

アルには思い当たる節があるようだった。

「氷山の一角ですね。まだまだセプテムの息のかかった店はいたるところにあると考えるべきでしょう。警戒が必要です。のほほんとしていてはまた攫われるかもしれませんよ？」

「だ、大丈夫だよ！　もうそんなことはないから！」

慌てたようにリーリアが言う。

だがイルからすればどうでもいいことではあった。

たまたまアルの支配下にあるからこのような状況を受け入れてはいるが、本来イルは人と関わりがない。テオバルトに提示される価値観の元、命じられるままに行動してきた。

しかしテオバルトがいなくなった今、イルに命じるものはいない。これからは自分で考えて動かなくてはならない。そこでイルはとりあえずアルの価値観に従うことにした。

「なぁ？　いつのまにか大魔王の後ろに増えてないか？」

「増えてますね……」

店のことをあれこれ考えているうちに、大魔王の後ろには小さな子供たちが列を成していた。

ぞろぞろと付いて歩いている。

「子供たちに大人気だね、パエリアさん……」

結局そのまま目的地まで子供たちは付いてきたのだった。

◇

◇

逆さ人間は大地を摑んで歩く。

その行動を歩くと呼んでいいのかはわからないが、大地とは頭上にあるもので、逆さ人間は両腕で大地を摑んで移動する。

なので両腕は丸太のように太い。それは男女ともにそうだ。子供の頃から鍛え上げた力により、ずっと大地にぶらさがっていてもなんともないのだった。

逆に足はそう太くはない。物を摑んだり、文字を書いたりするのに使う。つまり普通の人間と手足の役割が逆転しているのだ。

逆さ人間にとって大地の目利きは非常に重要な技能だった。

下手なところを摑めばあっというまに崩落し、落下するはめになる。そうなれば助かる道は無い。落下は無限に続くわけではないが、落ち続ければそこには天蓋がある。ぶつかって生きていられるわけがないし、仮に生きていたところで、元の場所に戻る方法などない。

逆さ人間の爪はするどい。その爪で大地を穿(うが)ちしっかりと体を固定するのだ。

ただそうは言っても四六時中ずっと摑み続けられるわけではない。逆さ人間にも休息は必要だ。

逆さ人間たちにも建物がある。頭上の大地に木材を埋め込んで土台とし、落下しないような箱を作っているのだ。

そこでなら逆さ人間たちも落下を心配せずに過ごせる。

だがそれはあくまで落下防止のための保険なのだ。逆さ人間たちは建物の中でも天井を移動する。さすがに寝る時までは天井を摑んだままではなく、天井から吊り下げた寝台で眠るのだが、それは文明がある程度進んでからのことだ。逆さ人間は本来なら、大地を摑んだまま眠ることもできる。

逆さ人間は平和主義だ。

なぜなら争いなどすれば途端に落下してしまうからだ。二本の腕で大地を摑んでいるだけというのは実に脆弱なものだ。争っていてはたちまち全滅してしまうだろう。

逆さ人間にとって祝い事は命がけだ。

彼らにとっては、両手を離しての拍手が最大の祝福なのだ。

大地から手を離し、両手を叩きつけ、また大地を摑む。これを高速で繰り返す。

とても難易度の高い行いだ。これを問題なく繰り返せる者は実に限られている。

そのため、結婚式でもしようものなら、ぼとぼとと逆さ人間は落ちていき、大惨事となるのだ。

◇　◇

「あの……その話は一体……どんな意味が……」

イルは呆気にとられていた。

渡す物があると言われて、大魔王に付いてくればやってきたのは中央広場、噴水の前だった。

この噴水は柱が円盤を支えるような形をしており、くみ上げられた水が円盤の周囲から流れ落ちてくる形式だ。

大魔王が決闘で壊したのだが、修理は既に終わっており滝のように水が流れ落ちている。

大魔王はそこで何を思ったのか、付いてきた子供たちに逆さ人間の話を語り始めた。

この噴水は世界を模している。

つまりこの大地には裏側が存在する。そこに逆さ人間が棲んでいると大魔王は言っているのだ。

「ねぇねぇ、逆さ人間はムキムキなの？」

幼い少女が目をキラキラと輝かせながら大魔王に問いかける。

「えぇ。もうムッキムキなのです。ずーっと、大地を掴んでいるので両腕はとんでもないことになっているのです！」

「結婚式で逆さ人間は死んじゃうの？」

こちらは少年だ。驚きに目を見開いている。

「えぇ。けれど結婚すれば逆さ人間はまたぽこぽこと増えていくのです。彼らは死にやすいのでその分増えやすいのです！」

子供たちは大魔王の話を実に真剣に聞いていた。

「パエリアさん……何か用事があったんじゃ……」

リーリアがおずおずと大魔王に聞く。

「あぁ！　そうでした！　この噴水のそばが目的地だったのです！」

「広場が目的なら大通りに出てまっすぐに来ればよかったんじゃないのか？」

アルが呆れたように言う。

八つある大通りは、街の中央にある広場から放射状に伸びている。つまり大通りに出さえすれば、辿り着くのは簡単なのだ。

大魔王はアルの質問には答えずに、噴水の周りにある花壇へ歩いていった。

大魔王は花壇のそばにしゃがみ込むと、土に手を入れた。掘り返して何かを取り出す。

「これなのです！」

大魔王が持っているのは薄い冊子だった。

土から掘り出したというのに、汚れた様子がまるでない。大魔王のしなやかな白い手も綺麗なままだった。

「パエリアさん。もしかして、そうやって物を保管してるの？」

まさか、と思ったのかリーリアが聞く。

「はい！　私は街のあちらこちらにこうやって持ち物を保存しているのです」

「まるで犬だな……」

アルが苦笑しつつ大魔王を見ていた。

「そ、それは……」

だがイルは大魔王の保管方法などどうでもよかった。

それどころではなかったのだ。

その冊子には見覚えがあった。

見覚えがあるどころではない。その冊子はイルが書いたものだった。

『ひよちゃん観察日記』

冊子の表にはそう書いてあった。

「返して下さい！」

イルは大魔王にぶつかるように突っ込んだ。そして冊子を奪い取り胸にかき抱く。この瞬間、大魔王に対する恐怖を完全に忘れていた。

「はい。もちろんお返しするつもりで持ってきたものです」

イルのぶしつけな態度をなんとも思わないのか、大魔王はのんびりとそう答える。

「中を！　中を見たんですか!?」

「はい。どなたの持ち物かわかりませんでしたので。読みましたところ、テオバルトさんが書きそうな内容ではありませんでしたので、一緒におられたあなたの物かと思って持ってきたのです」

イルの顔が赤くなった。その冊子にはあまり飾らない、素の自分があらわれているからだ。

「なんだそれ？」

イルが隠すようにしているのが気になったのか、アルが聞く。

「放っておいてください！　それより！　ひよちゃんは！　ひよちゃんはどうなったのですか⁉」

テオバルトがいなくなったあの城に放置されていては世話をするものがいない。今さらのように
イルは思い至った。

「ご心配なく。ひよちゃんさんを大好きな魔女の方が城にいますので、お世話は任せておいていい
と思いますよ」

「そうですか……」

そう聞かされてイルは胸をなで下ろした。巨大ひよこ、ひよちゃんはイルの数少ない友達で、世
話は自分の役目だったのだ。

そして安心するとともに、少し寂しくも思うイルだった。だが、無事ならまたいつか会える日も
くるだろうと希望も持てる。ひよちゃんは今のイルに残された最後の拠り所でもあった。

イルがひよちゃんに思いを馳せているうちに、逆さ人間の話に興奮していた子供たちが去って行
った。

大魔王が子供たちに手を振っている。微笑ましい光景だ。

「……だったらいいな、というお話だったのですが」

手をぶんぶんと振り返す子供たちを見ながら、大魔王がぼそりとつぶやいた。

「はい？」

イルは大魔王が何を言っているのかわからなかった。

「逆さ人間のことですよね？　嘘だったんですか？」

意味がわからない。そんな嘘を吐く必然性がまるでない。

「嘘とは人聞きが悪いです。天盤に裏側があるのは事実なのですから。そして裏側はとても広いですし私も全てを確認したわけではありません。つまり、逆さ人間がいてもおかしくないのです！」

大魔王は力説するが、どう聞いても妄言でしかない。

イルは、大魔王という存在がなんなのかますますわからなくなってきた。あの恐怖はなんだったというのか？　今の大魔王からはその片鱗すら覗うことができない。

「逆さ人間がいたっていいじゃないですか……」

イルの冷たい視線をどう受け止めたのか、大魔王は少し自信なげに言う。

こんなものを恐れていたのが馬鹿らしくなってきたイルだった。

あとがき

こんにちは。藤孝剛志と申します。

アース・スターエンターテイメント様でのお仕事は初めてですが、ホビージャパン様のＨＪ文庫より「姉ちゃんは中二病」という作品を出版していますので、そちらでご存じの方もいらっしゃるでしょうか。

それはともかくとして、今後ともよろしくお願いいたします。


この物語の主人公は、とても強く美しい大魔王です。

苦戦も葛藤もせず、全てに勝利し、黒幕の掌で踊ることもなく、一度戦えば完全決着。敵は逃さずに後顧の憂いは断つ。

自らを最強だと自覚し、他者の思惑に左右されない。

そんな主人公です。

しかしそうは言っても、主人公が強いのは最初だけだろ？　後から強敵とか出てくるんだろ？

暴力では何も解決しないんだ！　みたいな説教くさい話になるんだろ？　と疑われる方もいらっしゃるかもしれません。

ご安心下さい。
この物語のタイトルは「大魔王が倒せない」。つまり今後も大魔王が負けることは絶対にありません。（過去編では苦戦することもありますが、パエリアが大魔王になる前ということでご容赦ください）
しかしそうしますと、そこまで主人公が強すぎるとつまらないんじゃないか？　と思われる方もおられると思います。
それに関しましては様々な工夫を凝らしておりますので、そのあたりどうなってるんだろう？と思われる方は是非お手にとってご確認下さい。

ですが、ここまで強くなくてもいいんだけどなぁ。と言う方もおられるかと思います。

そんな方にはＨＪ文庫の「姉ちゃんは中二病」をお薦めしておきます。こちらの主人公の強さはほどほど（適度に苦戦したり、葛藤したり、姉には頭が上がらなかったりしつつも最後にはきっちり強いところを見せて勝つ）となっています。

それと、二作間で多少ですがリンクする設定もありますので、「大魔王が倒せない」が面白かったと言う方は、是非「姉ちゃんは中二病」もご覧下さい。

えーと、露骨な宣伝ですいません。こっちはこっちで売れてくれると嬉しいですのでよろしくお願いします。

この物語はＷＥＢの小説投稿サイト「小説家になろう」で公開していたものです。

ＷＥＢで既に読んでおられた方はちょっと不思議に思われたかもしれません。

そうです。一巻ですけど二章の内容なのです。

このようにしたのは大した理由ではなくて、単純にＷＥＢ版の一章が短かったからです。

一章だけではボリューム不足。ですが続けて二章も載せてしまうと今度は一冊に収まりません。

色々と考えた結果、二章を中心に一冊にまとめることにしました。

これですと少しページ数が多くなりはしますが、キリのいいところまで話を収めることができます。この一冊で十分にお楽しみいただけるのではないでしょうか。

それに二章は「大魔王が倒せない」という物語の方向性が定まってきたあたりの話ですので、ここから始めるのは、このシリーズがどんな話なのかを適切に示しやすいかとも思っています。

では一章はどうなるのかといいますと、次巻以降でやる予定ですのでご期待ください。

お祈りまきのんや、火の精霊が私はお気に入りなのですが、彼女らのイラストが今から凄く楽しみです。

それとＷＥＢ版をお読みになっていた方は書籍版との様々な違いにお気付きになったかと思います。これは書籍化にあたって、ＷＥＢ版の内容にこだわらずに再検討した結果です。大枠を変えるつもりはないのですが場合によっては今後、がらっとストーリーが変わるかもしれません。

ＷＥＢで好評だったのだからそのままでもいいのではないか？　そういうご意見もあるかと思いますが、現時点の私が書ける最高のものを提供したい。そう考えておりますので、書籍版についても応援いただけたらと思います。

では謝辞です。

担当様。

様々なアドバイスをありがとうございました。おかげさまでＷＥＢ版と比較してかなり品質を上げられたのではと思っています。

イラスト担当の瑚澄遊智様。

大変素晴らしいイラストを描いていただき、まことにありがとうございます。

特にキャラクターのビジュアルを意識して書いていなかったのですが、このイラストを見てしまえばもう、これ以外には考えられなくなってしまいました。

次巻以降でもよろしくお願いいたします。

そして読者の皆様へ。

ここまでお読み下さりまことにありがとうございました。今後も引き続きご愛読いただければ幸いです。

それではまた。次巻でお会いいたしましょう。

藤孝　剛志

では、
大サービスです！。

イラストレーターのあとがき。

はじめまして、出戻りイラストレーターの コズミ ユウチ です。
小説の挿絵はすごく久しぶりでした。
最近は自分の絵ばかり描いていたので、
人の作品に絵をつけることができて楽しかったです。
特にパエリアはイメージが固まらなくて何度も修正して
苦労しましたが、その分思い入れがあります。

最初のイメージでは小悪魔っぽいのかなと思ったり、異質っぽい
美人さを入れてみたりしたんですが、数度のメールのやり取りで
逆に普通に近づいてきた？と思い
最終的に、余計な思い込み要素を足すより普通に描いたら
O.K.が出ました…
『君か！キミが大魔王パエリアか！やっと捕まえた!!』と
ホントに心から嬉しかったです。

あ…でも、一番好きなキャラはイルちゃんです、ちなみに♡

2014.12.07
瑚澄遊智

藤孝剛志先生の、もう一つの人気シリーズ!!
「小説家になろう」発
姉ちゃんは中二病
中二病の姉ちゃんに英才教育された弟の明日はどっちだ!?
藤孝剛志
Fujitaka Tsuyoshi
Illust. An2A

HJ文庫より
1～4巻 好評発売中!
姉ちゃんは中二病
藤孝剛志
以下、続刊中!!
「小説家になろう」は株式会社ヒナプロジェクトの登録商標です。

大魔王が倒せない　1　大魔王 対 大魔導師

発行 ―――――― 2015年1月15日　初版第1刷発行

著者 ―――――― 藤孝剛志

イラストレーター ―――――― 瑚澄遊智

装丁デザイン ―――――― Rise Design Room

発行者 ―――――― 幕内和博

編集 ―――――― 稲垣高広

発行所 ―――――― 株式会社 アース・スター エンターテイメント
〒150-0036　東京都渋谷区南平台町 16-17
渋谷ガーデンタワー 11F
TEL：03-5457-1471
FAX：03-5457-1473
http://www.es-novel.jp/

発売所 ―――――― 株式会社 泰文堂
〒108-0075　東京都港区港南 2-16-8
ストーリア品川 17F
TEL：03-6712-0333

印刷・製本 ―――――― 中央精版印刷株式会社

ISBN 978-4-8030-0661-2